庫

回天の門

上

藤沢周平

文藝春秋

回天の門　上・目次

編集部より

本書に収録した作品のなかには、差別的表現あるいは差別的表現ととられかねない箇所が含まれています。が、著者は既に故人であり、作品が時代的な背景を踏まえていること、作品自体は差別を助長するようなものではないことなどに鑑み、原文のままとしました。

尚、本文中で、厳密には訂正も検討できる部分については、基本的に原文を尊重し、最低限の訂正にとどめました。明らかな誤植等につきましては、著作権者の了解のもと、改稿いたしました。

回天の門　上

遊蕩児

一

羽州田川郡清川の舟着き場に、酒田から最上川を遡《さかのぼ》って来た舟が着いた。だがそこで舟から陸に上がった人影は少なかった。三、四人である。舟着き場から土堤上の道までは、ゆるやかなのぼりになっている。日が照らしているその傾斜道をのぼって行く人影の一番尻に、大柄な少年がいた。

眼と眉のあたりに、勝気な気性が出ている顔には、まだ少年の面影が残っているが、骨格の方はのびのびとしてたくましく、若者と呼んでもいい身体つきをした少年だった。

だが少年は、どこか屈託ありげな、重い足どりで土堤をのぼっていた。少年が土堤の上の道に立ったとき、一緒に舟を降りた人たちはもう土堤を反対側に降りて、そこにのびている道を、左右に別れて立ち去るところだった。

少年は、土堤下にひろがる清川村の素封家斎藤家の長男で、名は斎藤元司。十年後に清川八郎と名乗ることになる人物である。

元司は土堤にあがると、振りむいていま降りてきた舟を眺めた。最上川をさらに遡行《そこう》して、隣藩新庄領の清水まで行くその舟には、また新しい客が乗りこむところだった。

羽州田川郡清川村。そう呼ばれる最上川べりのこの土地は、十四万石酒井家が支配する庄内領の咽喉《いんこう》部にあたっていた。江戸あるいは仙台、羽州内陸諸藩と庄内領をつなぎ、もっとも多く人と物資が通過する場所で、藩はここに関所を置いていた。

江戸に行く道は、ほかに六十里越えてから出羽街道に出る大網口、海辺を新潟に出る鼠ヶ関口、海岸通りと、ほぼ平行する形で山中を新潟に抜ける小国口があるが、いずれも途中険しい峠路を含み、最上川の舟運をそなえた清川口の便利さにかなわない。藩主の参覲《さんきん》の行列も、鶴ヶ岡城下からここまで来て舟を仕立て、清水から出羽街道に上がって江戸にむかうのである。

咽喉部という形容は、地形の上からもそう言えた。置賜《おきたま》、村山の平野を北上する最上川は、新庄領に至って、急に向きを西に変えて、羽州を二つに分ける山脈を横断する。左右は切りたつ断崖が続き、川は底深く、波は荒れる。

清川村は、最上川が断崖の間をくぐりぬけ、漸《ようや》くゆるやかな水勢をとりもどす場所にあった。川はそこでふたたび、ひろがる平野を見る。そこが庄内領であった。川はそのまま平野を流れ、にぎやかな港町酒田に達して、海に入る。

元司はいま、酒田から来たところだった。昨日の夕方酒田に行き、今町の遊廓で遊んで、いま戻ってきたのだ。時刻は昼近いが、つまりは朝帰りだった。

元司は、まだぼんやり舟を見ている。舟着き場には、乗ってきた舟のほかに、十艘《そう》近い舟がとまっていた。舟の上にも岸にも人がいて、いそがしげに身動きしている。そして川の中流を、帆をおろした下りの荷舟が続いて二艘、ゆっくり流れくだって行くところだった。半裸の胸を日にさらした船頭が、長い竿を操っている。

乗ってきた舟が、客を乗せおわり、再び帆をあげて中流に漕ぎ出して行った。その姿が、新緑の山にはさまれた川の奥に消えてゆくのを見送ってから、元司は漸く村の方に歩き出した。

元司は、一見して十七、八に見えるが、まだ十四だった。十四の元司の廓《くるわ》通いに、家の者はうすうす気づいている様子だったが、まだ何も言っていない。だが、今日ははげしく叱責されそうだった。ゆうべ無断で泊ったことで、言訳の道を断たれている。元司は気が重かった。

村の入口で、元司は不意に道に出てきた男と顔を合わせた。あの男だった。男は、

十二、三の痩せて顔色の悪い娘と一緒で、二人とも籠に入れた稲の苗を背負っていた。男は元司と会うときいつもそうするように、顔をそむけて通り過ぎた。

二

男は顔をそむけたまま道を横切り、広い田の方に降りて行った。村の素封家斎藤家の跡取りである元司と出会って、頭もさげないのは、村の中でその男一人だった。むろんその理由を、元司は知っている。男が自分を敵視しているのはもっともだと思っていた。ほかにも、ひそかに自分を快く思っていない人間が、村の中には大勢いるはずだった。

ほかの者は、その感情を表に出さなかった。元司をみると声をかけ、挨拶する。だがその男は、会えばいまのように敵意をむき出しにした。男にはそうする理由がある。

だがそういうとき、元司は負けてたまるかという気になった。男の敵意をはじき返してやる気になる。

いまも元司は、立ちどまるとふんばるように足を開き、真直ぐに男をみつめた。だが男は一度も元司の方を振りむかなかった。そうすることで敵意を示していた。

娘の方は、顔が合ったときちらと元司を見あげ、軽く頭をさげたが、それだけで後は父親の陰にかくれるようにして遠ざかって行った。

その娘とは、小さいころも遊んだことがなかったのを元司は思い出していた。恐らく男は、娘が小さいころから、元司に近づくことを禁じたに違いなかった。

水を張った田の上を、さわやかな四月の光が照らし、遠くに田植をしているひとかたまりの人がみえた。背負った苗籠の上から男の白髪頭と、手拭いをかぶった娘の頭がみえ、その後姿が次第に小さくなるのを見送ってから、元司はまた歩き出した。男に会ったために、気分が一そう重くなったようだった。

家に戻ると、元司は横手の木戸口を押して庭に入った。すると、ちょうどそのとき表の方から庭に回ってきた喜之助という雇人に見つかった。

「若旦那さま、いま帰《けえ》って来たか」

喜之助が話しかけるのに、元司はしっと言った。

「黙ってろ」

元司は自分の部屋の下まで来ると、窓障子を開けて、すばやく部屋に這い上がった。

元司の家は、清川村とその近村に四百石の田地を持つ豪農としても知られているが、本業は代代大きな酒屋だった。自分の家で造り、小売りする。駅路の要衝にある酒屋は、関所を通過する旅人、最上川を上下する舟の船頭など、酒をもとめる客で終日混雑する。朝は明けの七ツ（午前四時）ごろから客があり、夜も四ツ（午後十時）まで店を閉めることが出来なかった。小売りもするが、醸造の石数は、領内の酒屋の中でもっとも多いと言われている。

元司は部屋の畳の上にひっくり返っていた。店先の喧騒も、ここまでは聞こえて来ない。

「あら、お兄さん」

不意に襖《ふすま》が開いて、妹の辰代の声がした。

「いつの間に帰っていらしたんですか。お母さまが心配してましたよ」

「おじいさまはどうしている？」

寝ころがって天井を見ながら、元司は祖父の昌義のことを聞いた。

「寝たまま人にものをおっしゃるなんてお行儀が悪いこと」

「………」

元司は顔を回して辰代を見た。辰代は襖ぎわにきっちり坐って、膝に手を置き、非難するように元司を見つめている。血色のいい頬がふくらんで、まだ童顔だが、辰代は母の亀代に似て、万事きちんとしたことを好む性格だった。辰代は、元司より二つ年下である。

仕方なく元司は起き上がった。

「おじいさまは？」

「いま、お客さま」

「どなたが来てる？」

「関所の畑田さまよ」

「これはいけねえ」

と元司は呟《つぶや》いた。

畑田安右エ門は、関所の役人を勤める給人《きゅうにん》だが、漢学の素養が深く、斎藤家では畑田に元司の教育を頼んでいた。頼んだのは、畑田が赴任してきた先月のことだが、元司はまだ一度も畑田を訪ねていなかった。のみならず悪所通いをはじめている。

「お父さまもご一緒か」

「いいえ、お父さまは鶴ヶ岡にご用で行きました。お出かけのとき、お兄さまが帰ったら一歩も外へ出すな、とお母さまにきつくおっしゃってましたよ。いったい、どこへ行っててらしたんですか？」

「………」

元司はそっぽを向いた。答えようがなかった。

「ともかく、お母さまに言ってきます」

辰代は勢いよく立ち上がった。元司が、おいちょっと待て、と言ったが、振り返らずに襖を閉めて去った。元司はぼんやりと襖を見つめたが、不意に立ちあがると障子をあけ、猿のように窓から外に飛び降りた。

息を切らして、元司は村の中の道を走った。田植どきで、村の者はあらかた田に出ているとみえて、行きあう者もいなかった。ある家の垣根の中で、庭の草むしりをしていた老婆が、走りすぎる元司をみて、驚いたように腰をのばして見送っただけである。

村を走りすぎ、元司は立谷沢川の河原に走り込むと、倒れるように河原の砂礫《されき》の間に坐った。

明るい日射しが、河原のところどころにかたまっている疎《まば》らな灌木を照らし、川はそこから見える場所で、最上川に落ちこんでいた。二つの川が遭うあたりに、小さな波が立ち、波も白く日にかがやいて見えた。

——おれは、遊蕩児だ。

身体をのばして、仰むけに河原に寝ながら、元司はそう思った。顔の上に、青い空がひろがっていた。空の中に、今朝別れてきた廓の女の白い顔が明滅した。また来て、といって指を絡めた女は、元司を十七だと信じていた。

——おれは、斎藤の後継ぎにはなれぬ。

元司はそうも思った。それは元司の脳裏に、時おり浮かんでくる考えだった。

斎藤家は、鎌倉時代にいまの土地に住みついたと言われる古い家で、徳川の初期、元和のころにはすでに酒造りをはじめていた。

当主は代代治兵衛を襲名するならわしで、いまの当主は、元司の祖父治兵衛昌義だった。昌義は、家業を盛んにする一方、寿楽堂と名づける自分用の書斎を庭に建て、家業のかたわら和漢の書に親しむ教養人でもあった。一見して長者の風格をそなえ、村人に敬愛されていたが、藩のおぼえもよく、六人扶持をあたえられている。

父の豪寿は三十二ですでに家業の中心になって働いていた。昼は使用人と一緒に仕事に精出すが、父親の昌義に似て書物好きだった。夜は読書に励み、書を習って倦《あ》きることがない。荘内藩の支藩松山領にいる俳人村田柳支について俳諧を学び、柳眉と名乗る風流人でもあった。

祖父も父も、立派な人間だった。家業を守りながら、ただの商売人に堕することなく、広い教養を身につけ、趣味が広かった。二人とも文人墨客を愛し、立ち寄るものがあれば快くもてなした。斎藤家では、客のために楽水楼と名づける一屋を屋敷の後方に建てていた。

祖父や、父のようにはなれない、と元司は時どき思う。鶴ヶ岡城下の清水塾に学んで、そこを破門されたときにそう思った。そのとき元司は伊達鴨蔵塾にも学び、そこではうまくいっていたのであるが、清水塾を破門されると、そちらもいやになって家に帰っている。

今度の酒田の廓遊びでもそう思った。女と遊んでいるときの元司は、放蕩のドラ息子だった。十七と偽って女を抱いた。そうしていながら、温厚な常識人である祖父や父が、このことを知ったらどう言うだろうと思うと、心が暗くなった。

そして元司が、もっとも痛切に、おれはこの家の後継ぎにはなれないだろう、と思うのは、家業に愛着を持てない自分に思い至るときだった。父の豪寿は、唐詩選全巻を諳《そら》んじている教養人だったが、仕事となると前垂れをしめ、奉公人の先に立って店に出る。

元司は、自分が父のように出来るとは思えなかった。店を手伝ったことは一度もなかった。酒をもとめて集まる客がうとましく、店頭で酔い、罵《のの》り喚いている船頭は醜かった。

それではどうしたいかと問われても、元司にはわからない。自由をうばわれて、閉じこめられているような漠然とした不満があり、出口をもとめて荒れ狂うものが、心の中に棲みついているのを感じるだけである。そのものが、塾の師清水郡治を激怒させ、いまは酒田今町の廓の女にむけて、節度もなく自分を押し流す。

——おれはもともと、なみの人間のようにはなれぬ。

元司は手をのばして引き抜いた草の葉を噛んだ。さっき道で会った白髪の男を思い出していた。四つのとき村に事件が起き、元司のひと言で十五人の男が処刑された。白髪の男は、ただ一人の生き残りだった。

三

川波の音がし、その音に混じって周囲の山や河原の雑木林で鳴く鳥の声が聞こえる。

——あの男の髪が、いまのように白くなったのはおれのせいだ。

元司は眼をつむってそう考えた。男は老人のようにまっ白な髪をしていたが、齢はまだ四十前だった。

天保四年十一月末のある夜。斎藤家を一団の夜盗が襲った。顔に鍋墨を塗り、その上から深く頬かぶりした男たちで、二、三人は刀を持っていた。彼らは家の者をひと間に集め、元司の父豪寿を人質に取って外に連れ去り、それから米蔵を開いた。彼らは黙黙と米を運び出し、やがて闇の中に消えて行った。米は藩が村から集めて斎藤家に預けておいた年貢米だった。

天保四年は、荘内領が未曾有《みぞう》の凶作を迎えた年だった。年号が天保と改まった最初の年も凶作で、翌二年は一応平年作で一息ついたものの、前年の天保三年は、またも米の作柄は平年作を下回った。

荘内領は平野がよく拓け、すべてを米の収穫に頼る土地柄である。打ち続く不作に、百姓たちは疲れていた。そして新しい年の春を待った。だが、百姓たちが期待をつないだ春先から、天候は異常な様相を示しはじめたのであった。

雪が消え、山野にあたたかい日が射しこむと、人びとは田を起こし、苗を育てて田植にそなえる。

例年なら、田植どきの四月から五月にかけて、野には山山から流れくだる雪解の水が溢れ、空は時どき柔らかな雨を降らせて、草や木を濡らし、植え終った苗田を湿らせる。だがその年は、田植どきに一滴の雨も降らなかった。降雪が少なかったために、雪解の水は僅《わず》かに川底を通りすぎただけだった。

日は終日、真夏のように猛だけしい光を野に投げ、青い空のどこにも、雲の影すら見えなかった。田植の水にも困るほどだった、どうにか植え終ると、今度は田がひび割れるのをふせぐために、百姓たちは顔色を変えて野を走り回らなければならなかった。

そして、普通なら梅雨明けと呼ばれる時期である六月下旬に至って、今度は連日寒ざむと雨が降った。ことに二十五日朝から翌日昼にかけて荘内領を襲った豪雨は、人びとがそれまで見たことのないものだった。天地は暗黒に包まれ、雨の音は終日終夜、ごうごうと山野を鳴らした。領内の河川は、この雨でことごとく溢れた。田畑が流され、川の近くで人家が流された。

清川村でも、最上川の水が土堤を溢れ、水量を支えきれずに土堤が決潰《けっかい》すると、津波のような水が村の中を走り抜け、一瞬のうちに人家五十戸を押し流したのである。死んだ者もいた。残った家も、土台を削られた。そして寒い夏がやってきた。土用に入っても暑い日はなく、人びとは夏のさなかに綿入れ袷《あわせ》を着た。

そのあとも異常は続いた。九月に入ると、早くも冬の寒さが訪れ、二十六日は大雪が降った。

平野の北から東南にかけて、鳥海山、羽黒山、月山とつらなる山脈が空を遮っている。山山に雪が来るのは早いが、それでも九月のうちに雪を見ることは稀である。ところがその年は、九月には平野に雪が積もり、人びとは橇《そり》を引いて道を往来した。

天候の異常さは、それで終ったのではなかった。いつもなら空が灰色の雲に閉ざされ、霰《あられ》や霙《みぞれ》が降る十月の末になって、不意に真夏のような暑さが襲ってきた。地震が起こり、押しよせた海嘯《かいしょう》に、鼠ヶ関から湯ノ浜に至る海辺の村では百六十軒の家が海にさらわれた。かくして天保四年は大凶作の年となったのである。

凶作を免れないと覚った藩では、河川が溢れ大洪水があったあとの七月、米麦から大豆、小豆ほかの雑穀、さらに小糠《こぬか》に至るまで、他領に売り渡すことを禁じた。十一月になると、藩は、七月の達しを再度厳達し、街道の要所、村村の出入口に穀改め番所を設けた。通行する者の手荷物まで改めて、領外に米穀が流出するのを監視したのである。

藩は一方で、酒はもちろん、濁酒《どぶろく》、甘酒まで醸造することを禁じ、食事には粥《かゆ》、雑炊を奨励した。また、看護する親族を持たない孤老、長患いの病人などに対し、米一千俵を放出して救済につとめていた。

だが藩では、凶作のために年貢を手加減するということはしなかった。その年の年貢の取りたては、むしろ平年以上に厳しかった。年貢は藩財政の基盤であるという筋を通し、それによって百姓の暮らしが立ちゆかないときは、改めて救済策を講じるという方針だった。しかし、それで百姓たちが、たちまち困窮に追いこまれたことも事実だった。凶作にそなえて、僅かに貯えておいた古米まで彼らは年貢に取られた。

顔を鍋墨で塗った一団の男たちが、斎藤家の米蔵を襲った事件は、そういう背景のもとで起こった。

預り米の奪取は、藩の掟《おきて》を破る大罪である。斎藤家から知らせをうけた藩庁から、すぐに取調べの役人が清川村に急行した。夜盗は村の者に違いないという見込みを、役人は抱いていた。

最上川の決潰で、村内には困窮をきわめている者がいる。斎藤家の米蔵に、藩の預り米が積まれていることを知っているのは、村内の者か、せいぜい隣村の者ぐらいである。三十俵近い米を、そう遠方まで運べるはずはない。豪寿を人質に取って、御諸皇子神社に連れて行ったのは、村の地理と斎藤家の事情にくわしい者の仕業である。

村の者に違いない。顔を黒く塗り隠したのも、顔を見られないための用心だろうと追捕の役人は考えていた。犯人はたやすく見つかりそうな気がした。

だが、村人を調べてみると、彼らの口は予想以上に固かった。何も知らないと言い張り、それ以上突っ込むと貝のように口を閉じる。一方では村内をくまなく探したが、米は見つからなかった。

連日の調べにもかかわらず、藩庁から来た役人は、何ひとつ村人から聞き出すことが出来なかった。彼らは部下を励まして、再度村の家家をあらためさせたが、盗まれた米はやはり一俵も出て来なかった。

鉛色の雲から、時どき霰や雪が降った。その下で、村は沈黙したままだった。出張して来た役人は苛立っていた。上司から、調べの遅滞を叱責する便りが届いていた。

そうしているとき、役人は斎藤家から、あることを聞きこんだ。四つの元司が、その夜、押し入った者たちの中に伝兵衛と市太郎という二人の村の者がいた、と告げたというのである。役人に、そのことを洩らしたのは、斎藤家の雇人の一人だった。

男たちが裏口から押し入ってきたとき、元司はすばやく父母と一緒の部屋から逃げて、醸造用の大釜の陰に隠れた。そこから父と、妹の辰代を抱いた母が、祖父の部屋の方に引きたてられて行くのも、また廊下を連れてこられた女中が、眼の前で坐りこんで立てなくなったのも見ていた。男たちは手に龕燈《がんどう》をもち、ある者は抜身の刀を提げていた。

龕燈の光に、不意に男たちの顔が浮かんだり、刀が光ったりするのを、元司は眼をそらさずに見ていた。

男たちが去ったあと、元司は隠れていた場所から出て行くと、まだふるえている雇人たちに、無邪気な口調でこう言ったのである。

「こわくないよ。伝兵衛と市太郎がいたよ」

雇人たちは、まだ去らない恐怖に心を奪われていて、元司が言ったことを十分に聞き留めなかった。耳にした者も、四つの子供の言うことを信じなかった。彼は自分の眼で男たちの黒い姿を見たが、それが何者かなどということはついにわからなかったのである。

だが斎藤家では困惑していた。当主の昌義にも、また豪寿にもその夜盗が何者か、大よその見当がついていた。喰う物にも事欠くようになった村の者たちがやったことに違いないと話し合っていた。

思い切った悪事を働いた村の者が哀れだったが、彼らがつかまらなければ、咎《とが》めは斎藤の家にかぶさってくるのである。やすやすと預り米を奪われた責任は重かった。人もつかまらず、米も出て来なければ、管理不行き届きを咎められて、斎藤家の家財は没収され、一家は追放されよう。当主の昌義は、斬首獄門の刑に処せられるかも知れなかった。

重苦しい気分で、斎藤家では調べの進行を眺めていた。その雇人が、あの夜元司が言ったひと言を思い出し、ふと聞きこみの役人に洩らす気になったのは、そういう空気の中でだった。

役人も首をかしげて半信半疑の表情だった。だが驚いたことに、元司が言ったことは事実だったのである。試みに、新町の伝兵衛と、新屋敷の市太郎を調べ所に引っぱってきて責めると、二人はついにその夜の盗賊だったことを白状した。そして後の十四人も捕まり、米も出てきたのである。

四

捕まった十六人は、鶴ヶ岡城下に送られ、八間町の町牢に収容された。

郷方の百姓が罪を犯した場合、大庄屋の屋敷で郡奉行手代が立ちあって行なう大庄屋吟味、公事のための指定宿泊所である代家に容疑の者を連行し、郡奉行、代官が取調べる代家吟味があったが、今度の預り米強奪は、藩法を犯した重罪だった。それでただちに城下に連行し、取調べには町奉行があたったのであった。

調べの結果、十六人の犯行は明白だったので、藩では、十五人を斬首獄門、一人を追放と決定した。

清川村の者たちは、連行されて行った十六人とその家族に、同情を惜しまなかった。十六人がしたことは、自分たちもやったかも知れないことだった。それほどみんなが困窮していた。村の歓喜寺の住職は、村の者のそういう気持を代弁して、藩に真情あふれる歎願書をさし出した。彼らが罪を犯すに至った窮乏の事情をこまかに訴え、減刑を願ったのである。だが藩は、この歎願を黙殺し、十二月十六日刑を執行した。

その前夜の飯刻に、十五人の囚人に、藩から肴《さかな》の下されものがあった。囚人の食事は、家の者が差し入れるきまりなので、清川村の囚人の喰い物は貧しかった。大かたは粟、麦をまぜた握り飯に、ひとつかみの漬け物といった程度だったので、彼らは夜食にそえられた肴を、喜んでむさぼり喰った。

明日処刑と決まった囚人に、頭をとった肴を差し入れるのは牢のしきたりだったが、彼らはそれを知らなかった。

だが翌朝になると、彼らは牢から引き出された。彼らは厳重に縛られたまま、城下の町町を裸馬に乗せられて引き回された。そして、罪人をはさんで左右を槍持ち、目明かし、同心、足軽目付、徒目付《かち》で固めた行列は、刑場の髭谷地にむかった。髭谷地は、獄門にさらす罪人を処刑する場所である。鶴ヶ岡城下の東を流れる赤川の河原にあった。

刑場につくと、彼らは申し渡しを聞き、少し酒を頂いたあとで眼かくしを受けた。そして首穴の前の荒むしろに坐った。力を失ってそこまで歩けない者もいたが、あばれるものはなく、従順に刑を受けようとしているように見えた。

小雪がちらつき、雪の原を冷たい風がわたる中で、次つぎと刑が執行された。首穴のまわりは噴きとぶ血で赤く染まった。同心が首斬りを勤め、徒目付がいちいち検死した。十五人の首が獄門にかけられるのを見とどけると、刑執行の役人たちは、刑死者の家の者に胴を下げわたし、寒そうに背をまるめて城下に去った。

竹やらいを回した晒《さら》し場の中、六尺二寸の高い台の上に、十五の首が晒されていた。晒台の後に罪状を記した捨て札が立てられている。後に残った番人たちは、小屋がけの中で酒を飲みはじめていた。

首は三日間晒される。番人は、六人交代で昼夜を通して首を見張るのである。髭谷地の刑場は、城下から清川口に行く街道わきにあるので、前を通行する者は、笠を脱いで礼をし、中にはなにほどかの喜捨を置いて行く者もいた。その金は番人たちの役得になる。喜捨の金がたまると、彼らはその中の一人を城下まで酒を買いに走らせるのである。

首のない胴を橇《そり》にのせた一群の人びとが、雪の道を東に歩いていた。橇をひいているのは、刑死した百姓の親兄弟であり、女房であった。彼らは橇をひきながら声を出して泣いた。通過する村村にも、話はつたわっていて、泣き声を聞いて外に飛び出し、遺骸に手をあわせる者もいた。橇の上の骸《むくろ》からはまだ血がしたたり落ちて、点点と雪の道を染めた。

遺骸の列が清川村についたのは、日が暮れ落ちた時刻だった。村人は、遺骸になって戻ってきた彼らを、鶴ヶ岡に引き立てられて行った日に見送ったように、村はずれまで迎えに出た。薄闇の中から現われた橇と、橇をひく者たちを見て、村人は涙をこぼした。

そのときのことは、元司はおぼえていない。多分家の者が、元司を外に出さなかったのだろうと思われた。

だが刑死した人びとが、前後を役人にはさまれて、城下に引き立てられて行ったときのことは記憶していた。元司は、どこかに立っていて、それを見たのである。暗い雲が空を覆っていた。昼すぎに霙が降ったあとで、野は寒ざむとしてみえた。西の方、城下からさらに西の砂丘の上あたりに、ひと筋雲が切れた場所があって、そこに日没の金色の光がにじんでいた。そのために野は一そう暗くみえた。引き立てられて行く十六人は、数珠つなぎに縄につながれ、二列になって遠ざかるところだった。

彼らの中の十五人が死に、一人だけ村に帰ってきたことを、むろん当時の元司は知らなかった。生き残った一人は、一たん追放に決まったのだが、藩ではなぜかその男を許して村に帰した。見せしめのために帰したのだという噂が流れた。

なるほど男は見せしめにふさわしかった。村に帰ってきたとき、男の髪は真白になっていた。仲間の十五人の刑死を聞き、一人残された恐怖におののきながら送った短い日日の間に、男の髪は老人のように白く変ったのであった。髪が白くなっただけでなく、男はひどく無口になっていた。村の者にも、家の者にさえも、あまりものを言わなかった。

元司が、髪の白い男や、十五人の刑死者のことを知ったのは、八つか九つになったころである。村の子供たちと遊んでいて、つまらないことから口喧嘩《げんか》がはじまった。

そのとき喧嘩の相手方の、元司より年上の子供が、不意にそのことを口にした。お前のために人が死んだぞ、といった意味のことだった。

喧嘩相手が何を言ったのか、元司にはそのとき意味がつかめなかった。だが、相手の居丈高な口調の中に、うむを言わせない非難が含まれているのを感じて、元司は口を噤《つぐ》んだ。

すると、それまで元司について向う側の連中とやり合っていた子供たちも、無言で元司から離れて向う側についた。子供たちは黙って元司を見つめた。その視線にさらされて、元司は仲間からはずされたのを感じ、そうされても仕方がないことを自分がしたのかと思った。彼らの視線に、背を刺されながら、元司は家に戻った。

その夜、元司が訊ねたことに、祖父が答えた。祖父の昌義は、数年前に起きた出来事を率直に話して聞かせた。十五人の男たちが刑死したあと、男たちの家族が斎藤家を恨んで、さまざまないやがらせを繰り返したことも話した。塀の外で、一晩中気味の悪い声をたてる男がいた。また丑《うし》三ツの闇の中を、頭に蠟燭《ろうそく》を頂いた丑ノ刻参りの姿で、斎藤家の周りをうろつく女がいた。

「いまはそげだことをする者もいないし、誰もあのことに触れようとはしない。だが、村の中に、この家に対していまもいい気持を持っていない者はいる」

「……」

「お前もいつかはそのことに気づくだろうし、気づいたら話して聞かせようと思っていた」

元司は、夕暮れがせまる野を、男たちが引きたてられて行った日のことを思い出していた。恐ろしく、もの悲しい風景だった。だが男たちが家に侵入してきた夜のことは、記憶がなかった。男たちがつかまるきっかけをつくったという自分のひと言も、おぼえていなかった。

「お前が言わねば、と死んだ者の家の人たちは思っているだろう。だがお前がそのひと言を言わねば、わしは打首になって獄門にかけられただろうし、家の者はここに住めなくなって、みんなが散りぢりになったかも知れない。あのときは、みんな恐ろしいばかりで、何も見ていなかった。お前だけが見ていた。お前のひと言が、この家にとっては救いの神だったのだな」

「……」

「死んだ者は気の毒だ。みじょけね（哀れ）と思う。ンだども、たとえ喰うに困ったとしても、お城の物に手を出した罪はやはり免れない。処刑されたのは仕方のないことだのう」

「……」

「わかるかな。元司は悪いことをしたわけではない。悪いのは米を盗んだ者たちだ。ンださげ、村の者にどう思われようと、ぐっと腹に力を入れて堪える気構えが要る。男はそうやって堪えることが出来ねばいかん」

昌義はじゅんじゅんと説き聞かせた。そして行儀よく手を膝において聞いている元司を眺めた。まだ物心もつかないころに、異常なことにかかわり合って、本人も知らないうちに人の憎しみを受けることになった孫を不愍《ふびん》がる気持になっていた。

——おや？

昌義は、ふと見直すような眼をあらためて元司にそそいだ。事件のことはわかりやすく嚙みくだいて、しかし話すときにはそうしようとかねて考えていたとおりに、一点のごまかしもなく話して聞かせたのである。

話を聞いたら、子供なりに動揺があるべきだった。気性の勝った子供だから、泣いたりはしまいが、驚きもし、しおれもするだろう。そう思って、昌義の話しぶりはしまいにはなぐさめ、はげます口調になったのだが、元司は平然としていた。この子は話の中味が、よくわかっていないのではないか、と昌義は疑った。それで、念を押すように言った。

「話はこれで終りだ。わかったかな」

「はい」

元司ははっきりした声で答えた。そしてふっと笑った。元司の口辺にうかんだそのかすかな笑いを、昌義は無言で見つめた。

昌義は、ど不敵という土地の言葉を思い出していた。自我をおし立て、貫き通すためには、何者もおそれない性格のことである。その性格は、どのような権威も、平然と黙殺して、自分の主張を曲げないことでは、一種の勇気とみなされるものである。しかし半面自己を恃《たの》む気持が強すぎて、周囲の思惑をかえりみない点で、人には傲慢《ごうまん》と受けとられがちな欠点を持つ。孤立的な性格だった。

むろん村人の中でも、勇気ある者はうやまわれ、臆病な人間はどっこけとして侮られる。しかしど不敵の勇気は、底にいかなる権威、権力をも愚弄してかかる反抗心を含むために、ひとに憚《はばか》られるのである。

羽州荘内領。そこは一年の三分の一が風雪に閉ざされる土地である。その空の下で、百姓はつねに頭の上がらない暮らしを強いられる。風土と身分と、この二重の桎梏《しっこく》にしばられる忍従の暮らしを、くるりと裏返したところに隠されているのが、ど不敵と言われる性格だった。ど不敵は百姓が居直った姿だとも言える。

どこの村にも、一人か二人はど不敵な人間がいて、彼らの多くは人びとにおそれ憚られていた。耐えしのび、抗うべからずという村の禁忌を、ど不敵な連中はやすやすと破り、村人の小心さをせせら笑ったりするからであった。

昌義は頭を振った。そして行ってよいと言った。ど不敵という言葉は、元司のような子供にふさわしい言葉ではなかった。家の中でも、外で遊んでいるときも、尋常でない気性のはげしさを見せる孫だが、この子はまだ子供だ。

しかしさっきの感じが間違っていなかったら、と昌義は遠ざかる元司の足音を聞きながら、考えに沈んだ。そのときは、あの子は大人になってから苦労するだろう。

昌義の危惧は半分あたり、半分はあたっていなかった。元司は話を聞いて、やはりおそろしかったのである。だがおびえを感じている自分にいらだち、何だ、そんなものとはねかえす気持もあったのである。おびえはそれで去ったが、異常なことにかかわり合った重苦しい気分は、子供ごころにも残った。

だが、そうかといって、幼い元司が毎日そのことを考えて鬱鬱としていたわけではない。祖父に聞いた話はじきに忘れた。元司は相変らず仲間たちと元気に遊んだ。

ことに十歳のとき、村を離れて鶴ヶ岡城下の伯父の家に預けられ、手習所に通うようになると、事件のことはほとんど思い出すことがなくなった。手習所では、元司は腕白児だった。しばしばいたずらをし、手習所に集まる子供たちと喧嘩をして、師匠の清水郡治に叱責された。

元司は清水の手習所に行く一方、給人の伊達鴨蔵が開いている塾にも通ったが、こちらでは神妙な塾生だった。給人というのは、徒、足軽など扶持米取りの下級武士の総称である。不思議なことだが、元司は伊達がさずける大学、論語、詩経などの素読が心にかなうのを感じ、清水塾の教える書や、商売往来、今川庭訓などは肌に合わなかったのである。

元司は七つのときに祖父から孝経の素読をうけ、ついで論語の素読を受けている。そういうこともあったが、要するに商人の知識、教養を中心にする清水塾の学問が気にいらなかったのである。

元司は鶴ヶ岡に三年いた。そして最後には清水塾を破門されて家に戻った。それが去年の暮のことである。

久しぶりに村に戻ってみると、村の中の、以前は見えなかったものが見えるようだった。村人は、元司に会うと一瞬恐れるような眼で眺め、ついでぎごちない微笑を浮かべて声をかけてくるのだった。その眼が意味するものを十四の元司は理解できた。村の者は、十年前に起こった出来事を、決して忘れていなかったのである。

白髪の男が、自分に会っても決して眼を合わせようとしないことにも、元司は気づいていた。男はむかしからそうだったのだが、前にはそのことに気づかなかったのである。いまはそれが心を刺してくる。白髪の男こそ、あのいまわしい出来事が、確かにあったという証しだった。

男をみると、元司は少し身構える気分になる。心を刺してくるものに負けまいとするためだった。

破門されて戻ってきた元司を、祖父の昌義はかえって面白がったが、父母はそうではなかった。ことに母の亀代は歎き、女らしい愚痴が尽きなかった。そういうことも、元司の内部に鬱屈をそだてていた。

元司は、もう快活で疑うことを知らない少年ではなかった。自分が見え、まわりが見え、その間にある隙間を見た。

子供のころ、仲間はずれにされたことを思い出すことがあった。十四の元司も、村人の仲間には入れてもらえないようだった。その理由の半ばは自分の中にあった。家業をつぎ、村の旦那衆におさまることに気分がむかなかった。半ばは村人の方にあった。人びとは斎藤家の後を継ぐ元司に応分の敬意を払うだろう。だが、彼らの念頭からあの出来事が忘れられることはないだろうと思われた。

五

元司は孤独だった。家をついで家業に励むことに少しも気がむかなかったし、どことなく自分を避ける村人に、強いて仲間に入れてもらいたいとも思わなかった。それが、早くから決まった動かしがたいおれの運命だと思うことがあった。

だが考えはいつもそこで行きづまった。その先に、何も見えて来なかった。家をつぎたくないなどといえば、家の中はひっくりかえるような騒ぎになるだろう。ひと言も洩らすわけにはいかなかった。村人が、特別な眼で自分を見ることはわかっていても、元司の足はこの土地につながれていた。

閉ざされたまま、青春がやってきたようだった。廓で知った女たちが、わずかに元司の青春を彩り、なぐさめるように思われる。

それでは、お前はどうしたいのか。言うまでもなく元司は、時どき自分にそう問いかける。だがその答えはいっこうに出て来なかった。ただ現在にあきたりない憂悶が、ときに暗く静かに、ときに荒あらしく心の奥底に動くのを感じるだけだった。

――おれは放蕩者だ。

そして醜い怠け者だ。河原に寝ころび、眼をつぶって日を浴びながら、元司はそう思った。

家業をつぎたくないというのも、要するに働きたくないからだ。おれは、村の者が田植でいそがしい最中に、廓から朝帰りするような、どうしようもない人間なのだ。元司はそういう自虐的な感想にふけった。そう考えると、自分が救いようもなく堕落した人間のように思われてくるのだった。

寝ころんだ背のあたりに、尖った石が埋まっているらしく、背を刺してくる痛みがある。その痛みが、元司にはむしろ快かった。

不意に女の笑い声がした。元司は上体を起こした。軽舟が、立谷沢川をくだって最上川と落ち合う河口の方に滑って行くところだった。中年の男が、落ちついた身ぶりで竿を使っていて、舟の艫《とも》に野良着姿の若い女が三人乗っている。

女たちは、起き上がった元司を怪訝《けげん》そうに眺めて黙りこんだが、前を通りすぎたところで、一人が元司に手を振った。娘らしいはなやかな笑い声があがった。

最上川の本流に乗って見えなくなった舟を、ぼんやり見送っていると、後に足音がした。元司が振り返ると、次弟の熊次郎が立っていた。

「おれを探しに来たか」

元司が言うと、熊次郎は黙ってうなずいた。寡黙《かもく》で利口な、八つの子供だった。

「どうだい、熊次郎」

立って砂をはらい落としながら、元司はふと思いついて言った。

「お前が家をついで、酒屋をやらねが？」

「………」

「そうせば、おれは家を出てどこかへ行く」

熊次郎は、黙って兄を見たが、すぐに首を振った。元司は熊次郎の頭を撫《な》でて歩き出した。

旅絵師

一

「先生、このままでは私は無頼になります。私に学問を叩きこんでください」

元司は畑田安右エ門の長屋を訪れ、部屋に通されると、すぐにそう言った。

畑田は、元司の突然の言葉にちょっとびっくりした顔をした。畑田は清川の関所を警衛する役人で、十三石二人扶持、身分は給人だった。

給人は徒以下の下級武士で藩の実務にたずさわったが、荘内藩では上級武士である家中と身分的に峻別されていた。足駄を履くことを禁じられ、道で上級藩士と遭えば、履物を脱いで挨拶しなければならなかった。家中との婚姻も禁じられていた。知行はあてがわれず切米、扶持米を支給されたことは前述のとおりである。

関所勤めにも差があった。清川の関所には上番、下番の二つの役所があり、上番は家中が勤務して士以上の出入りを改め、下番には給人が詰めて百姓町人の出入りを監視する。

畑田は下番に勤務する役人だったが、温厚な読書人でもあった。非番の日は、終日家にこもって書を読む。畑田の漢学の素養は奥深いものだった。

元司の言葉は、畑田を驚かせたが、そのとき畑田は、元司の祖父昌義から、元司の教育を委嘱されたときのことを思い出していた。

「この子は、暮に清水塾を出されて、戻って参りましてな」

と昌義は言った。

「頭はよろしいが、手に負えないわがままな行ないがあったということです。私はこれが七つのときに孝経の素読を習わせましたが、たしかに鋭い頭をしているようです。しかしお気づきでしょうが、この子には一点ど不敵なところがあります。こういう子は、将来名を挙げるほどの人物になるかも知れませんが、ひょっとすると家名に汚点を残すような者にならないとも限りません」

どうか曲った方向にすすまないように、導いていただきたいと、昌義は頼んだのであった。

「無頼になるというと、なにか悪いことでもやったかの」

「酒田の廓で遊んで来ました。面白かったのですが、面白すぎて、少しこわくなりました」

この子の内部には、自浄作用のようなものが働くらしい、と畑田は思った。それで駆けこんできたとすれば、学問を深める機が熟したのだ。

「十四で廓通いとは恐れ入ったの。なるほど無頼になりかねんぞ。よろしい、治兵衛どのに頼まれていることもある。早速はじめようか」

「お願いします」

「伊達塾では、詩経まで行ったそうだな。ではその続きからはじめよう」

「先生」

不意に元司が言った。

「先生は廓で女を買ったことがありますか」

「残念ながらない。しかし男女の情を解せぬほどの堅物でもないがの」

畑田は謹厳な顔で言った。が、内心大変な子供を引きうけたという気がした。しかし元司は、詩経から楽楽と孟子にすすみ、翌年になると易経、礼記を苦もなく読みこなすようになった。おぼえはよく、しばしば明敏な頭の冴えを示して畑田を驚かせた。

二

弘化三年五月、清川の斎藤家に一人の旅絵師が立ち寄った。

「竹洲と申す絵描きです。本名は藤本津之助という者です」

と絵師は名乗った。三十ぐらいの年恰好で、瘦せていた。寡黙で、喋《しゃべ》るときも物しずかな話しぶりだった。

斎藤家には、荘内領に入る、あるいは荘内領を通過して新庄領に出るさまざまな人間が立ち寄る。藤本津之助のような絵師、さらには俳諧師、書家、旅僧、回国の剣客など、何かの一芸に秀でた者が、斎藤家の噂を聞き、立ち寄るのである。昌義も豪寿も、そういう客を喜び、気に入った客は、楽水楼に泊めてもてなした。

藤本という絵師は、最初の日から楽水楼の客となった。彼の描く南画の出来ばえがすばらしかった。独特な筆勢が生み出す絵の世界に何とも言えない気韻がこもっていて、昌義らを魅了した。のみならず、話している間に藤本が深く和漢の学に通じていることもわかってきた。試みに詩を乞うてみると、藤本はたちどころに即興の七言絶句を示し、その書がまた見事だった。

「とどまりたいだけ、いてください。孫にもいろいろと教えてやって欲しい」

と昌義は言った。元司から噂を聞いて、畑田が藤本に会いにきた。藤本は寡黙、畑田も口の重い方である。その二人が、何が面白いのか、途中何度も笑い声をはさみながら、長い間話した。

「驚いたご仁ですな」

帰るとき、畑田は笑いながら昌義に言った。

「あのひとは兵学もおさめ、撃剣もよほどお出来になるようだ。気がつきましたかな。肘《ひじ》に竹刀《しない》だこが出来ています」

楽水楼の新しい客に、十七の元司は夢中になっていた。畑田の講義がある日は、講義が終ると家に駆けもどり、講義がない日は少しうるさいほど藤本の部屋に行った。また空が晴れていれば、立谷沢川の岸に誘って散策の案内をしたり、最上川を舟で渡り、対岸にそびえる蘭山《あららぎやま》に、一緒に登ったりした。

すでにさまざまなことを、元司は藤本から聞いていた。外国船が、しきりに日本の近海に出没し、通商をもとめてきていること。幕府はすでに四年前、異国船打ち払い令をやめ、薪水食料をもとめて立ち寄る外国船にはそれを与えてもよいとしているが、開港通商の要求は依然拒んでいること。昨年の三月、江戸伝馬町の牢獄が火事で焼け、囚人が一時釈放されたが、その中に蛮社の獄で捕まっていた蘭学者の高野長英がいて、彼は火事がおさまったあとも帰獄しなかったことなど。

藤本の話は、元司にいままでまったく知らなかった世界を開いて見せるようだった。そういうとき元司は、一昨年の秋、父母と師の畑田夫妻と一緒に、仙台領の松島に行ったときのことを思い出していた。元司はそのとき父と二人でさらに石巻まで行き、東にひろがる外洋を見ている。海は広く、荒れていた。

海を見ながら、元司はそのときしきりに、諸国を旅してみたいという気持に駆られたのである。

海が珍しいわけではなかった。海は酒田にもあった。廓で遊んだ帰りに、不意に自責の思いに責められ、清川村とは反対の方角にある海辺に出て、そこの砂浜に一刻（二時間）近くもぼんやりと寝ころんでいたこともある。そういうとき、波の音はいかにもやさしく遊蕩児の心を慰めた。

だがその海は、いわば自分の国の海だった。春から夏にかけての美しく凪《な》いだ海。秋から冬にかけての、不機嫌に終日咆《ほ》えたて、砂浜や岩を打ち叩く海。季節ごとに海は顔を変えるが、どれも知り尽くした顔だった。

だが石巻で見た海は、茫漠とただ荒れていて、不思議に未知のものを感じさせた。異郷の海だ、と思い、元司はまだ知らない諸国の海や山、そこに住む人びとに思いを馳せたのだった。だが藤本の眼はさらに、とりとめもなく広がった海の向うにある異国を見つめているようだった。

「清国がエゲレスと戦って負けたことを知っていますかな」

　と藤本は言った。藤本と元司はいつものように最上川を舟で横切り、対岸のあらぎ山の山道をのぼっていた。藤本はあららぎ山の山頂から、西にひろがる荘内平野を眺めるのが好きだった。半刻も一刻もそこから平野を見おろし、美しい土地だ、と言った。

「アヘン戦争というのです。戦争は三年続き、つい四年前に終ったばかりです。エゲレスは方ぼうに土地を持っていますが、本国はさほど大きくないらしい。その国に、大国の清国が非常に脆《もろ》い負け方をしたそうです」

「………」

「佐藤信淵《のぶひろ》という学者が、清国は勇猛果敢な満州族の兵を要害に配って、エゲレスの軍を防いだが、一戦も勝つことが出来ず、一城も守ることが出来なかったと言っています」

「なぜですか」

「兵備が違うのですな。エゲレス兵は、精巧な大砲と小銃を沢山持ってきて、大砲で城壁を砕いたそうです」

「竹洲先生。アヘンというのは何ですか」

「麻薬です」

「麻薬？」

「吸えばたいそう心地のいいものらしい。だが長い間吸い続けると、頭を冒されて廃人になるという話です。エゲレスはそれを清国に売って莫大な金を儲けていたが、そういうたちの悪い麻薬だから、清国では持ちこみをことわりました。それで戦争になったのです」

「…………」

「清国は戦に負けて、島をひとつ取られ、五つの港を開きました。エゲレスはいままでの何倍も品物を持ちこみ、さらに儲けようというわけです」

「けしからん話ですな」

元司は憤慨して言った。

「エゲレスのやり方は横暴です」

「それで戦争になったのですな。しかし清国はその戦に負けてしまった」

「…………」

「日本のまわりをうろついて、港を開けと言ってきている連中は、エゲレスと五十歩百歩でしょうな。幕府はいましきりにそれをことわっているが、いまにことわりきれなくなるでしょう。無理に国を鎖していれば、アヘン戦争の二の舞です」

「…………」

「日本はこれから変らざるを得んでしょう。どう変るのか、私にもわからないが。ところで元司君」

藤本は身軽に頂上を踏んで、元司を振り返った。藤本の顔は幾分赤くなっていたが、声は平静だった。

「君は、酒屋を継ぐことになりますかな」

「……………」

元司は答えられずに、藤本の顔を見た。藤本は細い眼を、またたきもせずに元司に据えていった。

「私がはじめてここに来たとき、君は心に憂悶を抱いているように見えた。これは何だろうと思って見ていましたが、およそ見当がつきました。君は家を継ぐのが厭《いや》なんじゃありませんか」

「そうです」

「君の心は、家を離れてずっと外を向いているようだ。いつからですか」

「子供のころからです。でも竹洲先生。私は総領ですから、家を離れることは出来ません」

「でも、出たければ出たらいいのです」

藤本はあっさり言った。

「私も二十五のとき家を出ていますよ。私は叔父の家に養子に入った身分で、妻もいました。それでもやりたいことがあったから、家を出ました。男はそうするものです」

「………」

「もっとも私の家は藩の小役人で、私は用水番を勤めていましたから、君とは少少事情が違いますな」

藤本ははじめて微笑した。

「で、家を継がず、何になるつもりですか」

「わかりません。はっきりとは」

元司はうつむいた。

「ただ、このまま村には埋もれたくない気持です。出来れば江戸に遊学して、天下に名を知られる者になりたいと、そんなことを考えています」

「学者になる？」

「ええ、ま。なれるかどうかわかりませんが」

「それもいいじゃありませんか。いま何を読んでますか」

「春秋左氏伝です」

「元司君」

藤本は元司にじっと動かない視線を据えながら、相変らず丁寧な口調で言った。

「私はいささか観相をたしなみますが、君は酒屋の主人に納まる人間じゃありませんな。顔に波瀾が現われています。それも尋常でない大きな波瀾です。そこで揉まれて名をあげることになるようだ」

そこまで言って、藤本は不意に口を噤んだ。

元司は、藤本がもっと何か言うかと思ってじっと待った。人に、自分の運命のようなものについて何か言われたのは、はじめてだった。微《かす》かな恐れを抱きながら、元司は次の言葉を待ったが、藤本は口を噤んだままだった。

梅雨の季節がまだ終らず、あまり強くない雨が、連日降ったりやんだりしていた。今日も朝からどんよりと曇って、ひと雨来るかと思わせたが、天気は持ちこたえて雲は昼すぎから次第に薄くなった。

いまは西の空に、暮れようとする日が姿をあらわし、緑にいろどられた野や村落の森を照らしている。日はまっすぐにあららぎ山にも射しこみ、藤本の痩せた顔を浮かびあがらせていた。

元司はこらえきれずに聞いた。

「それから、どうなりますか」

「え？」

藤本は夢から醒めたように、元司を振り返った。

「私の行末のことです」

「ああ。いや、わかっているのはそれだけです。その先はわかりません」

藤本はそう言って、顔を野に戻した。あまりいろいろなことを喋って損したというような、そっけない横顔になっていた。

それだけかと元司は思ったが、一方で藤本が言ったことだけで十分だ、という気もした。家業を継ぐことに気がすすまず悩んだが、それは、はじめからそういう運命だったのだ。酒屋という商売が他人事のように思えたのは当然だった。おれはやはり、家を出て行くべきだ。

二年前の正月。元司は家の系図を眺めているうちに、不意に啓示を受けたように心が決まった。時節が来たら江戸に遊学して、天下に知られるものになるのだ、と自分に誓ったのである。だがその決心は、心の底に秘めたままで、さっき藤本に洩らすまで、誰にも言っていなかった。あのときの決心は、間違っていなかったのだ、と、元司は思い返していた。

「元司君、美しい山河ではないか」

不意に藤本が言った。物思いから醒めて、元司は眼の前にひろがる景色を眺めた。日ははるか西の砂丘の陰に沈もうとして、赤味を帯びたやわらかな光を荘内の野に投げかけていた。左右につらなる山山は、ある場所は濃緑の樹樹が褐色に染まり、ある場所では黒い影を刻んでいた。前面にひろがる野も一面に赤らみ、その中を流れくだる最上川も日に光っていた。酒田の港に下る舟の、白い帆が浮かんで、少しずつ遠ざかって行く。

「いつかこの山河を、君が捨てる日がくるのかね。そうだ、君のために帰るまでもう一幅描いておこう」

藤本は、魅せられたように遠くに眼を遊ばせながら言った。滞在がひと月近くにもなった藤本は、四、五日あとにここを発つことになっていた。

三

山を降りて、藤本と元司が家の近くまで帰ってきたとき、店の前あたりで、さわがしい人声がした。

「何でしょう」

と元司が言うと、藤本は耳を傾けるような表情になって、喧嘩のようですな、と呟いた。近づくと、藤本が言ったとおり、元司の家の前に黒山のように人だかりがし、その中で二人の男が喧嘩をしていた。

喧嘩というよりも、もう歯むかう力をなくしている一人の男を、大柄な船頭がいたぶっているのだった。地面に投げられたり、殴られたりしているのは、二十半ばのひよわにみえる男で、旅の途中らしく、足もとに振りわけの荷や、笠などが散乱している。

男はなんとか船頭の手からのがれようと、必死になっていた。荷をひろいあげて、人垣の方に逃げこもうとするのだが、船頭は敏捷《びんしょう》に前に回って逃げ道をふさいだり、後から帯をつかんでひき戻したりした。そして殴りつけた。

「そら、おめえも男なら、腕で挨拶したらよかんべよ。おら」

船頭は喚いた。船頭はあきらかに酔っていた。日焼けした腕と胸に肉が盛りあがり、狂暴な髭面をしていた。

——はじめてみる男だ。

と元司は思った。最上川をのぼりくだりする船頭の中には、商売柄気の荒い者もいて、そういう連中は、舟着き場で舟を捨てて元司の家に駆けこみ、ひとしきり飲むと店先であばれたりするのだった。

だが長い年月の間に、そういう酒癖の悪い連中の顔は大体わかっていた。そういう連中がくると、元司の父は店先に出て行って、飲んでもいいが、人に迷惑をかけるな、と懇懇と説諭するのである。飲む前の彼らは猫のようにおとなしく、きまり悪げに説教を聞き、わかりました旦那、この前のようなことは一切やりません、などという。それでもひととおり飲むと、やっぱりあばれるのだが、元司の父や母が出て行って叱ると、さきに説諭されたのを思い出すかして、だんだんにおとなしくなるのだった。

だがいま旅の人間をいたぶっている船頭は、新顔だった。そして仲間がいた。仲間は二人いて、店先で外に出ようとする元司の父を押し戻していた。二人とも赤い顔をして、手に舟から持って来たらしい櫂《かい》を握っている。

——たちの悪い連中だ。

元司はぞっとした。

「どうしたんだろ、いったい」

元司はそばに立っている村の者に聞いた。

「なに、足サ蹴つまずいたとか、そげだことからはじまったらしいども」

村の者は喧嘩から眼を離さずにそう答えた。元司は不意に怒りがこみ上げてくるのを感じた。これ以上連中のいいようにさせてはおけない。斎藤の店の名折れだ。父もそう思っているに違いないと思った。元司は前に出た。

するとと藤本が元司の肩を押さえた。強い力だった。

「いい。私にまかせなさい」

藤本はそう囁《ささや》いたが、まだ喧嘩を見ていた。旅の男は鼻血を出していた。そして、また船頭につかまって地面に投げつけられると、もう逃げる力も失せたように地面に蹲《うずくま》った。見ていた者の中から同情の声があがった。

そのときになって、藤本はようやく前に出て行った。藤本は旅の男を足で蹴っている船頭の後に近づくと、肩を叩いて何か言った。藤本が、何を言ったのかは、声が低くて聞こえなかったが、船頭はふり返ると凄い眼で藤本を睨んだ。

「なんだず、おめぇは。この店の用心棒か」

船頭は、藤本が腰にさしている小刀をじろじろ見た。

「いや、そういう者ではない」

「なら、引っこんでいてもらうべ。こいつは店を出るとき、おれを蹴とばしやがった野郎だ。わざとだべよ。いやというほど蹴とばして、挨拶もなしに行こうとしやがった。舟人足だと思って、おれバなめてんだ」

「それにしても、もうよかろう。これ以上痛めつけると死ぬぞ」

「なぁに、死にやしねぇって。強情な野郎だぜ。けざァ（こいつは）よ。これほどやってやったのに、詫びひとつ言いやがらねぇ。こいつがちゃんと詫びるまでは、腹の虫がおさまんね」

「詫びは言いません」

鼻血で赤く染まった顔をあげて、若い男が言った。なるほど強情なところがある男だった。もっとも船頭が言っているのは、口で済む詫びでないかも知れなかった。

「足を出したのはそちらです。私が詫びることはありません」

「野郎、このッ」

船頭は足をあげて、若い男の脇腹を蹴った。男は悲鳴をあげて脇腹を押さえ、地面をころがった。

「やめろ」

藤本は強い口調で言って、船頭の前に立ちふさがった。

「おや、旦那がかわって相手になっかね」

船頭はにやりと笑ったが、すぐに凶暴な眼つきで藤本を睨んだ。

「面白《おもしよ》え。ほたら、その邪魔っけなものは取ってもらうべ」

船頭は、すばやく藤本の小刀を摑《つか》もうとした。すると、藤本の方から吸いつくように船頭に身体を寄せた。次の瞬間、藤本の肩越しに、船頭の身体が一回転して地面に落ちていた。あっという間の出来事で、見ていた者は、しばらくしてからわっと声をあげた。

「先生、危い。うしろ、うしろ」

元司が叫んだ。仲間がしたたかに投げつけられたのを見て、店先にいた二人が、櫂をかざして疾風のように藤本に駆けよるのを見たのである。迎え撃つように藤本は二人にむき直った。そして不意に身体を沈めて、小刀をふるった。

見物の人間の中から笑い声が上がった。櫂で打ってかかった船頭の一人は、両断された櫂の切れはしを握って立っていた。もう一人は帯を切られて、毛深くふくらんだ腹が丸出しになっていた。

彼らはその姿のまま、茫然と藤本の後姿を見送っていた。地面に投げつけられた船頭も、びっこをひきながら立ち上がったが、藤本を追う元気はないようだった。

人びとは笑いながら散りはじめていた。その間に、旅の若い男は人ごみにまぎれて姿を消したようだった。

「先生、すごいな」

ゆっくり裏門の方に歩いて行く藤本に追いつくと、元司は言った。興奮していた。藤本がどんな剣を使ったのかは、よく見えなかった。藤本と二人の船頭が、ぶつかり合うように交錯し、船頭が怒号して櫂をふりおろすのはわかったが、そこから抜け出したとき、藤本はもう刀を鞘におさめていたのである。

「畑田先生がおっしゃったことは、本当でしたね」

「畑田さんが、何を言ってましたかな？」

「先生は撃剣も相当の腕らしい。竹刀だこがあるって言ってました。竹刀だこって、どれですか？」

藤本は黙って腕をまくって見せた。

「流儀は何流ですか」

「一刀新流。花房義制という人から、長沼流兵学と一刀新流の免許を受けました」

「私も撃剣を習います」

と元司は言った。その言い方が唐突だったので、藤本は低い声を立てて笑った。

「剣を、何のために習うかね、元司君」

「私もいずれ諸国を旅するつもりですから、そのときの護身のためです。それと、さっきの先生のように、正義を行なうためです」

その夜斎藤家では、事件の話で持ちきりになった。藤本は、にわかに剣客としても見直された形で、苦笑しながら、もうそのぐらいでよろしいでしょうなどと言った。

その席でも元司は、私も撃剣を習います、と言い、祖父の昌義は面白がって、先生どうですか、この子は見込みがありましょうか、などと訊ね、藤本を当惑させた。

閏《うるう》五月三日。藤本津之助は飄然《ひょうぜん》と清川村を去って行った。元司は藤本に送別詩二編を贈った。

藤本が去ったあと、元司はしばらくの間、熱に浮かされたように撃剣に夢中になった。まず父にねだって、自分の刀をもらった。六人扶持とはいえ、斎藤家は士分の扱いなので、刀を持って悪いことはないと思っていた。父の豪寿は刀剣にも造詣が深かったので、元司に山城守源国重の刀をあたえた。

ついで元司は、広い米蔵の中に百匁蠟燭を立て、陣笠をかぶり、使用人の一人を呼んで打たせ、撃剣の真似ごとに励んだ。元司は力が強かったので、誤って元司に打たれると、何日も痛んだ。使用人たちは稽古を敬遠した。

四

使用人たちは、店の仕事を口実に、だんだんに撃剣ごっこから遠ざかり、しまいには一人も来なくなった。

仕方なく元司はひとり稽古に励んだ。梁から薪をつるして木剣で打つ。あるいは蔵の中の柱を藁で巻いて竹刀で打つ。元司は真剣だった。汗を流し、息を切らして斬撃を繰り返した。

そういうとき、元司の眼には、二人の荒くれた船頭がふりおろす櫂の下を、燕《つばめ》のようにすり抜けた藤本津之助の姿が映っている。

——文武二道だ。

人間はああでなければいけない、と思いながら、息を切らして柱の巻藁を打った。その稽古を、ときどき辰代や熊次郎がのぞきに来た。

「見てろ、辰代」

元司は妹を壁ぎわに立たせておいて、巻藁撃ちや、薪撃ちを披露した。気合鋭く打ちこみ、飛鳥のように身を躍らせる。陣笠の下の元司の髪はみだれ、顔は汗だらけで、眼ばかり光っている。

辰代は笑い出した。元司は手を休めた。

「どうだ。前よりはうまくなったろう」

「まるで気ちがいですね」

辰代は酷評を残して蔵を出て行った。次弟の熊次郎と、今年十になる三弟の熊三郎が連れ立って見にくることもあったが、寡黙な熊次郎は何も言わず、熊三郎は、異様な風体の兄が獅子奮迅の勢いで蔵の中をとびまわるのを、おびえた眼で眺めるだけだった。

この様子を見た祖父の昌義が、酒田に撃剣の先生を見つけてきた。

伊藤弥藤治という直心影流を使う剣士だった。伊藤は五人扶持で一応は士分だが、素姓は酒田の富豪伊藤四郎右ェ門の分家である。剣を荘内藩士服部十兵衛に学び、ほかに大坪流の馬、日置《へき》流の弓術の免許をうけていた。

伊藤の家の裏には、馬場、弓術場が設けてあって、撃剣の指南も、この馬場でやるのであった。元司は早速入門した。清川村から酒田までは片道七里である。元司は往復十四里の道を通いはじめた。

だが伊藤が指南する実際の剣術は、米蔵の中のひとり稽古のように楽しいものではなかった。地味で、苦しいものだった。しかもなかなか上達したとは言ってくれない。伊藤のところに通ってきている剣術の弟子は、鶴ヶ岡城の支城である酒田の亀ヶ崎城に勤める下士の子弟、町人、百姓の子などがほとんどだった。技倆は、その連中の方がはるかに上だった。

元司は倦きてきた。ちょうどそのころ、藤本から受けた撃剣熱が少し醒めかけていた。

ある日元司は、伊藤の道場の稽古を早めに切りあげると、廓がある町の方に入って行った。その一画に入ると、どこからともなく脂粉の香が匂ってきた。ひさしぶりに嗅ぐ、なつかしい匂いだった。町を歩く女がなまめかしかった。しばらく遠ざかっていた悦楽の記憶が、みるみる身体をほてらせてよみがえって来て、元司は自分が元の木阿弥にかえるのを感じた。

色町の秋

一

酒田は戦国時代末期から、港町として栄えたが、寛文十二年河村瑞軒によって、酒田から江戸までの西回り航路が開かれると、爆発的な活気を呈するようになった。

村山の幕領、山形藩、米沢藩、上ノ山藩、新庄藩など内陸各藩の米、紅花、青苧《あおそ》などの産物が最上川をくだって酒田に集まり、また上方から来る塩、藍玉、繰綿《くりわた》、木綿、塩引きなどが、酒田を経由して羽州内陸に舟で運ばれた。

元禄のころには、最上川を上下する酒田の川船大小三百六十艘、また村山の川港大石田が所有する川船は大船百三十六艘、中船百二十八艘、三人乗り船二十八艘といわれた。そして諸藩の蔵元、蔵宿を勤める問屋商人がさかえ、酒田の町はひとまわり大きくなった。諸国から商人が入りこみ、商談と物の集散に明け暮れる港町だった。

山王様と呼ばれる日枝神社の祭りは、港町酒田の活気を代表する盛んな祭りだった。祭りを見にきた千石船が、五、六十艘も沖に帆柱を並べ、最上川の河口から上流にかけて、舟印をはためかせて大小の船がぎっしりと岸に繋留される。

船の船頭や水夫、近郷から集まる若者たちは、祭りの山車《だし》を見物したあと、船場町、今町の廓に繰り込んで、酒を飲み、女を抱く。船場町に三十六軒、今町に三十七軒の娼家が公許されたのは文化十年のことで、以来この二つの町は男たちの歓楽の巷だった。三年前の祭りの日、元司は村の男たちの後について、今町の廓を見に来た。見るだけで帰るつもりだったが、柄が大きいために、女たちに誘われて登楼し、そのときから廓の艶な情緒のとりこになったのである。

山王祭りは四月の中の申の日で、町は人波で埋まるが、空は大方さわやかに晴れ、町をさつきの風が吹き抜ける。だが、いま元司が歩いている八ツ（午後二時）さがりの廓町には、暑い日射しが降りそそぎ、顔を吹きすぎる風は、火で煽られるように暑かった。

町はひっそりしていて、人影ひとつ見えない小路もあった。元司の五、六間先を、むしろで包んだ青物を背負った老婆が、触れ売りの声を流しながら、ゆっくり歩いて行く。

——いまごろ歩いているようじゃ、売れなかったのだな。

と元司は思った。近くの村村から、百姓家の女たちがとれたての青物を担って、酒田の町にやってくる。だが大方は朝のうちに町に入り、昼前には売り尽くして村に帰って行くのだ。

短い影をひき、顔から汗をしたたらせて、元司は老婆のあとから歩いて行った。これから遊女屋に上がろうとしている自分がやましく、老婆を追い抜くのを憚るような気持になっていた。

角をひとつ曲って、老婆の姿が見えなくなると、元司は大いそぎでいつも行く遊女屋に駆けこんだ。すぐに馴染《なじ》みの遣り手婆さんが出てきた。しげよという名で、婆さんというが、まだ五十前の肥った女だった。

「おや、いらっしゃい。若旦那」

としげよは言った。

「お暑うございます。しばらくお見えになんなかったですねえ」

「うん。少し慎んでいたのだ」

「あら、若いひとは慎んだりすっと、身体に毒でしょ」

しげよは元司の後から肩を打った。元司の素姓を知っていた。元司は来るたびにしげよに心づけを渡しているので、ここでは、昼日中から登楼する野暮さかげんを気にしたりする必要はなかった。

「少し昼寝をさせてもらうか」

「昼寝ですって？」

元司をみちびいて梯子《はしご》にのぼったしげよは、のぼり切ったところで振り返った。

「なにを遠慮なさってとこ、若旦那。この家サは酒も女もそろってますよ」

「でも、女たちはまだ寝てるだろう」

「冗談おっしゃっちゃ困ります」

しげよは、二階の部屋に入ると、勢いよく障子を開けて回った。

「そんげ寝かして置いたんじゃ、商売になりませんよ。ゆうべお茶をひいた女の子なんざ、朝の暗いうちから起きて、仕事してますよ」

しげよは遣り手婆さんらしい、きつい口をきいた。

「ほんと。みんな高い金を払った身体なんだもの。で？　どうなさいますか？」

しげよは元司に座布団をすすめ、その前に膝をついた。丸く肥っているが、血色の悪い顔に下卑た笑いが浮かんでいる。

「まさか、ほんとに昼寝すんなじゃ、ございませんでしょ？」

「そうだな。ンだばまず、酒をもらおうか」

「お酒だけ？」

「お松、いるかい？　お松」

元司は、何度か寝たことのある妓《こ》の名前を言った。器量はあまりよくないが、ぽっちゃりしたやわらかい身体をもち、元司と会うと痒《かゆ》いところに手がとどくような扱いをした。それでいて元司を自由に遊ばせておくようなところがあって、元司はお松といると何も気をつかわずに済んだ。元司より二つ年上だった。

女の名を口にしたことで、元司は不意に新鮮な欲情が、身体の中に動き出すのを感じた。藤本津之助という絵師がきてから、元司は別のものに心を奪われ、女のことなど思い出すこともなかったのだが、いまはお松のやわらかく屈伸する身体と、そのあたたかみを手にとるように思い出していた。

「おや、お生憎さまだこと」

と、しげよが言った。しげよは笑いをひっこめて、気の毒そうな顔をしている。

「若旦那は、お松がお気にいりだったんですよね。でも、あの子は事情があって船場町の方に移ったの」

「いつ？」

「半月ほど前ですよ」

船場町も繁昌している廓だが、今町の廓より格が少し落ちる。お松の上に起きた事情があまりよくないもののように元司は感じた。だがそういうことは、聞いてみても仕方ないことだった。廓で働く女たちは、みんないろいろな事情をかかえ、水に流されるように漂い動くのだ。昨日までいた女が、今日はいなかったということも、珍しいことではない。

元司は、それでは一度船場町に、お松をたずねて行ってみようと思っただけだった。

「船場町の何という家だね」

「住吉ですよ」

「お松がいなきゃ、仕方ないな」

「どうしましょ？　まさえでも呼びますか？」

まさえは、この廓内でも評判の、美貌をうたわれる妓だった。

「いや、まさえでなくともいい。そうだな。ゆうべお茶をひいたというのは誰だい。可哀そうだから、その子を呼んで酌してもらうか」

「お由ですか」

遣り手のしげよは、小鼻に皺を寄せて笑った。

「若旦那がまあ、いっぱし遊び人みたいなことをおっしゃって。そういうことは、遊び倦きた殿方がおっしゃることでしょ？」

「そうかな」

「そうですよ。ンだども呼んでやれば、お由が喜びますけどね」

「お由というのは、聞いたことのない名前だな」

「来たばっかりですから。お松と入れかわりぐらいに。気がきかない、まだ子供だども、えがし？」

「誰でもいい。酌をしてもらうだけだから」

「そんなこと言わねで、少し仕込んでくださいよ」

そう言ってしげよが部屋を出て行くと、元司は、座布団を二つ折りに畳んで、寝ころぶとそれを枕にした。

──まさえは、だめだ。

と元司は思っていた。評判に釣られて、一度寝たことがある。きれいな取り澄ましたような顔をしているのに、床の中で大騒ぎする女だった。こういうところが、男にもてはやされるのだな、と思ったが、元司は興ざめした。遊里でいうところの、実のない女のように思われた。

しげよが開けはなした窓から、風が吹きこんでくる。外にいるときよりは、幾分涼しい風だったが、それでも胸は汗ばんでいた。そうしてひっくり返って女のことを考えていると、いかにも遊治郎という気がしてくる。

──いまごろ、やってるかな。

元司は伊藤の屋敷の裏にある馬場を思い描いた。暑い日射しに曝《さら》された土の上で、竹刀をふるい、跳びはねている連中のことを考え、のうのうと畳にひっくり返っている自分を、少しやましく感じたが、興味は撃剣から遠ざかっていた。道場には、家の者に怪しまれない程度に顔を出していればいいさ、と思っていた。

声がしたので、元司は起き上がった。

酒肴《しゅこう》の支度を手に捧げた若い女が、部屋に入ってきたところだった。女は元司の前に膳を据えて、お由と言います、と挨拶したが、そのまま固くなってうつむいている。

女がまだ子供子供しているのに、元司は驚いていた。貧血の気味があるのか、青白い顔をし、揃えた膝も、その上に置いた手も痩せている。廓に買われてきて、まだ幾日もたっていない固さととまどいが、細い全身にあらわれていた。元司は痛いたしい気がした。

「あんたは、いくつ？」

盃をとりあげながら、元司はたずねた。

「十六です」

女はぽっと顔を赤らめて答え、あわてて銚子をとって酒を注いだ。すると女の身体に、不意に匂いたつような女らしさがあらわれた。女は顔色が悪く痩せていたが、きれいな眼鼻だちと白桃のような皮膚を持っていた。

「十六なら、おれよりひとつ下だ。あんたも一杯どうですか」

元司は女に盃をさした。すると、女はしりごみするような身ぶりで、ことわった。元司を見た眼に、軽いおびえがあった。

——なるほど。これじゃ売れまい。

元司は苦笑して、置き物のように坐っている女を眺め、黙って飲みつづけた。家の者には隠していたが、元司は酒が強くなっていた。酒がうまく、酔った気分がまた悪くなかった。極端に無口な女を相手に、元司は時どきぽつりぽつり話しかけながら盃を口に運んだ。

酒の席でわざとらしくにぎやかにする女を、元司は好きでなかったので、女の無口はあまり気にならなかった。飲みながら、船場町に移ったお松のことを考えたり、藤本に洩らしたほかは、誰にも秘めたままにしてある家を出る望みを、胸の中でころがしたりした。藤本は簡単に、出たければ出ればいいなどと言ったが、そう簡単に運べることではなかった。そのことを考えると元司は気が滅入る。あてのない望みだという気がした。

いまも、考えているうちに苛立ちがこみあげてきて、盃を口に運ぶ手が早くなっていた。元司は女に銚子を変えさせ、自分も次第に無口になって飲みつづけた。

「気にしなくともいいよ」

元司は、女が恐れるように自分を見守っている気配に気づいて言った。

「おれはお喋りな女よりも、口数が少ないひとの方が好きなんだ。もっともあんたは、喋らなすぎるけどな」

一杯頂けますか、と女が言ったのは、日の色が鈍くなり、家の中がどことなくざわめいてきたころだった。盃を干すと、女が言った。

「あの、床をつけてもらえますか」

「………」

元司は女を見た。女の眼に必死ないろがある。女は今夜もお茶をひくのを恐れていた。

「その方がいいのか」

女がうなずくのを見て、元司はこっちへ来いと言った。そばにきた女の手を握ったとき、元司は放蕩の血がせきを切るのを感じた。

二

元司はいそがしくなった。伊藤の道場に通い、今町と船場町の両方の廓に通った。

船場町の住吉にお松をたずねると、お松は大喜びで元司を迎えた。しばらく遊びから遠ざかっていたために、一たん禁欲を解いてしまうと、元司の遊びはとめどがなくなった。お松に溺《おぼ》れた。

一方で元司は今町のお由にも通っていた。口数の少ないお由が、どことなく自分を頼っているふうなのを感じると、行ってやらずにいられなかった。通っている間に、お由の身体から固さがとれ、少しずつ女らしくなって行くのにも気持を惹きつけられていた。お由は季節が秋に入るころには、ほかの客もつき、朋輩が働いている間に、ひとりお茶をひいているようなことはなくなっていた。

その男に声をかけられたのは、秋のある日暮れだった。男はうしろからきて、元司の肩を叩いた。

「胴がガラ空きだぞ、一本だ」

男はそう言って元司の顔をのぞくと、馴れなれしい笑い声をあげた。男は平野という名前で、酒田の亀ヶ崎城に勤める下士の子弟だった。二月ほど前から伊藤の道場にきていて、元司も顔を知っているが、これまで話したことはなかった。

だが平野とは別のところでも、時どき顔が合った。平野は船場町の住吉に通ってきていた。元司にお松という女がいるように、平野にも住吉に馴染みがいるらしかった。あいつは相当の遊び人だな、と元司は自分のことを棚にあげて、そう思ったことがある。

「よく会うな」

平野は一そう馴れなれしい笑いを浮かべて、そう言った。平野は二十四、五に見えた。色白の、つるりとした細面で、眼がやさしく、いかにも女にもてそうな顔をしている。だが、その分だけ、人間が軽薄にみえた。元司は多少迷惑な気持にとらわれながら、あいまいな笑いを返した。

「まだ早いだろう。あそこでちくと一杯入れて行かんか」

平野は船場町の入口にある居酒屋を指さして言った。

平野の言うとおり、まだ少し時刻が早かった。日が海にはいるらしく、空に浮かんだ雲が熟れた茱萸《ぐみ》のような色を帯びはじめていたが、町はまだ明るかった。町に灯が入るまで、まだ少し間があるようだった。

元司は平野の後に続いて、居酒屋の暖簾《のれん》をくぐった。店の親爺は、まだ夜の支度をしているところだったが、平野の顔をみるとすぐに酒を出し、焼いたするめを出した。平野はよくこの店に来ているらしく、親爺にざっくばらんな口をきいた。

「俺も遊ぶが、あんたもよく遊ぶな」

平野は、馴れた手つきで元司と自分の盃に酒を満たすと、ちょっと捧げるようにして飲み、改めてそう言った。

「いつか、あんたに聞こうと思ってたんだ」

「なんですか」

と元司は言った。

「あんたは廓遊びが面白くて遊んでいるのかね」

「そりゃ、女遊びは面白いですよ」

元司は平然と言った。

「へぇ、十七でね。立派なもんだな」

平野は手酌で酒をつぎながら言った。元司の素姓をよく知っている口ぶりだった。

「金をたっぷり持って遊んでいる人間は、そういうものかな」

「……………」

平野は絡むつもりなのか、と元司は思ったが、違ったようだった。平野は不意に眼を光らせて言った。

「おれは違うな。おれは不満があるから遊んでるんだ。遊びでもしなければ、毎日がむしゃくしゃしてかなわん」

「どうしてですか」

「どうして？　あんたはわれわれのような身分の者の暮らしを知らんから、そういう聞き方をする。上の者に頭を押さえられているから、行末芽が吹くなどということとは、まず生涯あり得ない。そうかと言って、身分に縛られているから、百姓町人の気楽さもない。一番損なところにいるわけよ、われわれ軽輩の城勤めの者は」

荘内藩は、藩政初期に鶴ヶ岡城の支城亀ヶ崎城に城代を置いたとき、馬上二十二騎、足軽三十人を亀ヶ崎城に配置した。しかしその後時勢の変化に応じて、家中二十五名、給人、足軽二百人ほどが常駐するようになっていた。そして本城から遠い支城勤めには、一種の怠惰な空気があった。

「本城勤めなら、同じ軽輩でも何かの才によって引きたてられるということがあるかも知れんが、ここではそういうことはまず絶対にあり得んことだからな。真面目に勤めても、不真面目にやっても、もらう扶持米に一俵の増減があるわけじゃない。そういう家を継ぐかと思うと、アホらしくもなるよ」

この男に何の才がある。ただ怠惰の風に染まっているだけではないのか、と元司は思ったが黙っていた。平野の不満がわかるような気もしたからである。事情は違うが、平野は元司が感じているような、ある閉じこめられた感じの中で、やはり出口を探しているのかも知れなかった。

だが、おれならそれを廓遊びの言いわけなんかにはしない。遊びは遊びだ。そこにおれを連れて行くものは、べつの力だ。元司は平野に酒をついでやりながら言った。

「でも、つまりは女が好きだから遊ぶんでしょ？」

「そりゃそうさ。嫌いだったら女郎屋になんぞ来やしない。おい、話の腰を折るなよ」

と平野は言った。

「どうぞ、続けてください」

「千万多《ちまた》という奴がいたんだ。阿部千万多だ。あいつはえらかったな」

「どういうひとですか？」

「おれの家は鶴ヶ岡から来たんだが、阿部は最上家以来の亀ヶ崎城勤めでな。先祖代代足軽の家柄さ。親の子が足軽、子の子がまた足軽というわけだ。どこへも行けるもんじゃない」

「………」

「ところが千万多は出て行っちまった。あのときは驚いたな。奴はいま、江戸で東条という学者塾に入って学問に励んでいるよ」

元司は不意に胸が騒ぐのを感じた。そうか、やはりそういう人間が、世の中にはいるのか、と思った。出たければ、出たらいいのですと言った、藤本津之助の言葉を思い出していた。

「もう少し、くわしく話してください。平野さん」

「阿部のことか。いいよ」

平野は、銚子を振って、親爺カラだぜと言った。

「千万多はおれ同様後継ぎだからな。家を出られるわけはなかった。だがよっぽど学問したかったのだな。家を出るために、奴は足が悪くなったふりをはじめたんだ」

阿部千万多は、三年の間杖をつき、足をひきずって酒田の町を歩いた。そして世間が、千万多は足が悪いと信じたころあいを見はからって、上司に御役ご免隠居の願いを提出した。藩には若隠居の制度があり、不具廃疾のゆえにお役目が勤まらないと判断したときは、役を継ぐことを免じることがある。

願いは受理され、千万多は正式に御役からのぞかれて、自由の身となった。彼はただちに、ぴんぴんした両足で江戸遊学に旅立った。

「おれは千万多とは友だちにしていたから、足が悪いふりをする、と打ち明けられたとき、やめろと言ったんだ。そんなことで世間をだましきれるもんじゃない。考えが甘いと言ってやったんだ」

「……」

「ところが不思議なもんだな。三年もの間、足をひきずって歩いている千万多をみていると、こいつ本当に足が悪くなったんじゃないかとおれまで思ったもんな」

「………」

「結局のところだ。あいつはえらかったよ。初一念を通したんだから。それにくらべるとおれは駄目だよな、親爺。おれは口ばっかりだな」

平野は酔ったらしかった。大声で喚くのに、親爺が、いえ、そげだことはありませんよ、と言った。

「そげだことはないって、何だいその声は。誠意がこもってないよ、誠意が。な、斎藤。そうは思わんか」

「その阿部というひとが行った、江戸の塾というのはどういうところですか」

「東条一堂と言ってな。江戸の大儒だよ。わが藩の給人、足軽。つまり軽輩で志がある奴が、一度は行くところが東条塾さ。おれも昔はあったんだな、その志が。だが千万多の真似は出来ん。おや、暗くなったぞ。行くか」

三

結局居酒屋の酒代は、元司が払わされた。だがそのことがあまり気にならなかったほど、元司は平野に聞いた阿部千万多という男の話に、心を奪われていた。

その夜、元司は船場町の入口で平野に別れた。お松の面影がうすれ、そのかわりに、平野が描いて見せた阿部千万多という俊才の姿が、元司の脳裏一ぱいに立ちはだかっていた。子供のころから学問に励んで、神童と言われ、佐藤三弥記《みやき》に剣を学んで、凡手でない技倆を身につけた男。四年前の二十一のとき、故郷を捨てて江戸に出、いまは東条塾の逸材と呼ばれているというその男は、束の間に元司の偶像として立ち現われたようだった。

「何だい、お前も変な男だな。ここまで来て敵に後を見せるとはおかしいじゃないか。女がこわいか、女がこわくて、船場町の入口できんたまが縮んだか、やい」

元司が振り切って別れると、後で平野の喚く声がした。だが元司は振りむかなかった。酒田の町をはずれて、暗い野に出ると、元司は走り出した。息をはずませて走った。

——今度こそ、言ってみよう。

闇の中を走りながら、元司はそう思った。江戸遊学のことは、父親の前で何度か言いかけて、そのつど断念している。とうてい叶う願いでないという諦めが、心の底に沈んでいて、最後に元司を沈黙させたのである。

だが、阿部千万多がやったことは、もっとむつかしいことだった。彼はとうてい不可能なことを、それも藩を相手にやったのだと思うと、にわかに心を励まされるようだった。九月の闇は寒かった。元司はその中を清川村にむかって走り続けた。

疲れると道端に腰をおろして休み、また走った。

翌朝、元司は店に出る前の父親をつかまえて、出府遊学の希望を切り出した。気遅れがして、元司は言うことがしどろもどろになった。言い終ったとき、脇の下にじっとりと汗をかいていた。

だが、父親の答えは、予想以上に厳しかった。父親の豪寿は、一緒に聞いていた母親の亀代が、顔色を変えてなにか言いかけるのを厳しい眼でとめると、静かな表情で言った。

「私はな、お前がいつか、こういうことを言い出すのでないかという気がしていた。だが、いつ言い出そうと、私の答は決まっていたよ。はっきり言っておこう。出府は許しません」

「一年でも、いえ一年が無理なら、半年でもいいのです」

「何を言うか」

と豪寿は言った。静かな声音だったが、その中には怒気が籠っているのを感じて、元司は心がすくんだ。豪寿は温厚で、人に怒りを見せたことのない人だった。その父が怒っているのを元司ははじめて見たのである。

「一年が一年で済まず、半年が半年で済まなくなることは、子供でないのだからお前にもわかるだろう。一度家を出れば、お前はもうこの家には戻らん」

豪寿の口調には、うむを言わせないひびきがあった。元司は口をつぐんだ。つみ上げて来た望みが、音たてて崩れる音を聞いていた。かすかに光を投げかけていた場所が眼の前で閉ざされ、胸の中が暗黒で占められるのを感じた。

四

「そういうわけで、江戸行きの話は、おしまいになったよ」

元司は、今町の遊女屋で、馴染みのお由に言った。元司は柱によりかかり、片手でお由の肩を抱き、片手で空の盃をもてあそんでいた。酔いが、少し醒めかけている。

「若旦那、かわいそう」

とお由が言った。お由は元司が立てている膝を両腕で抱いて、膝頭に顎を乗せている。人にしなだれかかっている猫のように見えた。

お由は、元司がはじめて会ったころにくらべると、まるで別の女のように面変りしていた。こけていた頰に肉がつき、血色がよくなり、黒目がきらきら光っている。細身は細身だが、手足から骨ばった感じが消えて、身体のあちこちに丸味が出てきていた。皮膚には一種の光沢がつきまとっている。お由はいま、女の一番美しい時期を迎えようとしているように見えた。

だがその美しさが、堅気の娘のものでないことも明らかだった。口少ないひっそりと坐っているお由は、もの憂げに美しい一人の娼婦だった。

「でも、あたしはその方がいい」

長い睫《まつげ》を伏せてお由が言った。

「なにがいいんだね」

「若旦那が江戸に行かない方が」

「案外に不人情な女だな、お前も」

「だって、行ったらもう会えなくなるもの」

お由は吐息を洩らして顎をひくと、今度はそのままの姿勢で、元司の膝頭に頬を乗せた。熱い頬だった。手をのばして、元司はお由の身体を抱きあげると、膝の上に横たえた。仰向けに抱かれたまま、お由は瞬きもしない眼で、元司を見上げていた。元司が口を吸うために顔を近づけると、お由の眼は花がしぼむように、ゆっくりと閉じた。

「あの男は、まだ来てるのか」

不意に元司は言った。あの男というのは、伝馬町に木綿問屋の店を持っている、伝七という男のことである。四十半ばの肥った小柄な男だった。いつもお由を名指してくる。

「ええ」

「……」

「仕方ないでしょ。売り物だもの」

元司は沈黙したが、いままで感じたことのない嫉妬のようなものが、胸に動くのを確かめていた。お由のような脆《もろ》く美しい女が、伝七のような男とも寝なければならないということが、ひどく理不尽なことに思われた。

「いい考えがある」

「なあに？」

「清川に来ないか。ここに話をつけてやるから、四、五日泊りに来い。船宿に部屋をとってやるから」

「ほんと？」

お由ははね起きた。お由は膝をそろえて坐ると、嬉しそうに笑った。

「それが出来たらどんなにいいでしょ。ここサ来てから、あたし外に出たことがないのよ」

お由に話したことを、元司は実行に移した。清川の舟着き場に近い場所にある船宿に、ひと間を借り、お由を抱えている楼主に頼みこんで、女を借りうけることに成功した。祖父の昌義がかつて懸念した、元司のど不敵があらわれたのである。楼主は元司の家の財力と、元司の人物を信用していた。

舟で、お由を船宿まで運ぶと、元司は関所の畑田の家に行くと称して家を出て船宿に行き、深夜まで女と一緒にいた。家から持ち出した書物を、女のそばに寝ころびながら読んだりした。不思議なことに、そういう暮らしの中でも、元司の読書欲はいっこうに衰えなかった。春から独力で読みはじめた左氏伝は、そろそろ終りに近づいていた。

だが、巣に籠るようにしていた女との暮らしは、間もなくあっけない終り方をした。船宿に女を隠していることが、いつの間にか村人の噂となってひろがり、父親の耳に入ったのである。

父親は激怒した。父の豪寿は、元司が母親から金を引き出して、廓遊びをしているらしいことは知っていた。しかし江戸に行くなどと言われるよりはいいと思い、男には廓遊びも必要だという気持もあって、見て見ぬふりをしていたのである。

だが地元に女を隠して遊興しているということになると、村の風儀を乱すと考えたのであった。斎藤家の体面というものもあった。珍しく祖父の昌義も、元司を呼びつけて叱った。

昌義は元司の学才を愛し、時に示す物事に対する集中力と放胆な性格を認めていたが、その性分が、紙一重のところで放埒と繋っていることも見抜いていた。元司が今度したことを、最後の慎みを越えた放埒と判断したのである。

お由は斎藤の家の使いをつけられて、丁重に楼主に戻された。

五

「おい、元気がないじゃないか」

数日後、久しぶりに伊藤の道場に行った元司に、竹刀をさげた平野が近寄ってきた。道場と言っても伊藤の稽古場は、外の馬場である。素足に土が冷たかった。熱心な者は、土の冷たさなど気にもかけず、空脛をむき出しにして竹刀をふるっているが、元司は竹刀も持たず、ぼんやりとそれを眺めていたのである。

元司は顔をあげた。平野の顔は薄笑いが浮かんでいる。

「近ごろ船場町でも会わんな」

「………」

「倦きたのか」

元司は黙ってうなずいた。確かに女にも撃剣の稽古にも倦きていた。むなしいことをやっているという気がした。

「それじゃ、ちょっと面白いところに案内するか。ただし、金はそっち持ちというのが条件だが、行ってみるかね」

平野はそばへ寄ってきて、素人女と遊べる家を知っているのだ、と囁いた。

元司と平野が、舟を雇って最上川に漕ぎ出たのは、翌日の日暮れどきだった。船頭は無口な五十過ぎの男で、たくみに舟をあやつって、川を漕ぎくだった。舟は船場町の裏側につけるのだという。

「この親爺にまかせておけば心配ない」

と平野は囁いた。

川岸に立ちならぶ家家の間に、その家がある。水夫宿と呼ばれ、舟乗りを泊めるのが本業だが、表からみては何をやっているかわからないような家に作っている。それはただ舟乗りを泊めるだけでなく、下積みの水夫が舟の者に隠して持ちこむ品物を買いとったり、市中の隠し売女《ばいた》を呼んで、彼らをそこで遊ばせたりするためだった。むしろそっちの方が本業だった。

そこには、貧しいが廓に身を売るまでの決心はつかない娘や、病気の亭主や子供を抱えた人の女房などが、素人の身なりのまま出入りする。むろん法度からはずれた商売なので、女たちの肉はひそかにひさがれる。こっそりと噂を聞き伝える男たちが知っているだけだった。

廓の娼婦たちにくらべると、水夫宿に通ってくる女たちの値は格段に安かった。廓に上がる金を持たない下積み水夫たちは一とき、寝て面白味もない素人女を抱き、そのあとで酒を飲み、仲間同士で博奕を打って夜を明かすのである。

だが世の中には、廓に行く金がありながら、素人女ということに眼をつけて、水夫宿の亭主にわたりをつけ、わざとそこに遊びに行く者もいた。見つかれば罪になる。その危険もあわせて楽しんでいた。

平野は、そういう男の一人と知り合い、二、三度その水夫宿で遊んでいた。見つかったら切腹ものだよ、と元司に話したとき平野は真顔で言ったのだ。

「あそこだ」

平野が囁いた。海に日が落ちて、川は白っぽい暮色に包まれていた。石垣の下に小舟が四、五艘つながれて、その上に陰気に黒い建物が建っていた。舟はゆっくり石垣に近づいて行く。

――あの家へ入ったら、おれはおしまいだな。

不意に元司は思った。一瞬身体が総毛立ったような気がした。自分の堕落の底を見た気がしたのだった。これは、もう遊びではない。廓で女を抱くのとはわけが違う。

「おれはやめる」

元司は言った。平野が振りむいた。険しい表情をしていた。

「やめる？　どうした？」

「素人女と遊ぶのは、気がすすみませんよ」

「おじ気づいたな」

平野は低い声で嘲った。

「貴様、見どころがあると思ったが、案外に度胸がないな」

「いや、法をくぐるのがこわいとは言っていません。だが素人を買うのは、私の性に合いません」

元司はきっぱりと言った。

「ま、いいさ」

平野は身体を起こした。舟は石垣の下に着いていた。そこから斜めに板橋が架けられている。板橋は真直ぐに、上の黒っぽい建物の裏口らしい戸の前に通じている。

「遊ぶ度胸がない者を誘っても無駄だ。帰ったらよかろう」

平野は身軽に橋に移った。そして向き直ると、舟の上の元司に顔を突き出すようにして囁いた。

「だが、この家のことは、口外無用だぞ。はっきり言わんと約束しろよ。そうでないと、帰りにその親爺に、川に沈められるかも知れんからな」

元司は首を回して船頭を振りむいた。船頭は艫《とも》にうずくまって煙草を吸っていた。平野の言葉が聞こえているはずなのに、船頭は顔も上げずに、薄暗い水面を見ていた。煙草の火だけが、時どきぽっと赤くなる。薄闇が寄せてくるなかにうずくまっている、半白の髪とがっしりした肩が無気味だった。

「むろん、人に言ったりはしません。そのぐらいのことは承知してますよ」

よし、よしと平野は言った。平野は白い歯をみせて笑うと、軽い足音を残して板橋を上にのぼって行った。

元司は、がっくりと緊張がとけるのを感じた。自分が、ある越えてならないものの前で、あぶなく踏みとどまったのがわかった。

廓の女たちは、金のために身売りしたあわれな女たちだった。だが、半面男と寝るのは商売と割りきっていた。男を上手に遊ばせ、楽しませる腕をきそい、そこに自分なりの誇りも持っていた。いつまでもじめついたりはしていなかった。

廓の水に染まった女たちは、そこで男たちと対等にふるまうようになる。男と寝るのが好きさ、とはばからずに言う女もいた。そこでは、男たちが彼女らの情のある扱いを欲しがって、機嫌をとったりする。そして商売と割り切って身体を重ねる間にも、真実が生まれ、身請けされて廓を出て行く幸運を摑むこともないわけではなかった。

だが、水夫宿に人眼を忍んで通ってくる女たちは、男に抱かれるいっとき、ただ金のために苦痛を忍ぶだけだろう。金が乏しくて廓に行けない水夫たちが、女たちを買うのは理由がある。だが平野やおれは金を持っている、と元司は思った。二人にあるのは、人と寝る素人女を覗《のぞ》き見したいという、うす汚れた好奇心だけだ。

「どうすっかな？　兄《あん》ちゃ」

船頭が声をかけた。船頭は煙管《キセル》をしまって、櫓《ろ》をにぎりながら元司を見おろしていた。

「もとのところに帰ってくれ」

と元司は言った。

舟が石垣を離れ、暗い水が舟べりに音を立てるのを元司は聞いた。

――このままでは駄目になる。

しかしこういう暮らしをつづけていれば、今日のようなことは、またあるに違いないと元司は思った。薄闇の中に、元司は阿部千万多という、顔を知らない男の姿を描き、自己嫌悪に陥っていた。

出奔

一

弘化四年四月九日。元司は鶴ヶ岡城下にある畑田安右エ門の家をたずねた。畑田は今度江戸詰めが決まり、半月ほど前に関所勤めをやめて城下に戻っていた。畑田が清川村を去る日、元司は畑田を送って一度鶴ヶ岡まできている。今日は二度目の訪問だった。

玄関に迎えに出た畑田の妻女に、元司は持参した鱒《ます》のみやげをさし出した。

「家の者が、最上川で獲ったものです」

「おや、こんな大きな鱒を」

畑田の妻女は、まだ生きて動き出しそうな鱒を、喜んで受け取った。

「ご在宅ですか」

「おりますよ。そのまま座敷まで上がってください」

妻女は、鱒を持って台所に行きかけたが、ふと戻ってきて言った。

「名残り惜しそうですね、元司さん」

「はあ」

「なにか、畑田に申したいことがあるのじゃありませんか。この間、送っていらしたときもそう思いましたけど」

畑田の妻女は聡明な女性だった。この間からの元司の顔色を読んでいたようだった。

「おっしゃりたいことがあるのなら、いまのうちですよ」

妻女はそれだけ言うと、軽く微笑して台所に入って行った。

——今日こそ、言ってみよう。

黙って家の中に上がりながら、元司はそう思った。畑田の妻女のやさしい微笑に力づけられていた。畑田の出府を聞いたとき、元司は家を出る機会がきたと思った。畑田に同行して江戸へ行こう。そう思って、元司は隣村の知人に路銀を借り、身辺を整理して、ひそかに出府の準備をしていた。だがそのことは、まだ畑田に言っていなかった。この前畑田を送ってきたときも、言いそびれている。

畑田は戸を開けはなした六畳の部屋で、書物を整理していた。畑田は畳の上に散らばった書物を片寄せて、元司の坐る場所をつくってくれた。挨拶がすんで、しばらく雑談したあとで、畑田は言った。

「向うに持って行く書物がけっこう多い。そなたにやりたい書物も出てきたが、持って帰るか」

「先生」

元司は顔をあげ、唐突に言った。

「私を江戸に連れて行ってくれませんか」

「江戸へ？　一緒にか」

「はい」

畑田は手にした書物を置いて沈黙した。畑田の家は組長屋の端にある。家の中から、さわやかに日が照る野が見えた。働いている農夫の姿が小さく見え、どこかで郭公鳥が鳴いている。畑田は眼を元司に戻した。

「それは、無理だな」

と畑田は言った。畑田は今年の二月ごろ、元司に頼まれて、江戸に遊学したいという元司の希望を豪寿に伝え、自分も言葉をそえて願ってやっている。だが豪寿の返事は、丁寧な口調でいながら、にべもないものだった。

「せっかくの先生のお言葉ですが」

と元司の父は言ったのだ。

「元司は家の跡取りです。どうしても江戸へ行くというなら、それは跡取りの器量がないということでしょうから、親子の縁を切って出してやります」

豪寿の言葉には、うむを言わせないひびきがあった。畑田は元司の江戸遊学が、結局は他人が立ち入ることの出来ない、斎藤家の内輪の問題であることを覚った。

畑田は恐縮して言葉をひっこめ、逆に同席した元司の母に、元司を説得してくれるように頼まれて、あいまいな顔で承知したりしている。畑田は、そのときの苦い経験を思い出していた。

「そなたの望みは十分にわかっているが、私が立ち入ってはまずい」

「先生にご迷惑はかけません」

元司は正面から畑田を見つめて言った。元司の頬はわずかに紅潮しているが、静かな視線だった。

「ただ、連れて行って頂くだけでいいのです。私は早くから、あの家を出ようと、心に決めておりました。そのためにきっかけを探していましたが、先生のご出府こそ、待ちのぞんだきっかけです」

「つまり、無断で家を出るわけか」

「はい」

「もう一度、よく考えてみてはどうかの。親の嘆きも考えねばならんぞ」

畑田はもてあましたように言った。元司の望みの深さはよくわかっていた。また凡庸でない学才を惜しんでもいた。

畑田は、元司が十五のときに、易をさずけ、礼記をさずけた。そのとき元司は片はしから暗誦し、畑田を瞠目《どうもく》させている。昨年一人で春秋左氏伝を読み通したことも知っていた。畑田は今年になって、こころみに二、三の経書を元司に講義させてみている。そのとき元司が示した理解力はすばらしいものだった。ある個所では、畑田が思わず小さくうなったような、卓抜な解釈を述べたりした。それは畑田がこれまで気づかなかった解釈だった。

眼の前に坐っている若者が、天性ともいうべき学才を秘めていることは確かだった。

――江戸へやれば、さらにのびよう。

どこまでのびるかわからんと畑田は思う。そう思う気持の中には人の師となった者が味わう、ぞくぞくするような期待がうずいている。このまま、清川村に埋もれさせたくないという気持がある。斎藤の家は、近隣にきこえる富豪だが、この若者の中には、その富豪の主でおさまりきれない、何かべつのものがあると思う。

そう思うから、父親にもかけ合ってみたのだが、結果はああいうものだった。畑田は一度手を引いている。手を引いて、ほっとした気持があったことも事実である。畑田は人の運命にかかわることのこわさを知っていた。江戸へ出て、それが元司のしあわせになるかどうかはわからないことだった。

「このままここにいれば、私は駄目な人間になります」

「………」

「そのことは、先生もお気づきだと思います」

「女遊びのことか」

「はい」

「やめられんか」

元司はうつむいた。それも畑田にはわからないことだった。学問に対して、天賦の才を示す若者は、一方でほとんど子供の時分から、紅灯の巷をさまよってきた遊蕩児でもあったのだ。

今年の正月、畑田は斎藤家をたずねた。元司は酒田に出かけて留守だったが、そのとき畑田は、元司の母親に奇妙なものを見せられている。

半紙を四つ折りにして綴じた帳面様のもので、そこには元司の筆で、酒田今町の遊女屋二十七軒と一軒一軒の抱え遊女の名が、克明に記されていた。それを畑田に見せたときの母親の困惑した表情が忘れられない。

元司の女遊びの激しさは、畑田の理解を超える。しかし畑田は、わからないものに対しては慎重だった。

「困ったのう」

うつむいている元司をみて、畑田はいまもそう言って嘆息しただけだった。

すると元司が袴の上に涙をこぼした。元司は畑田をたずねるとき、いつも羽織、袴をつけてくる。袴の上に拳を置いたまま、元司は涙をこぼしていた。

不意に畑田は、この若者が持つある悲劇的な性格に思いあたった気がした。いいにつけ、悪いにつけ、元司は徹底しなければやめないところがある。その中で最後には、自分自身押し流されるまで集中して行くのだ。それが学問にもあらわれ、遊蕩にもあらわれる。その性向を、彼自身どうしようもなくている。

足音がして、妻女が茶と茶菓子を運んできた。元司はいそいで涙を拭いた。

「召しあがれ」

妻女は元司の前に菓子をすすめたが、様子に気づいたらしく、夫を振りむいて小声で、どうしたかとたずねた。

「江戸へ連れて行けと申しておる」

畑田は困惑したように言った。畑田は迷っていた。元司が言うとおりで、このまま我慢して斎藤家を継いでも、元司はあるいはつまらない放蕩者として一生を終る可能性もあった。斎藤家の者はそこまで見ぬいてはいないと思った。家名を汚す者にならんとも限りませんと言った祖父の昌義は、元司の性向をある程度見ぬいているが、それにしても、まだ孫に対する甘さがあるだろう。

——江戸で学問させるのが、元司にとっても、斎藤家にとってもいいかも知れない。

そうも思うのだ。だが、そこの責任を負えるか。迷っている畑田に、妻女が、女《おな》子《ご》が口をはさんではどうかと思いますが、と言った。

「元司さんは十八。もう大人ですよ。いま諦められないものなら、この先もずっと悩みつづけるのでないかと思いますが、一度ためしにお連れになってはいかがですか」

畑田は小さくうなって元司を眺めた。まだ、いいとは言わなかったが、妻の言うことももっともだと思っていた。

二

元司は床を離れると、部屋の窓を細目に開けた。外はまだ暗かった。そして微かな雨の音がした。だが暗い空に仄白い、漂うような光があった。夜が明けようとしていることは確かだった。

　元司はそのまま起き上がって、手さぐりで布団をたたみ、昨夜枕もとに用意した旅支度を身につけた。国重の刀を腰にさし、振り分けにした小さな行李の荷と、押し入れに隠しておいた合羽と笠を持つと、元司は音を立てないように廊下を踏み、家を忍び出た。

　家の横手に出て、木戸口の錠をはずし、外に出た。家も村も、まだ眠っていた。遠いところで、にわとりが刻《とき》をつくる声が聞こえるだけだった。

　塀の外で元司は合羽と笠をつけた。そして家の裏手から河原の方に回って行った。家出の書き置きを残してきている。夜が明けはなれて、家の者が元司のいないことに気づき、書き置きを見つければ、捜索人が八方に飛ぶだろう。追跡をかわすために、元司は村の背後にひろがる山を越えて、西麓の添川村に出、そこから羽黒山の麓の手向村まで南下するつもりだった。そこまではほとんどが山に囲まれた道で、人に出会う恐れはあまりない。

　元司は最上川の岸にひろがる御殿林と呼ぶ杉林の中に入りこみ、立谷沢川の岸に出、しばらく岸べの道をさかのぼってから、肝煎という村で山道に入った。空は少しずつ明るくなり、眼も馴れてきて歩きまどうようなことはなかったが、林の中で元司はちがやの切株を踏み、足の指を傷つけていた。だが、気持が張りつめているので、さほど痛さは感じなかった。

槇葉山をのぼり、山伏峠にかかるころ、夜は白っぽく明けはじめた。いつの間にか、雨がやみ、山のくぼみに白い霧が湧いた。元司は下りになった山道をいそいだ。添川村に降りそこから手向村に行き、六十里街道と平行する赤川東岸の村村の道をたどって、大網の関所に出るつもりだった。

関所を無事通過して、六十里越えと呼ぶ月山中腹の難所を越えれば、村山の幕領である。道はやがて出羽街道に出る。元司は街道が通る上ノ山の城下に宿をとり、清川から新庄領に出て南下してくる畑田と、そこで落ち合う手はずになっていた。

畑田に無理に願って、江戸に連れて行ってもらう約束をとりつけると、元司はまた少しずつ家出の準備をすすめた。

宮曾根村の親戚佐藤市郎治に、嫁探しをことわる手紙を書いたのも、そのひとつだった。斎藤家では、元司の放蕩ぶりをみ、また江戸に遊学したい気持が意外に固いのを知ると、早く身を固めさせるのがいいと考えたのだった。

元司の嫁探しは、今年になって急に具体化して、市郎治が中心になって、あちこちに嫁探しに歩いていたのである。また元司は江戸に持って行く荷物を、口実をもうけて畑田の家に届けさせた。祖父の昌義が温海《あつみ》の湯宿に湯治に出かけたあとだった。昌義の不在は、元司にとって天の助けとも感じられたのである。

三

昌義が湯治に出かけたのは、十日ほど前である。温海は鶴ヶ岡から海岸を南下して、越後との国境いに近づいたところにあった。海岸に浜温海と呼ぶ漁村があり、そこから温海川に沿って山手に深く入ったところに、湯宿が密集する湯温海がある。

昌義が、何も知らずに機嫌よく家を出て行くのを見送って、元司は感傷に心を動かされたが、それで家出がし易くなったことも確かだった。父は店の仕事に忙殺され、母は台所の指図や子供たちの世話で、元司をかえりみるひまはない。元司は荷物をくくったり、合羽や笠、草鞋《わらじ》などの旅支度をひそかに部屋の中に持ちこんで隠したりしたが、家の者は気づかなかったのである。

――いま、おれは江戸に行くところだ。

歩きながら元司は、時どきそう思った。そのことが信じられない気がした。心がおどるようだった。元司は故郷から遠ざかりつつあった。

だが、まだ油断は出来なかった。追手は、もう酒田にも鶴ヶ岡にも、そしてそこから六十里街道や鼠ヶ関口の関所の方にも走りつつあるかも知れなかった。酒田の港にも人が飛んで、越後に行く船の便を調べているかも知れなかった。

元司は雨模様の暗い空の下に、ひっそりと静まりかえっている村村を通って、道をいそいだ。昼ごろ、松根村につき、元司は村はずれの庚申塔《こうしん》のそばで昼飯を喰った。昨日の昼、女中に作ってもらった握り飯は冷たく、粘りを失っていた。田植が済んだ田圃《たんぼ》の向うに、これから越えて行く山塊が見えた。山の頂きは雲に隠れて見えなかったが、暗い雲の下に、山山の斜面に残る雪が見えた。

大網の関所まで来たとき、元司は顔色を曇らせた。荘内藩酒井家の紋所である、丸にカタバミの紋を染めた白幕をめぐらせた関所の前に、五、六人の旅姿の人間がかたまり、ひそひそ立ち話をしている。あたりの空気が物ものしかった。

「何かありましたか」

近づいて、元司がたずねると、中年の痩せた男が、荘内藩を脱藩して、どこかの関所にむかった者がいて、今日は調べが厳しくなっていると説明した。

「次ッ」

六尺棒を持った下役人が出てきて、そうどなった。たまっていた旅人は、一人一人呼び入れられて、最後に元司は一人取り残された。元司は役銭の二百文のほかに、すばやく百文を紙に包んだ。

出判は畑田に頼んで作ってもらい、持っていたが、あまりくわしいことは聞かれたくなかった。下役人が出てくると、元司は紙に包んだ金をそっと渡した。男は出判を出させて眺め、本人かと確かめてから、金包みを受けとった。

「何か事情があるのか」

「家出をしてきたもので」

元司は正直に言った。すると男は笑って、では知人ということにでもするか、と言った。元司は無事に関所を通り、その夜は田麦俣の笹小屋に泊ると、翌五月三日国境を越えた。

二日後の五日の夕方、元司は上ノ山城下の街道沿いの宿の二階から、道を見おろしていた。約束した畑田がやってくる日だった。

穏やかな日射しが町中の往還を照らしていて、人を見誤るような心配はなかった。だが畑田はなかなか現われなかった。畑田が来るのは夕方だろうと思われた。だが元司は八ツ（午後二時）過ぎには、窓ぎわに坐りこんで、道を眺めていたのである。しかし、畑田はいっこうに姿を見せないままに、町は次第に暮色に包まれはじめていた。

――遅い。

元司はそう思った。途中二度ばかり、階下のはばかりに降りている。その間に、畑田はどこかの宿屋に入ってしまったのでないかと考えたりした。だが、そうかといって、それで宿屋を聞き回っている間に畑田がやってきて、一度問いあわせた宿屋に入ってしまったりすると大変だという気もした。

——ともかく、暗くなるまで待ってみよう。

また兆してきた尿意に耐えながら、元司は腹を決めた。焦ってもしようのないことだった。すっかり暗くなって、それでも畑田が現われなかったら、そのときは、町中の宿屋を一軒一軒あたってみるしかない。

そう思いながら、ぼんやりと街道を見おろしていると、少し心細い気分が襲ってきた。親にそむき、畑田にも見はなされて、知らない人間ばかりが行き来する旅の道に、ひとり行き暮れている気がしてくる。

「……?」

元司は身体を起こした。知っている顔が、町を歩いている。その男は、街道沿いの宿屋を、軒なみのぞいて歩いている。出てくるとき、丁寧に腰をかがめて、尻さがりに道へ出ると、実直そうな顔をうつむけ、また隣の宿屋に入って行く。

男が人を探していることは明白だった。そして探されているのはおれだ、と元司は思った。男は斎藤家の小作人差配をしている惣助という初老の男だった。

「おい」

惣助が、浮かない顔で前の宿屋から出てきたとき、元司は二階から声をかけた。

「惣助、ここだ」

惣助はきょろきょろとあたりを見回したが、元司が手を叩くと、はじめて二階の元司に気づき、嬉しそうに笑った。上がって来い、と元司は言った。部屋に上がってくると、惣助は口早に国元の騒ぎを話した。予想したとおり、元司の置き手紙を見た家の者は、あちこちに追手を走らせた。

そのうちに鶴ヶ岡の畑田にやった使いが、元司が上ノ山城下にいることを聞き出してきた。畑田は出府も間際になって、急に江戸詰めが取りやめになり、そのときは元司が出たあとなので困惑していたところだったのである。畑田は使いがくると、やむを得ず、そういう事情を話し、元司が上ノ山で待っていることを打ち明けたのであった。

「そういうわけで、私がお迎えに参じました。今日は遅いので、私もここサ泊めてもらいますが、明日はお家までご一緒してもらいます」

惣助はひと息にそう言うと、腰に下げていた手拭いを摑みとって、顔の汗を拭いた。

――そうか。畑田先生は、江戸には行かれないのか。

元司は家出の計画が、重大な齟齬《そご》をきたしたことを知った。元司が畑田に同行を願ったのはただ一人旅が心細いからというのではなかった。江戸に行ってから寄宿する場所、またしかるべき師を選んで入塾するについての手配り一切。そういった十八の元司一人では手にあまることを、畑田は世話してくれる手はずになっていたのである。

さっき窓の手すりから外を眺めながらぼんやり考えていたことが、事実になったのを元司は感じた。元司は旅の途中で一人になったのである。江戸はまだ、はるかな山野のかなたにあった。そこへ行っても、誰一人顔を見知っている人間がいるわけではない。

ただ容貌も定かには知らない二人の人間の顔が、ぼんやりと見える。東条一堂、阿部千万多。

うつむいてじっと考えこんでしまった元司を見て、惣助は心配そうに言った。

「今夜は、私は隣の部屋に寝かせてもらいます。寝ている間に旅立たれたりすっど、心配している旦那さまに合わす顔がありませんせん」

「その心配はいらないよ、惣助」

元司はむっつりと言った。思案を打ち切り、あとは寝てから考えようという気持になっていた。

「まぁ、そう心配せずに、今夜は飲もう。惣助も疲れているだろうから」

酒好きな惣助は、一瞬相好を崩したが、すぐに警戒するように弛《ゆる》んだ顔をひきしめた。

「若旦那。まさか私を酔わせて、置いて行こうなどと、考えちゃいねえでしょうね」

「ばか言え。そんな卑怯な真似はしないよ。お前の顔をつぶすようなことはしないから、飲もう」

「一緒に帰ると、約束してくれますかの」

「ああ、約束する」

惣助は漸く安心したようだった。その夜、元司は惣助を相手に飲んだ。惣助ははじめは警戒の気持もあってか、遠慮した気味に飲んでいたが、しまいにはかなり酔った。それでも寝るときには、役目を思い出したらしく、元司の隣の部屋に床をとってもらって寝た。

惣助の大いびきを聞きながら、元司は闇の中に眼を開いていた。自分が運命の岐路に立っているのを感じていた。帰れば、二度とふたたび故郷を後にする機会はおとずれまいという気がした。しかし世間知らずの身が、江戸へ行って、そこでうまくやれるかどうかは、見当もつかなかった。不安は大きかった。

元司は一昨日越えてきた国境の難所を思いうかべた。峠の道はまだ雪に埋もれ、濃い霧が湧いて元司はしばしば道を見失った。その道を越えてきた自分を思い、元司は勇気をふるい起こそうとしていた。

四

「まぁ、坐れよ惣助」

翌日、朝飯を喰ったあとで、元司は惣助に言った。

「坐って、話そうじゃないか」

「何の話でがんしょ？」

惣助は警戒するように元司の前に坐った。

「私は話などありませんよ」

「まぁそう言わずに聞いてくれ」

元司は苦笑して言った。腹は決まっているが、実直一方で差配頭まで取りたてられた惣助を説き伏せるのは、容易なことではないようだった。

「私は家には戻らないよ。やっぱり江戸サ行く」

惣助は眼をむいた。眼をむき、口を半開きにして元司を見つめている惣助の顔に、少しもの悲しいような表情があらわれた。元司はその顔から眼をそらして言った。

「お前にはすまないが、ゆうべ一晩考えてそう決めたのだ」

「若旦那、それでは約束が違います。それでは私の立つ瀬がありません」

惣助は懸命な口調で言った。

「私は首に縄をつけても連れて帰れ、と旦那さまに言われています。まさか、若旦那さまの首サ縄もつけられめえども、私の立場も察してください。このまま帰ったのでは、私が怒られます」

「お前の迷惑にはならないようにあとで父に手紙を書く。それを持って帰ればお前が叱られるようなことはない」

「しかし旦那さまは、無断で家出なさったことを大そう怒っておいでのう、どうしても行きたいなら、一度帰ってから、改めて出立しろと言っておられます」

「しかし戻れば、二度と家を出られないことは、お前にも察しがついているはずだ」

「…………」

「お前は女子に惚れたことがあるか」

と元司は言った。惣助は怪訝な顔をし、それから黒い顔に泣き笑いのような表情をうかべた。この大事な話のさ中に、何を言い出すことやらと言った顔だった。

「むろん若い時分の話さ。いまじゃない」

「若いときも何も、わたしが知っている女子はいまの嬶《かかあ》だけですよ」

「それは残念だ」

と元司は言った。

「おれはいま、女子に惚れるように、学問サ惚れている。江戸で師と仰ぐ先生も決まっている。そののぞみをはたさないうちは、死んでも死にきれないよ」

惣助は圧倒されたように、元司を見た。しばらく無言でいたが、やっと言った。

「そういうものですか。わたしにはとんとわかりませんが」

「そうさ。ンださげ逆にお前をここサ縛っておいてもおれは江戸へ行くぞ。とめても無駄だ。お前、余分の路銀があったらよこせ」

「私は若旦那をただ人ではないと常づね思っていました。しかしそれにしても恐ろしい人です」

と惣助は言った。

「何が恐ろしい」

「迎えにきた私を縛って、金も持って行くとおっしゃる。ンでがんすか。はい、それではどうぞ縛って頂きます。私も若旦那にそう言って脅されましたので、と空手で戻るわけにはいきませんよ」

「………」

「結構です。私を縛って、その間にここを発《た》たれたらいいでしょう」

「惣助、まあそう怒るな」

元司は苦笑して惣助をなだめた。

「縛るといったのは言葉のアヤだ。いや、言い過ぎた。まさか本当に縛ったりはしないよ。だが、おれをとめるな」

「どうしてもいらっしゃるつもりですか」

「行く」

「見ず知らずの土地ですよ。旦那さまはあのように怒っておいでだから、若旦那が振り切って江戸へ行かれたと知れば、あとはお構いになりますめえ。きっと苦労なさいますよ」

「それは覚悟している」

「学問というものも、恐ろしいもんですなぁ」

惣助は溜息をついて、元司を眺めた。

「お家の方方はきっと、若旦那を学問にとられたとお思いになるでしょうな」

「……………」

「私などは、いっそ無学でよござんした。いま住んでいるところが一番よくて、よその土地にでかけようなどと、これっぽちも思ったことがありませんからな」

「そういう人間が、一番しあわせなのだ。なまじ学問したいために、おれは家の者と争わねばならん」

そう言いながら元司は、江戸へ行くのはただ学問したいばかりではない、と思った。先がどうなるかすっかり見えている場所で、八方出口をふさがれた感じでいると、心が言いようもなく苛立つ。そこから抜け出してみたいのだ。その先がどうなるかはわからない。そのわからないところに、不安とともに強く心を惹きつけて放さないものがあった。それは家の者にも、眼の前で、額にしわをよせて考えこんでいる惣助にもわかってもらえないことだ。

「仕方ねえことですの。お連れすることはあきらめました」

不意に惣助はきっぱりした口ぶりで言った。心を決めてさばさばしたらしく、惣助は表情をやわらげていた。

「生意気なようですが、若旦那のお気持も、少しはわかるような気がして参りました。これ以上はおとめしましね、ハイ」

「わかってくれたか」

元司はほっとして、思わず惣助の手を握った。

「無駄足をふませて悪かったな。お前の顔が立つように、父にはちゃんと手紙を書く」

「行かれるからには立派な学者になってくださいよ、若旦那」

惣助は、いったんあきらめると、にわかに説教めいた口調になった。

「江戸には、ずいぶん頭のいい人たちが集まるものでしょうが、負けないでくださいよ。私はそれを楽しみに、ここから戻りますから」

元司は苦笑して、がんばると言った。またつむじを曲げられると大変なので、お前の志は無にしない、と惣助を持ち上げた。

五

元司が江戸に着いたのは、五月十七日だった。途中の桑折宿から、商用で江戸に行くという秋田の人間と一緒になったので、道に迷うようなこともなかった。

男は何度も江戸に来ているらしく、江戸に入ると、あれはなに、これはなにと元司に説明して聞かせた。千住の中村町を通りすぎて、小塚原の仕置場前を通りすぎたとき、連れの男は不意に言った。

「あれが富士ですよ」

元司は男が指した方角を見た。田圃の向う側にひらべったい町の屋根が続いている。

「もっと上の方」

男は注意した。元司は眼を空に移した。すると、七ツ（午後四時）過ぎの、やや衰えた日の光の中に、青黒くどしりとした感じで坐っている山が見えた。頂きのあたりには、まだ白いものが残っている。それは山というよりは異様に巨大な突起物のように見えた。空の一角に単独で居据わっていた。

「いまごろの季節に、あんなにはっきり見えるのは珍しいな。大体は雲にかくれて見えない山ですよ。あんたは運がよかった」

と男は言った。それから、男はまた指を移した。

「ここからだと土堤が邪魔ではっきりしないが、あそこが吉原です。夜になると、灯があかるいから一ぺんにわかりますがな。男なら一度は行ってみるものです。私も江戸にくるたびに一晩はあそこで遊んで帰りますよ」

四十前後の男は、少し得意そうな表情で言った。元司はうなずいたが、また眼を富士にもどした。富士ははるかな空に、依然として少し威圧的にみえる姿をうかべていた。

男とは、花川戸から浅草広小路に出たところで別れた。男は左側の橋をさして、その橋を渡れば本所、こっちが浅草の観音さまの入口といそがしく説明してから言った。

「あんたがたずねる神田の馬喰《ばくろ》町は、この道を真直ぐに行けばよい。途中に浅草御門というところがありますが、そこを構わずに通してもらうのです。その御門を通り抜けたところが神田です。わかりましたな」

「いろいろとお世話になりました」

と元司は言った。二人とも田舎言葉で話していた。秋田の言葉は荘内とあまり違わないので、二人はそれで話が通じたが、そばを通る人間で、その奇妙な言葉を耳にとめて怪訝そうに振りむく者もいた。道は、人で混雑していた。

「それでは私は上野の近くに宿がありますから、ここで別れます。お達者でな」

そう言って男は、さっき観音さまの入口があるといった広場の方に歩いて行った。男の背はたちまち雑踏の中に消えた。

男がいなくなると、どことなく方角を見失ったような、心もとない感覚が襲ってきたが、元司は男に教えられた方向に歩き出した。

神田馬喰町に、大松屋という荘内の者が定宿にしている旅籠《はたご》がある。上ノ山まで追っかけてきた惣助に聞いてきたのだ。とりあえずそこに落ちつくつもりだった。

浅草御門までは、男が言ったとおり難なくたどりついたが、神田に入ってから、大松屋を探すのに手間どった。元司が宿を探しあてたとき、あたりは薄暗くなっていた。

二階の狭いひと部屋に案内されると、元司はほっとした。ひどく疲れていた。疲れは旅の疲れというよりも、江戸へ入ってからの気疲れのせいらしかった。馬喰町の大松屋という宿をたずねるだけだったが、元司の重い訛《なま》りがある言葉を聞くと、十人が十人まで必ず聞き返した。それに江戸の町は人が多すぎた。人に酔うようだった。

多勢の人が、男も女もいそがしげに町を往き来していた。町は薄暗くなっても、さまざまな物音でざわめいていた。清川村なら、日が暮れれば村はひっそりしてしまう。時には物音ひとつ聞こえなくなる。これが江戸か、と元司は思ったのだ。その波のようなざわめきにも疲れたようだった。

二十半ばの小肥りの女中が、行燈《あんどん》に灯を入れ、夜の膳を運んで、てきぱきと元司の世話をした。

「お客さんは荘内ですか」

と女中は言った。

「ンだ」

「あら、やっぱり荘内だ」

女中は笑った。だが好意的な笑顔だった。

「江戸見物ですか？」

「いや見物ではなく、勉強しサ来た」

「勉強ですか。えらいわね」

女中は手を休めて、眼をまるくして見せた。反応がすばやく、女の表情は豊かだった。そしてその女中が鈍重な荘内弁を、わけもなく理解するのが、元司には快かった。

ふと、この大松屋が、七年前荘内から江戸に駕籠訴《かごそ》に来た百姓が泊った家だと、惣助が言っていたのを思い出していた。七年前の天保十一年、荘内藩は突然に長岡領への移封命令をうけ、暮から翌年夏にかけて、大騒ぎをしたのである。そのときは百姓多数が江戸へ出訴したりしたことが功を奏し、幕命が改まって転封をまぬがれている。元司が鶴ヶ岡の清水塾にいたころのことだった。

元司はそのときのことを聞いてみた。すると女中はそのことをおぼえていた。

「こんなこと言うと、あたしの年がわかっちゃいますけど、そのときあたしもいたんです。見ましたよ、田舎のおじさんたちを。こんな真黒な髭面で、正直そうな人たちでしたけど」

女中はそう言って、にぎやかに笑った。やはり好意が籠る笑い顔だった。

女中が膳をさげ、床を敷いて去ると、元司は財布をひっぱり出して、中を改めた。百二十四文しかなかった。もう一度数えたが、同じだった。

――明日から、どうする？

その不安が襲ってきたが、それを考えるには疲れすぎていた。元司は着たままのていた。

姿で床の上に寝ころんだ。

——ともかく、江戸に来たのだ。

その満足感があった。元司は窓の下を通りすぎる切れ目ない人の足音を聞いていた。すぐには眠れず、元司は外のざわめきがひっそりとするまで、床の上に眼ざめていた。

翌日、元司は神田橋ぎわにある荘内藩の江戸藩邸をたずねた。そこに畑田安右エ門の同僚がいることを思い出したのである。三谷という名で、やはり給人だった。三谷は時どき清川の関所に畑田を訪ねてきて、元司も二、三度顔を合わせている。一年前から江戸詰めになっていた。

三谷は元司をおぼえていた。突然の訪問にびっくりした顔をしたが、ちょうどひまらしく藩邸内の自分がいる長屋に連れて行った。元司はそこで事情を話し、三谷から一両借り出すことに成功した。斎藤家の息子に一両貸すことに、三谷は何の不安も抱かない様子だった。

一両を手にして気が大きくなった元司は、翌日江戸の町を見物に出かけた。浅草の観音さまにも行き、足をのばして吉原にも行ってみた。さすがに財布の中味を考えると、そこで遊ぼうという気にはならなかったが、廓の中は丹念に見て回った。それだけで満足した。最後に神田にもどると、お玉ヶ池の東条一堂の塾を探した。

東条塾を探しあてたとき、元司はしばらく凝然とその前に立ちすくんだ。長い間心に思い描いてきたものが眼の前にあった。その建物の中に、やがて師となるべき東条一堂がいて、また阿部千万多がいるかも知れないと思うと、胸の動悸が高まるのを押さえることが出来なかった。

塾生らしい男が二人、外から帰ってきて、不審そうな眼を元司に投げて、家の中に入って行った。元司はさりげなく歩き出した。しかしすぐには去りがたくて、元司はゆっくりした足どりで、東条塾の近くを歩き回った。

裏通りに天神真楊流の柔術を教える磯又右エ門という人の道場があり、西隣には北辰一刀流の看板を掲げる千葉道場があった。また近くに生方鼎斎《ていさい》という人が教える書道塾もあった。それらをゆっくり見て回って、元司は夕方になって漸く大松屋にもどった。

その夜元司は、晩飯が済んで一人になるとじっと考えこんだ。長い間憧れた江戸にきて、目ざす東条一堂の塾も探しあてた。だが、入門は不可能だった。金がなかった。

路銀の残りは、今日の昼、外でそばを喰って、鼻紙、草履《ぞうり》など身の回りの物を買って使いはたしている。財布の中には借りてきた一両があるだけだった。この金が無くなったら、どうなるのかと思った。そのときはこの宿を叩き出されることになるのか。

金のことを、これほど切実に思いわずらうのははじめてだと思った。金はなく、どちらをむいても見知らぬ他人ばかりだと考えると、道もない荒野に立っているような気がしてくる。千住宿についたとき、ここからは江戸だという安心と喜びに浮かれて、一緒の男と茶屋に入って一杯やったのがくやまれた。

――とにかく、一度会ってみよう。

漸く元司は心を決めた。先のことはわからないが、一両の金が手もとにあるうちに、東条一堂に会い、修学の志だけでも述べてみようと思ったのである。

元司は翌日になると外へ出て、羽織を買ってきた。羽織は銀二十匁だった。その羽織を着て、元司は東条塾をたずねた。

一堂はすぐに会ってくれた。背が高く、痩身の老人だった。東条一堂は名は弘、字は子毅、文蔵が通称で一堂と号していた。上総の人だったが十三のとき京都の皆川淇園《きえん》に古学を学び、ここで十年研鑽《けんさん》したあと、江戸に帰って亀田鵬斎《ほうさい》に折衷学を学んだ碩学だった。古学の門戸を張ってひさしく、元司が会ったときは七十歳だった。

元司は身分と名前を名乗ったあと、しばらく黙って坐っていた。胸がつまるような気分に襲われていた。一堂も黙って元司を眺めていたが、やがて用は何かとたずねた。やさしい声音に聞こえた。

「私は、いずれ先生の門下に加えて頂きたいと思っている者ですが、いまは束脩《そくしゅう》を包む金を持ちあわせません。本日はとりあえずご挨拶にあがりました」

元司は懸命に言った。田舎言葉丸出しだったが、考えてきたことを言えたと思った。一堂はうなずいた。一堂には元司の田舎弁が、通じるようだった。

一堂は、元司が田舎でした勉学について聞き、さらに経書について二、三質問した。元司が答えると一堂は微笑して、それでは入門料が出来たら、正式に入門を許そうと言った。その言葉で一種の人物考査が終ったのを知って、元司はほっとした。

一堂はくつろいだ口調になって言った。

「わが塾には、荘内の人間がよく参る。中には逸材がまじっている。近年も阿部という男がきて、あれは秀才だった」

千万多のことだ、と元司は思った。

「阿部千万多ですか」

「さよう。知り合いかな」

「いえ、ただ噂を聞いておりました。そのひとはいま、ここにおりますか」

「いや、もうおらん。学問はほぼおさむべきものをおさめたので、今度は実地を学ぶと申してな。昨年塾をやめた」

ようじゃ」

「………」

「なんでも蝦夷《えぞ》地を視に行くと申しておったな。いまはそちらの方を勉強しておる

すれ違いだったな、と元司は思った。その気落ちは宿に帰ってからも続いていた。すでに学業を終えて、奔放に時勢の中を歩きはじめている阿部がうらやましかった。それにひきかえ、まだ入塾のあてもなく、旅籠の一部屋に蹲っている自分がみじめに思われた。

三日ほど、元司は大松屋に籠って暮らした。どうすればいいかわからなくていた。江戸を離れたくはなかったが、金が底をついていた。従って江戸を諦めたとしても、田舎に帰ることも出来なかった。籠りきりの元司を見て、宿の者も漸く不審な顔をするようになった。そうしたある日、元司は宿に着いた鶴ヶ岡の商人らしい二、三人が、三井弥兵衛が永富町の庄内屋に泊っている、と話すのを聞いた。

元司は生き返った気がした。弥兵衛は鶴ヶ岡城下で名を知られている商人で、母方の伯父だった。

定めなく

一

　元司が東条塾に入門したのは、その年の八月だった。江戸に来て二月半経っていた。

　大松屋のひと部屋に進退きわまっていた元司は、折よく出府してきた伯父の弥兵衛に救い出された。しかしそれですぐに伯父の世話で東条塾に入るとか、とりなしてもらって父の許しを得るとかいう状況ではなかった。弥兵衛は、一度は元司に熱心に帰郷をすすめたほどである。

　だが元司の決心が固いのをみると、弥兵衛は知り合いの米屋に住みこみ奉公を世話した。日本橋堀江町にある米屋だった。元司はその米屋にふた月勤めたのである。

その間に伯父の弥兵衛が、元司の父を説得して、漸く金が送られてくるようになったのであった。

乾いた砂が水を吸い取るように、元司は猛烈な勉学をはじめた。元司は一堂の講義を聞くかたわら、一堂の著述した書物を借りうけると、片はしから写した。

元司の鈍重な荘内弁は、時おり塾生の笑いものになったが、元司の勉学ぶりをみて、ひと月後には誰も笑う者がいなくなった。

元司はなんでもやってみたい気持になっていた。はじめて江戸に来た当時の、手足を縛られたようだった日日にくらべると、自由は豊富にあたえられていた。元司は、かねて眼をつけていた生方鼎斎の書道塾に通い、また裏通りの磯又右エ門の道場に入門して、柔術を習った。

暮近いある日。元司は隣家の千葉道場に通っている同塾の男に誘われて、千葉道場の寒稽古納会に行ってみた。

門弟同士の一本勝負の試合を見たあと、まだ若い剣士が出てきて、高弟らしい男を相手に模範試合をはじめた。

「若先生だ。技が早いから、よく見ておらぬとわからんぞ」

と同塾の男は囁《ささや》いた。その男の言うとおりだった。元司と同年ぐらいに見える若い剣士は、相手が打ちこむ竹刀を、はねあげ、かわしひとつも身体に触れさせず、やがて一閃《いっせん》の動きで勝負をつけた。

――酒田の伊藤先生の稽古とはだいぶ違うな。

元司は若い剣士の動きに茫然と見とれながら、そう思った。千葉栄次郎というその若い剣士の名前を、元司は脳裏にきざみつけた。

なんでもやってみたい気分だったが、剣術までは手がとどかないと思った。千葉栄次郎の竹刀の動きに、一種の畏怖を感じていた。あそこまで行くには、学問を捨てねばなるまいという気がしたのであった。

年が暮れようとしたころ、塾にいる元司を弥兵衛、金次の二人の伯父がたずねてきた。二人は元司に会うと、正月から上方見物に行くが、一緒に行かないかと誘った。

元司は断わった。せっかく学問に身を入れはじめたところを、出鼻をくじかれたようで不快だった。だが、伯父たちの誘いは執拗だった。その言葉の裏に、郷里の父の意志が動いているのを元司は感じて暗然とした。父は元司が学問に熱中するのを喜んでいないのだった。

二

翌年正月から四月まで、元司は伯父たちにつき合って上方を旅した。伯父たちは、大坂に商用をかかえていたが、それは僅かですむ用事で、旅の中味は物見遊山だった。

元司は伯父たちのおともをして、京都、大坂から中国路を岩国まで行き、さらに四国の金毘羅参りをし、また京都に帰った。そこから奈良に行き伊勢を回って、東海道を江戸に帰ったときは四月の下旬になっていた。

旅は好きだった。だが伯父たちの目的が、元司の気を外に逸《そ》らさせ、学問を忘れさせようとしていることにあると思うと、元司は旅の面白味も半減するような気がすることがあった。

「どうだね。面白かったか」

江戸に戻って、馬喰町の大松屋に草鞋をぬいだあとで、伯父の弥兵衛は言った。

「じつに愉快でした。もう一度行ってみたいぐらいです」

「学問学問と根をつめるよりも、帰って家を継げば、物見遊山などいくらも出来るのにな」

「………」

「どうだね？　このまままわれわれと一緒に帰る気はないか」

「せっかくですが、しばらく遊びましたのでまた学問が恋しくなりました。父にはうまく言っておいてください」

伯父たちは苦笑して顔を見あわせた。そしてそれ以上は何も言わなかった。元司はそういう伯父たちが気の毒でもあり、また好意を無にした辛い気分もあったが、勉学の意志をまげるわけにはいかないと思った。東条塾にもどると、元司はまた前にもまして勉学に精出した。

しかし元司の勉学は、突然におとずれた不幸な知らせによって、継続を断たれたのである。

暑い夏のさかりに、飛脚が弟の熊次郎の死を知らせる手紙を運んできた。無口でかしこい熊次郎は、十三になっていたが、風邪をこじらせて死んだのであった。続いて父の豪寿から帰郷をうながす手紙がきた。

二通の手紙を握って、元司は茫然とした。熊次郎の死は悲しい知らせだったが、それだけにとどまらなかった。

上方見物を終って、鶴ヶ岡の伯父たちが帰ってから、父から何か言ってくるかと元司は思ったが、帰郷を催促する手紙は来なかった。そのとき元司は、父が自分の帰郷をあきらめたのを感じた。

——熊次郎がいるからな。

と、元司はそのとき思ったのである。自分が帰らなくとも、熊次郎に後をつがせることが出来る。多分父の念頭にも、その考えがあるに違いないと思い、ひそかに肩の荷がおりた気がしたのであった。

だが熊次郎の死によって、事情は一変したわけである。帰らないわけにはいかなかった。しかし帰れば、今度こそ江戸にくることは無理だろう。元司は毎日そのことを思い悩んで日を過ごした。

帰らないですむ方法はないかと、元司は考えたが、結局そんな方法があるはずがなかった。追いつめられた気持のまま、元司は郷里に戻った。弘化五年という年は、二月に嘉永元年と変り、元司が戻ったのはその年の十月はじめだった。

帰ってきた元司に、父の豪寿は家業の一切をまかせてしまった。つまりそうすることで、元司がまた江戸に行く道をふさいだのである。元司は神妙に家業の酒屋を手伝った。勉学のことは諦めていた。江戸から帰る途みち、そう自分に言い聞かせて来たのである。

年が改まった二月、父の豪寿は伊勢参りかたがた上方から四国への旅に出かけて行った。元司が黙もくと家業に精出しているのを見て、すっかり安心したようだった。

父が留守の間のある日。元司はひさしぶりに酒田に行き、今町の廓《くるわ》をたずねた。前はにぎやかだと思ったそこも、江戸の吉原を見てきた眼には、ひどく小ぢんまりした場所に見えた。馴染《なじ》みの家に入ると、出てきたのは遣り手婆さんのしげよだった。

しげよは二年前とまったく変りない顔で、元司を迎えた。勢いよく喋《しゃべ》った。

「まあ、おひさしぶり。すっかりお見限りで、もうあたしらのことなんか、忘れちゃったかと思ってましたよ。また慎んでいたんですか？　若旦那」

「いや、江戸へ行ってきたのだ」

「江戸ですって？」

しげよは眼をまるくした。

「江戸サ、何しにいらしたんですか」

「遊びにさ」

「またァ、そげだこと言って婆さんをからかう。ご商売でしょう？　うんと儲けていらしたんでしょ？」

「ほんとに遊びに行ったんだ。吉原というところにな。ところで、お由はどうしている？」

「お由ですか」

しげよは、元司ににじり寄って囁き声になった。

「あの子ひかされたの。ほら、お由にご執心の旦那がいたでしょ？　木綿屋さん……」

「ああ、おぼえている。そうか」

「そうなんですよ。あの旦那、かみさんに死なれて男やもめであったもんね」

「……………」

「でもさあ、三十近くも年が離れて、大丈夫なのかしら」

「なにがだい？」

「なにがって、いやですよ、若旦那。まじめな顔して」

しげよのけたたましい笑い声を聞きながら、元司はふと味気ない気分が心をかすめるのを感じた。

しげよがおりて行くと、間もなく女が酒を運んできた。お松に似たぽっちゃりと肥って色白な女だった。十七、八に見えた。口数は多くない方らしく、黙って酒をついだ。

「名前は何て言うんだね」

そう聞いたとき、元司は昔のはげしい放蕩の血が、どっと身うちに走りこんでくるのを感じた。

三

元司の廓通いがぶり返した。母の亀代も祖父の昌義もじきに勘づいた様子だったが、何も言わなかった。父の豪寿は七月になって、長い諸国見物から帰ってきたが、やはり何も言わなかった。元司の放蕩は、家業の後とりがいるかいないかという大問題にくらべれば、斎藤家にとっては些事にすぎなかったのである。

元司はひんぱんに酒田の廓に通い、そのうち悪い病気をうつされた。それをなおすために、元司は海辺にある湯ノ浜の湯宿に湯治に行ったが、湯治先でも女を呼んで遊んだ。

病気がなおるはずはなく、元司はそのあと立居にも痛苦を感じるほどになったが、それが無事になおると、また遊びに出かけた。とどまるところを知らない放蕩に落ちこんでいた。

暮近いある雪の夜、元司は夜遅く今町の廓を出て清川村にむかった。廓ではしきりにとめたが、元司はきかずに歩き出した。

夕方から降った雪はもうやんでいたが、根雪の上に積もった新雪が、足をくるぶしまで埋めた。

酒田の町を出るところで、途中の村まで行く中年の男と一緒になった。男は元司に、どこまで帰るかと聞き、清川村まで行くと聞くとあきれた顔になった。しばらく無言で歩いてから言った。

「この夜更けに。それはちょっと無理でねっが？　若い衆よ」

「いや、行けるところまで行く」

酒臭い息を吐いて元司がそう言うと、男は黙ってしまった。町が遠くなると、まわりはぼんやりと白い野原だけになった。新しい雪のために、人が踏み固めた道は見えなくなっていたが、まわりより一段低くなっているので迷うようなことはなかった。

野に時おり微かな灯がまたたき、そこに村があることが知られた。空は暗くおし黙っていた。道が分れているところにくると、男はンだば、私はここで、と言い、親切に言いそえた。

「わかってんだろども、途中で風ェ出て来たら、どこでも構わずに、手近な家に駆けこんで泊めてもらえや。そうさねど命取られっぞ、この雪は」

男は元司が酔っている様子なのを気遣っていた。男は元司が歩き出してからも、しばらく別れた場所に立って見送っていた。

風が出て来れば、野は一寸先も見えない吹雪になるだろう。男が言うように、命取りの雪になる。だが野はひっそりとして風の気配はなかった。闇の底に仄白い雪の野がひろがっているばかりだった。

「やっぱり江戸サ行くぞ」

元司は、不意に喉《のど》を押しひろげて叫んだ。声は限りなくひろい夜の雪原に吸われて行った。聞いている者は誰もいなかった。

「おれは、くだらぬ人間で終りはしない」

元司はまた叫んだ。元司を廓からあわただしく外に押し出したのは、この思いだった。おれが歩む道は、別にある。その思いが胸に溢れていた。君は酒屋の主人におさまる人間ではない、と言った藤本津之助の言葉を思い出していた。阿部は蝦夷地を見に行くと言っていたという、東条一堂の言葉を思い出していた。暗い夜の雪の道をのめるように歩きながら、不意に、元司は涙をこぼした。

四

翌年の二月三日、元司は京都遊学の旅に出発した。まだ荘内の山野には雪が残り、風が寒い日だった。

胸に溢れる遊学ののぞみに堪えられなくなった元司は、嘉永三年と年が改まった今年の正月、奉公人の定吉を使って、ひそかに鶴ヶ岡の伯父の家に旅支度を詰めた行李をとどけさせた。

そうして自分も後から、鶴ヶ岡に行くと言って家を出ると、伯父に会い、再度遊学の志を打ち明け、家の者を説得してくれるように頼んだのである。伯父は根負けして、元司の父に話した。

すると父の豪寿は、意外に早く折れて遊学を許した。豪寿は、壮烈ともいうべき元司の放蕩ぶりに恐れをなし、元司を家に縛りつけておくことに、少しずつ疑問を持ちはじめていたのである。しかし元司を斎藤家の跡取りという立場から解き放つことは、まったく考えていなかった。野放しにすることは出来ない。豪寿は、元司の遊学に三年の期限をつけた。

豪寿は許したあと、また少し迷った。親の考えに従おうとしない長男に、腹立ちがこみあげてくる。そこで自分は行かず、妻に路銀、薬籠などを持たせて、鶴ヶ岡にいる元司のところにやった。

しかし、ともあれ元司の遊学は正式に許され、元司は母や親戚、旧師の畑田安右エ門らに見送られて越後路を京都にむかったのであった。

元司は途中、新発田《しばた》や水原で、著名な学者、詩人をたずねて、揮毫《きごう》をもらったりしながら、高田から北国街道に入り、善光寺を経て中仙道にむかった。京都に着いたのは三月十一日だった。京都はすでに春闌《た》けていた。

鶴ヶ岡に、京都の帯屋という呉服屋の支店があって、斎藤家に出入りしていた。そのつながりから元司の今度の京都遊学について、帯屋の京都本店が世話してくれることになっていた。元司は京都に着くとすぐ帯屋を訪ねた。帯屋では、ふだん懇意にしている画家の横山華谿に、すでに元司の学問の師を探してくれるよう頼んであるという。

元司は華谿に会った。すると、華谿は、私は画家で学問のことはよくわからないがと前置きして、

「評判では貫名《ぬきな》海屋《かいおく》が一番だが、年取ってもはや門人をとっておりません。それで岡田六蔵がよろしいかと思う」

と言った。

元司は岡田六蔵を知らなかった。華谿の言葉に微かに不満を持った。というのは、元司は京都遊学を心に決めたときから、ひそかに心の中に師と思い決めた人物がいた。梁川星巌である。元司は多年星巌の詩を敬愛していた。華谿の口から、星巌の名が出なかったことが不満だった。岡田六蔵はともかく、一度星巌に会うべきだと元司は思った。

元司は東山華坂山の近くに住む星巌をたずねて行った。星巌は、元司を丁重に奥に通して応対したが、弟子はとっていないと言った。そして次のように言った。

「京の学者は、大方下品で取るに足りません。敬服出来る人物といえば、春日潜庵でしょうか」

星巌はそう言ったが、元司は結局岡田六蔵が主宰する遵古堂に入塾した。岡田は岩垣龍渓に学び岩垣の遵古堂を継いで、岩垣月洲とも称していた。

元司がそちらを選んだのではなく、さきに岡田を推せんした横山華谿が、さっさと遵古堂入塾の手続きをとってしまったので、選択の余地もなくそこに入った形だった。

入塾したものの、元司は鬱うつとして楽しまない日を過ごした。京都遊学を志したとき、元司は江戸の旧師東条一堂が、皆川淇園に学んだ跡をしたう気持があった。ここでみっちり勉学を積んで、旧師のような学儒を目ざすつもりだった。だが遵古堂は、元司が考えるような学塾とはかなり違っていたのである。

最初の印象が悪かった。塾の不潔さに、まず元司はど胆をぬかれた。壁はよごれ、板の間は何日も拭いたことがないように埃だらけだったし、廊下の天井にはくもが巣をかけている。屋内は暗くしめっていた。

岡田は四十ぐらいの年恰好で、背がひくくまじめそうに見える人物だった。元司が束脩をさし出すと、細い眼をしばたたき、よく聞きとれない、もぞもぞした低声で、勉強にはげむようにと言った。

しかしそこに山羽という客がたずねてくると、奥に声をかけてもう一人の男を呼び出し、こそこそと昼酒の支度をはじめた。

客が、そこに坐っている元司と机におかれている束脩を見て、新しい弟子かと聞くと、岡田は、

「そうや」

と答えた。だがそれっきりで、元司の方はかえりみようとせず、三人で酒をのみはじめた。元司はそのあと、着物の着つけから歩きぶりから、みるからにだらしなさそうな岡田夫人にみちびかれて、あてがわれた自分の部屋に行ったが、ひどいところに入塾したらしいと思った。気が滅入っていた。

そのときの客は、山羽泰次郎と言い、その後も時どき遵古堂をたずねてきた。山羽は以前遵古堂の塾生で、いまは医学を修業している人物だった。また、酒と聞いて奥から出てきた男は、同居している岡田の兄で、岩垣章次郎という医師だということがあとでわかった。

そのあとも、元司は時どき三人が額をあつめるような感じで酒をのんでいるのを見た。話し声も小さく、どことなくあたりをはばかるようにみえるのは、酒を喜ばない岡田の妻女に気兼ねしているらしいことも、だんだんにわかった。

だがそういうことは、岡田の講義が元司の向学心を満たすようなものであれば、べつにかかわりもないことだったが、岡田の講義は、元司にはさっぱり面白くなかったのである。第一声が低く、よく聞きとれなかった。もぞもぞと呟くような口調

で、どんどんひとりで講義をすすめる。塾生の中には、倦《あ》きて私語をかわす者もいたが、岡田はいっこうにとんちゃくしなかった。遵古堂に通ってくる塾生は商家の子が多く、前垂れをしめたままの人間もいた。

岡田はふだん、少少の私語ぐらいは苦にする様子もなく講義をつづけたが、あるとき私語が過ぎて部屋の中が騒然となったとき、不意に書物を閉じて言った。

「私は礼儀作法といった形にとらわれたものを諸君にもとめるつもりはない。無作法も勝手だ。だが私は空疎な学理を述べているのではなく、諸君が世の中に出て喰えるような学問をさずけている。遊び半分はよろしくない。まじめに聞かんと損するぞ」

そのときの岡田の口調は、いつものぼそぼそ声でなく、はっきり聞こえた。塾生は一瞬しんとなったが、元司はこのとき、子供のころに通った鶴ヶ岡の清水塾を思い出していた。

ここは世の中に出たとき、役立つような実利を教える塾なのだと思った。人間を磨く場所ではない。遵古堂にきた最初の日から感じていた違和感は、これだったのだと思った。

そのことを、元司は夜になってから、同室の塩見という塾生に話した。

「清水という塾は、商人の子弟が多いところがここと似ていたな。教える中味も、商人としてやって行くのに必要な知識をさずけ、なお若干の、人間のたしなみとしての学問を教えるといったものだった」

「……」

「一方の伊達鴨蔵という先生は、わき目もふらず経書を説き、立居ふるまいにまできびしかった。つまり学問する者は、子供といえども聖賢の道を歩まんとする者だという考え方だな。ここは、つまり清水塾なんだ」

「まあ、そうだな」

塩見はあっさり言った。

「学問、学問といっても、世の中に出て役に立たなければ何にもならん。礼儀徳行で腹はふくれんというのが先生の考え方だな」

「しかし、学問の尊厳というものがあるだろう」

と元司はいらだたしげに言った。

「それに触れて、人間が澄みわたるような、朝に道をきけば夕に死すとも可なり、といった厳粛なものがあるべきではないのかな。先生のように世話にくだけ過ぎては、味気ない気がしてならん」

「君は将来、君子たらんとするわけか」

塩見は、軽く揶揄《やゆ》するような微笑をうかべて元司を見た。

「いや、君子といった柄ではないさ。おれはもっと生ぐさい人間だ」

元司は苦笑した。

「国元にいたときは、ずいぶん女遊びをしている。ここには島原という遊所があるし、いまもそちらに気をそそられてならん。そういう人間だから、せめて学問で一歩でも自分を高めたいと願っているだけだ」

「先生だって、あれである意味では君子人なんだがな。虱《しらみ》に埋もれているから、人にはなかなかそこのところが見えんのだ」

と塩見は言った。塩見のいうこともわからないではなかった。岡田には隠逸の高士といった趣きもないではない。だが教えるところは、やはり自分が求めるものでないと、元司は思った。

五

三月《みつき》いて、元司は遵古堂を出た。遵古堂にこりて、また改めて京都で師を探すという気にもなれなかった。国元を出るとき志した京都遊学は、結局得ることなく終ったわけである。

――東条塾に帰るしかない。

元司はそう思った。自分を厳しく律し、経世済民の道を聖賢の教えの中にもとめる、東条塾の学風が懐しかった。

だが元司は不意に思い立って、九州にむかった。二年前、伯父二人に誘われて、中国路から四国までは行っているが、九州には足をのばしていない。京都までできているのを幸いに、九州を一巡して、それから江戸に帰ろうと考えたのである。

京都から大坂に出、九州の小倉についたのが七月十五日だった。元司はそこから筥崎《はこざき》八幡宮、太宰府天満宮をたずねて、佐賀に行き、諫早《いさはや》を経て長崎についた。

長崎へつくと、元司は綿布商中野屋をたずねた。京都の帯屋から紹介状をもらってきたので、中野屋では元司を快く迎えた。元司は、噂に聞いた長崎の町を、中野屋の者に案内してもらって心ゆくまで見た。

なかでもオランダ船見物は、元司の心を強くひきつけたものだった。むろん中に入って見たわけではない。浜から小舟を雇って、港内に停泊している船のまわりを一巡しただけである。

その巨大さに、元司は眼を奪われた。

——千石船、五つ分はあるな。

と元司は目測した。異人の持つ力が、異様な圧迫感をともなって、元司の胸を搏《う》ってくるようだった。清国は、アヘン戦争で剽悍《ひょうかん》な満州兵を配置したが、一戦も勝てず一城も守れなかったそうだ、と言った藤本津之助の言葉が胸をかすめた。船は三本マストで、左舷に十二門、右舷に十二門の砲門をのぞかせていた。

「もう少し近くに寄せてみてくれ」

と、元司は船頭に言った。

「あまり近づくと、お役人に怒られますぜ」

船頭はしぶい顔をしたが、駄賃をはずむというと、無言で櫓《ろ》を押して小舟をオランダ船に近づけて行った。

暑い日射しが港を照らし、上半身裸の水夫が、猿のように身軽にマストを昇降しているのが見えた。金色の胸毛が日に光り、水夫が叫ぶ異国語が波にひびくのを、元司は間近な海面から眺め、聞いた。

——これが異人か。

だがこれは、毛色は変っているがいわば気心の知れた連中なのだろうと元司は思った。古くから貿易を許されている無害な異人たちだった。元司は江戸にいたころ、イギリスやフランスの船が、琉球にきて貿易をもとめ、イギリスの船はあちこちと島の海岸を測量したと聞いたことを思い出していた。また、遵古堂で顔見知りになった医学生の山羽から、マリナーというイギリスの軍艦が、去年江戸湾を測量し、無断で伊豆の下田港に入って、代官の江川太郎左エ門に退去を命ぜられたという噂を聞いている。

――そういう連中が、無害かどうかはわからないことだ。と元司は思った。よその国の海岸をことわりもなしに測量したり、商船でなく軍艦がやってきて琉球国王に面会を強要したという噂の中には、強引で無礼な感じがあった。ことにイギリスは、藤本の話にあったように、清国に対してアヘン戦争という、大義名分のととのわない戦をしかけた国である。

元司が乗っている舟を見つけたオランダ船の水夫が、船の上から何か喋りかけて手をふっている。やはり毛むくじゃらの大男で、こっけいなほど赤い顔をしていた。

――気のよさそうな男だな。

白い歯をみせ、手をふっている巨漢を眺めながら、元司はそう思った。だがその背後にいるほかの国の無数の巨漢たちが、船上の男のように気がよいとは限らないのだ、と思った。

そういう国国が、日本に交際をもとめてやってきているのが今の時代だということはわかっている。日本はこれまで外国とまじわりを断ち、国を鎖してきたが、そういうやり方を改めざるを得なくなるだろう、と藤本は言ったのだ。

一書生に過ぎない自分に、それがかかわりあることとは思わなかったが、そういう時代に生まれあわせたことは確かだ、と元司は思った。

「いけねぇ。旦那、役人がきた」

船頭が、不意にうろたえて櫓をあやつった。港を巡回する役人の舟が見えた。まだ遠くにいたが、あまりにオランダ船の近くにいる元司の舟を不審だと見たのか、あきらかにこちらにむかって舟をすすめてくるようだった。

「逃げることはあるまい」

と元司は言った。ふだんは心の底に隠れていて本人も気づかないど不敵なものが、むくりと顔を上げたようだった。

「見物だけで、べつに悪いことをしているわけではない」

「しかし、つかまるとうるさいからね」

と船頭は言った。四十前後にみえる船頭は、たくましい身体を屈伸させて櫓を漕ぎながら笑った。いい腕で、みるみる役人の舟を引き離した。

その日から五日ほどたって、元司の部屋をおとずれた中野屋の主人貞助が言った。

「いい知らせを持ってきました」

貞助は、小肥りの顔に、機嫌のいい笑いをうかべて言った。

「オランダ商館にご案内出来そうなんですが、行ってみますか?」

「私がですか?」

「そう。この間オランダの船をみて、大そう気にいったようでしたから、商館の中をお見せしようかと思いましてな。家内の父親が商館に品物をおさめて出入りしていますので、頼んでおいたのです」

「それはご親切に。それで？　出来そうですか」

「明日、ご案内してもいいという返事でした。もっとも、その恰好じゃまずいので、商人のなりで義父のおともという形ですが、それでよろしければ」

六

江戸の東条塾では、塾生はすべて帯刀する慣わしだった。斎藤家は商人であり地主だったが、微禄ながら藩から扶持を頂く身分でもあるので、元司はむろんこの慣例に従った。今度の京都遊学にも、元司は帯刀の武家姿できていた。

元司はオランダ商館を見に行くために、ひさしぶりに商人姿になった。こういう機会はめったにあるものではないと思っていた。長崎にきて以来、元司の心はオランダ船、異人館などに強くひきつけられていたのである。

中野屋の義父の手代といった形で、元司はオランダ商館の門をくぐった。多勢の出入り商人たちと一緒だった。門のところで懐の中までさぐられ、建物の入口でまた調べられた。予想以上に厳重な警戒ぶりだった。

しかし建物の中に入ると、あとは監視されることもなく自由になり、商人たちはそれぞれ商談相手がいる場所に散って行った。元司も人に咎められることもなく、あちこちと見て回った。敷物や窓の幕の美しい模様と色どり、金属やギヤマンの什器《じゅうき》の精巧さなどに元司は眼を瞠《みは》り、異国の匂いを嗅ぎ回るように歩きまわった。

元司は台所にまで入りこんだ。するとそこに日本人の料理人がいたので話しこんでいると、異人が一人入ってきた。

咎められるかと思ったがそういうことはなく、中年の異人は棚から酒をとり出して元司にすすめ、それだけでなく壁にかけてある琴のような楽器まで弾いてみせた。楽器は美しい音色を出したが、葡萄《ぶどう》の実をつぶして作ったという酒は、元司には苦く酸味が勝ちすぎて、口にあうものではなかった。

元司の当惑した顔を見て、酒をすすめた異人は大げさな身ぶりをまじえて笑った。陽気な男だった。

その日は折よく長崎奉行所から役人がきて、一室で日本からオランダに銅をひきわたす儀式が行なわれるのも見ることが出来た。元司たちはその儀式を見、そのあと異人と役人たちが歓談している場所に立ちまじってひとときを過ごした。元司は異人たちのそばに近ぢかと寄ってみた。それまで嗅いだこともない、一種不快な匂いが異人たちの身体から寄せてくるのを感じた。

商館の異人たちの印象を、その夜元司は欠かさずつけている日記に、顔はほとんど猿に類し、これに近づけば汚臭犬のごとし、と記した。正直な感想だった。

それで必ずしも彼らを軽蔑したわけではなかったが、そう書くと、大船や、それをあやつって万里の海を越えてきた彼らの航海術、さらには商館の中で見た美麗な什器や調度などからうけた圧迫感が幾分減り、釣合いがとれる感じがしたことは事実だった。

十日滞在したあと、強烈な印象を残した長崎を、元司は出発した。雲仙を越えて島原に出、そこから船で小島川まで行き、熊本に行った。そして再び北上して佐賀に戻ると、今度は日田盆地を目ざして行った。豆田の広瀬淡窓、さらに別府の北の日出《ひじ》に帆足万里《ばんり》を訪ねて行ったのだが、二人には会えなかった。

七

九州の旅が終ろうとするころに、ちょっとした事件があった。

豆田に広瀬淡窓をたずねた元司は、面会は出来なかったが、淡窓の揮毫をもらった。元司はそこから別府にむかい、さらに耶馬渓の奇勝を見て、中津道を帆足万里が住む日出にむかった。

帆足万里は漢学と蘭学を兼ねる学者で、元司は九州に来てから、いたるところでこの人の噂を聞いた。ぜひ会いたいと思っていた。ところが日出にむかう途中、万里の門人と名乗る人物と出会い、万里はもはや老齢で、人に会いたがらないということを聞いた。

元司は断念して宇佐八幡宮にお参りしたあと中津に引き返した。そこで船を待ったが、海が荒れて船が出ない。二日も無駄に滞在したあと、元司は中津を出発して陸路を小倉にむかった。事件はこの途中で起こったのである。

ある村を過ぎて一里ほど行くと、あたりは松林の道が続き、まったく人気がなくなった。雨上がりのねずみ色の雲が空を覆い、日中なのに道は薄暗かった。

その道の真中で焚火をしている者がいる。屈強な身体にぼろをまとい、人相のよくない男たちだった。五、六人いる。ひと眼みて元司は悪い連中に出会ったと思った。

だが、ひるんだ様子をみせたらどうなるかは、連中に聞かなくともわかる。元司は足をゆるめずに近づいて行った。はたして一人の男が声をかけてきた。

「ひと休みして行きなよ、お侍よう」

「や、これは有難い。では、一服して行くか」

元司は近づくと、輪になっている男たちの間に入り、腰から煙草入れを出して一服吸いつけた。

男たちは元司の様子をじっと見つめている。元司は餓狼の群に見つめられているような気がしたが、落ちついて煙草をふかした。弱味を見せたらおしまいだと思った。その間にどうしたらうまくここを抜け出せるかと、元司はあわただしく考えをめぐらしたが、無傷で抜け出すことはむつかしいようだった。

落ちついているように見せても、元司の気持の動揺は、どこかにあらわれたらしかった。男たちは顔を見合わせ、薄笑いを洩らした。元司は気づかないふりをした。

「いい刀持ってんじゃないか」

ついに一人が言った。

「それで人が斬れるんかね。もしかすると……」

男は元司の腰に手をのばすと、刀の柄頭をちょっちょっとはじいた。

「こりゃ飾りじゃねぇかな」

男の小ばかにしたしぐさに、ほかの男たちはどっと笑った。元司は静かに男の手を押しのけた。

「さあ、どうかな」

「どうかなって、自分のことだぜ、旦那」

「じつを言うと、まだ使ったことがないのだ。飾りではないが、無用の長物かも知れんな」

元司が言うと、男たちは毒気を抜かれたように黙った。いい度胸をしているぜ、と一人が呟いた。だが彼らは諦めたわけではなかった。

「気に入ったぞ、この旦那は」

一人が元司の前に立ちふさがって言った。男は薄笑いをしていたが、眼は狂暴な光を宿して元司を見つめている。

「あんまり気に入ったから、荷物を持たしてもらっておともするよ」

「いや、その必要はない。軽いものだ」

「遠慮することはありませんや。小倉へ行くんだろ？　あっしもそっちの方へ行くんだ」

その男は、本性を現わしたように、元司の行李に手をのばした。元司はその手を強くはらった。

「連れになりたいというなら、拒みはせん。だが行李には手を出すな」

「おや、妙な言い方だな」

男は手を振った。すると男たちが一斉に元司を取り囲んだ。手に火がついた薪をにぎっている男もいる。

「まるでおれたちが追いはぎみてえな口をきいたぜ、この旦那はよ」

「親切が気にいらねぇらしいや」

「ところがおれたちは親切が病いで、やめられねぇときている」

こいつら、斬ってやるか。元司の胸に向うみずの怒気が動いた。しかし元司が刀の柄に手をかけると、男たちはどっと元司に組みついて来た。敏捷《びんしょう》で手馴れた動きだった。

そのとき人が駆けよる足音がして、鋭い声がひびいた。

「おい、何をしておる」

男たちは元司から手を離して、声の方を振りむいた。元司も声の主を見た。眼の鋭い中年の武家が立っていた。旅姿ではなく、このあたりの藩の侍のようだった。

そのときのことを、江戸に帰ってから元司は東条塾の後輩安積五郎に話した。元司はそのとき中津藩士に助けられて、無事小倉につき、九月下旬に江戸に帰ってきたのである。

「文武兼修でないといかんな。正直のところならず者五人に囲まれて、手も足も出なかったからな。平気を装ったが、心は萎縮していた」

「そうですか」

と安積は、いつものようにやさしい声で言った。安積は子供のころ右眼を失明して、一眼だったが、仁王のようないかつく大きい身体をしている。元司を尊敬していた。

「君のような身体を持っていれば、剣技も必要ないかも知れんが……」

言って、元司は改めて安積の巨軀《きょく》を眺め、失笑した。

「おれには剣が必要だ」

「……」

「なにもかもやり直しだ。家へ帰り、西に遊学して、結局得るところなく江戸に戻ったという感じだ。このあたりで腰を据えて文武に打ちこみたい気分になってきた」

「……」

「もっともオランダ船と商館を見たのはよかった。九州ではいろいろと得るところがあったということかも知れん。あのごろつき連中をふくめてな」

北辰一刀流

一

元司は千葉道場の稽古風景を、外からのぞいていた。道場の板壁に、風通しの格子窓がついていて、中で稽古の音がしているときは、誰かしらそこから中をのぞきこんでいる。

元司の横に、もう一人男がいる。町人ふうの中年男だった。その男は最初からそこにいて、元司が寄って行ったとき、帯刀している元司に遠慮したふうに一度は身体を引いたのだが、じきに稽古見物に夢中になって、その遠慮を忘れた顔になった。元司と顔をならべ、力が入って時どき肩で元司を押したりする。

暮近く、もう薄暗い道場の中で、すさまじい稽古試合が続いていた。痩身の剣士と、相手は小柄な剣士だった。しなやかな身体の動きと、鋭い竹刀《しない》さばきが、一瞬も眼をはなせない張りつめた空気を生んでいる。視野の中に、坐って二人の試合を見つめている門弟たちの姿が見えたが、門弟たちは身動きもせず、しわぶきひとつ立てる者がいないようだった。

背が高く、痩せた剣士が打ちおろした竹刀を、小柄な剣士は一髪の差で、身体をひねって躱《かわ》したようだった。躱していただけでなく、小柄な剣士は、身体をひねりざまに相手ののびた胴に鋭い竹刀を打ちこんだ。長身の剣士が、その竹刀をぱちりとはじき返すと、二人は言い合わせたようにするすると後にさがった。

「よし、それまで」

太く重おもしい声が道場にひびいた。

——千葉先生かな。

元司は首をのばして声がした方をのぞいたが、声の主の姿はそこからは見えなかった。

「ごらんなさい」

商人が小窓の横木に額をつけたまま言った。

「あれが三男の道三郎さんです。あれでまだ十七ですからな。道三郎さんのお相手をした方が栄次郎さん」

元司は商人と額をつけ合うようにして、中に眼をこらした。千葉の次男坊栄次郎は前に見て知っていたが、三男の道三郎を見るのははじめてだった。薄暗い道場に坐ったまま、面をはずした道三郎の顔が見えた。さっきのすさまじい試合ぶりが信じられないほど、ほっそりとまだ少年の面影をやどす顔だった。

——剣は天稟《てんぴん》のものか。

元司は、やや気分が滅入るのを感じながらそう思った。酒田の伊藤弥藤治の道場に通った自分が十七歳だったことを思い出していた。そこでは、ただ竹刀をふり回しただけで、得たものは何もなかったのだ。

「一番下に多門四郎さんというひとがおりましてな。この方がまだ十歳なのに、兄さん方に負けない剣を使うそうです」

町人は千葉道場のことをよく知っているらしく、今度は窓から顔をはなして、元司の顔を見ながらそう解説した。

千葉周作には四男一女がいて、四人の男子ともに剣の才能に恵まれていた。長男の奇蘇太郎が一時父の代稽古で門弟に教えていたが、近ごろは父の周作が扶持をもらっている水戸藩に指南に行くことが多く、門人の稽古はもっぱら次男の栄次郎が引きうけている。そういう事情は元司も聞いていた。

「あたしは三島町の者ですが、ここを通るときはいつもこうしてのぞかせてもらっています。商人のくせに、こういう稽古を見せて頂くのが好きでございましてな」

中年の男は、元司を見ながらテレたように笑った。額をくっつけ合って中を隙見したことで元司に対する遠慮がとれたらしく、馴れなれしく笑った。

「九段坂上の練兵館、蜊河岸《あさりがし》の士学館。江戸にはほかにもたくさん道場がありますが、この二つとここの千葉道場。これは見ていて身体がひきしまるような稽古をやっておられますな。で、どちらかと言われれば、あたしはここが一番のような気がいたしますよ」

「ここが一番かの?」

「はい。なんといっても技の切れがよろしい。剣術を習ったこともない見物人が、こう申しますとおかしゅうございますがな。でも見ていれば、およそのところはわかります。おや?」

道場の中から、多勢のはげしい気合が起こった。商人はおしゃべりをやめて、あわてて小窓に額をつけると、またはじまったようですよ、と言った。

元司ものぞくと、道場に灯が入って、多勢の人間が、目まぐるしく打ち合って動いているのが見えた。つい鼻の先の床を踏みならして、ごつい肩が眼の前を通りすぎたりした。

「斎藤さん」

後から肩を叩かれた。元司が振りむくと、東条塾で一緒の布施文四郎が立っていた。

「だいぶ熱心に見ているじゃないですか」

布施は元司に笑いかけた。元司は苦笑して窓を離れた。

元司は嘉永四年と改まった今年の正月に、東条塾にもう一度入りなおした。京都の遵古堂での勉学は、ほとんど身につくものがなかったと元司は思っている。許された三年の遊学のうち、一年近い月日を空しく浪費した気がした。

九月末に江戸に帰ってくると、すぐに東条塾をたずねたが、あいにくに一堂は上総の故郷に帰って留守だったので、年が明けてから改めて入塾したのである。やはり東条塾の学習は元司の性分に合っているようだった。一堂はこのところ尚書、左伝、荘子などを講じていたが、元司は乾いた砂が水を吸いとるように、講義を吸収した。学問に餓えていた。

一方で一堂は孟子の輪講をやっていた。塾生が順番に孟子を講義する会だが、講義の番にあたった塾生には、むろん同席の塾生たちから痛烈な質問がとぶ。一句の解釈をめぐって、議論が沸騰し、収拾がつかなくなるなどということは毎度のことだったが、こういう場合に示す一堂の裁断は、古学の中から例証をひき、懇切明快をきわめた。

元司はこの輪講で、つねにすばらしい冴えを示し、また塾頭の柴田修三郎と一緒に、一堂が示す孟子の解釈をまとめる仕事もしていた。元司が東条塾にいたのは三年前である。いまの塾生の中には、むろん元司を知らない者の方が多かったが、その勉学ぶりと先輩塾生ということを知って尊敬を示す者もいた。布施文四郎もそういう一人だった。

「君のように剣を習いたいんだが、遅すぎるかな」

布施と肩をならべて、塾の門の方に歩きながら、元司は言った。布施は東条塾にいながら、隣家の千葉道場玄武館にも出入りしていた。

「遅いというのは、年のことですか」

布施は丁寧な口調で言った。東条塾では、元司は後から入ってきた者だが、先輩でもある。布施はいつもそのことを念頭においた口のきき方をする。

「そう。私はもう二十二だから」

「前にはやっていませんか」

「十七のときに、一度直心影流の先生についたことがあるが、ものにはならなかったな」

元司は苦笑して言った。苦笑しながら、悔恨がちらと胸をかすめるのを感じた。あのころは剣術を口実に、今町だ、船場町だと遊び呆けていたのだ。

「少しでもやったことがあれば、だいじょうぶでしょう」

と布施は言った。

「しかし、やったとも言えんほどだが……」

「それでも、生まれてはじめて竹刀を握るというわけじゃありませんから」

布施は東条塾の門の前で立ちどまると、改めて元司の姿を眺めるようにした。

「要はきびしい稽古に耐えられるかどうかです。この身体ならだいじょうぶですよ」

「布施さん、それじゃあんたに連れて行ってもらおうかな。私はぜひとも千葉道場に入門したいのだ」

「いいですよ」

と布施は言った。それから元司を見ながら笑った。

「道理で熱心に道場をのぞいていたはずですな。しかし、どうしたんです？　私は斎藤さんは学問ひとすじで行くひとだろうと眺めていたんですが」

だが元司は、あいまいに笑っただけで、布施の疑問には答えなかった。

元司は京都の旧師岡田六蔵を思い出していた。どこか功利的な匂いがする岡田の学問に反発して、塾をとび出したが、学問は確かに、岡田が言うように世の中に出て役立つようなものでなければならないだろう。ただ岡田の視野はせまい。だから功利的な匂いがしたのだ。

だがこれからの学問は、もっと広い視野を必要とするだろう。藤本津之助という、いま思えば放浪の絵師だったあの人物が見ていたような、広い世界の動きを見きわめ、時にはそこで行動することも求められるだろう。そういう世の中に変りつつある予感がある。そのためには、数人のあぶれ者の脅しに、手も足も出なかったような懦弱《だじやく》な人間ではものの用にたたないのだ。それでは世の中の変動について行けないし、そこで自分の学問を打ちたてることもむつかしかろう、と元司は考えているのだった。

「いつ、行きます?」

塾の玄関で布施は言った。元司は答えた。

「明日にでも。決心したからには、早い方がいい」

二

玄武館主千葉周作は陸奥国栗原郡荒谷村に生まれ、子供のころから父に剣を学んだ。外祖父千葉吉之丞が、北辰無想流を創始した剣客だった。江戸に出てからは中西派一刀流の浅利又七郎に学び、三十を半ばすぎるころには師をしのぐ腕前となったので、浅利は自分の師である中西忠兵衛に入門させた。

当時中西道場には、寺田五郎左衛門、白井亨、高柳又四郎といった錚錚《そうそう》たる剣客がいて、ここで千葉の剣は、さらに長足の伸びを示した。高柳の音無しの構えを破ったのは、この中西道場にいたころである。

千葉はついに一流を創始し、その流儀に外祖父の北辰無想流の名を冠し、中西派一刀流とあわせて北辰一刀流と名づけたのであった。はじめ日本橋品川町に道場を開いたが、後に神田お玉ヶ池の東条塾の隣に道場を移し、鏡心明智流桃井春蔵の士学館、神道無念流斎藤弥九郎の練兵館とならんで江戸の三大道場と呼ばれていた。千葉自身は、水戸藩主斉昭から禄百石を与えられていた。

隣合っているために、東条塾から千葉道場に通う者も多かった。だが元司のように晩学の者はめずらしいようだった。

元司が会ったとき、千葉は五十九歳で、老境にさしかかっていたが、骨太で大きな身体をしていた。元司が布施の口ぞえで入門の許しを得、入門料として千葉に金一分、若先生の栄次郎に一朱、塾生一同に二朱を差し出すと、千葉はそれを受け取り、修行の心得、免許の制度などを話した。

最初、千葉の鋭い眼に射すくめられたように身体を固くしていた元司は、千葉の話しぶりが意外に穏やかなのに、漸《ようや》く固さがほぐれるような気がした。ともかくこの道場で修行できるのだという安堵感が心を占めてきた。

「晩学ですが、ものになりましょうか」

元司は一番気がかりだったことをたずねた。それは何度も千葉道場の稽古ぶりをのぞきながら、心の中でくりかえし考えたことだった。

「ものになるかならないかは修行次第だの。子供のころからやっておっても、修行に身が入らねば剣は伸びない。晩学でも一心にはげめばかなりのところまでは行くだろう」

「天賦の才というものがあると思いますが」

「多少はある。だが才ある者は、またよくはげむものだ。ゆえに伸びる。要は修行次第だの」

いかつい風貌にもかかわらず、千葉の言葉は嚙んで含めるように穏やかだった。元司は心がふるいたつのを感じた。

東条塾で勉学をつづけながら、元司は熱心に千葉道場に通った。普通の門人は、道場で稽古するのは月に六日程度である。布施もそうだった。だが元司は月に二十日以上も、隣家の千葉道場に通った。

布施が言い、千葉も言ったように、玄武館の修行はきびしかったが、元司はそれに堪えた。道場で一刻汗を流して塾に帰ると、今度は深夜まで学問にはげんだ。限られた遊学の期間が、日一日と少なくなることを考えると、学問も剣も、いくら励んでも足りないように思えたのである。

三

六月半ばに、元司をふるい立たせるような試合が、千葉道場で行なわれた。

その日道場で稽古に汗を流していた元司たちは、急に稽古をやめてこれからはじまる稽古を見るようにと言われた。門弟たちはいそいで面や籠手の防具をはずし、道場の板壁を背に並んだ。

すると三十前後の小肥りの男が道場に入ってきて板の間に坐ると、無造作に防具をつけはじめた。

「海保先生だ」

元司の隣にいた北村という門人が、元司に囁いた。すると続いて千葉と息子の栄次郎が入ってきて、栄次郎も道場の隅に坐ると防具をつけはじめた。

「お相手は若先生だ。これはすごい試合になるぞ」

北村に言われて、元司も思わず気持がたかぶるのを感じた。海保帆平の名は聞いていたが、見るのははじめてだった。

海保は十四のときに千葉道場に入門したが、間もなく非凡の剣才をあらわすようになった。五年後には千葉門の高弟の筆頭に数えられていた。たまたまその剣技が水戸の徳川斉昭の眼にとまり、水戸家では海保が仕えていた板倉家に懇望して、海保を譲りうけると水戸藩の剣術指南役とした。そのとき海保は、わずかに十九歳だったのである。

元司たち門弟がざわめいたのは、もうひとつ理由があった。最近海保は直心影流の島田虎之助と十本勝負を行ない、うち六本を得て勝ったという噂を聞いていたからである。島田は直心影流の男谷道場で、もっとも傑出した剣士として知られ、技は師の男谷信友とならび称されるほどの剣客だった。

門弟たちのざわめきは、防具をつけおわった海保と千葉栄次郎が、道場の真中に出てくると、潮が引くように静まった。

礼をかわすと、海保と栄次郎はするすると間合いをあけた。青眼に構えたまま、二人は動かなくなった。長い刻がたって、ようやく栄次郎が、ひと足じわりと前につめた。同時に海保がひと足さがった。そのまま、また対峙が続いた。

道場の中は身じろぎひとつする者がいなかった。門弟たちは剣気に縛られたようになっていた。正面の席にいる千葉だけが、時どき大きな掌で顎をなでるだけである。

不意にすさまじい気合が道場の空気を裂いた。海保の身体が躍って、竹刀は栄次郎の面を襲っていた。同時に栄次郎の痩身がしなやかに屈伸した。海保の竹刀には音がなかったが、栄次郎の竹刀が、海保の胴に乾いた音を立てたのが聞こえた。二人は同時に後に大きく飛びさがっていた。

「いや、参りました」

海保が、面の中から大きな声で言った。

呪縛が去ったように、道場にざわめきが戻った。海保と栄次郎が、何か話しながら、肩をならべて千葉の前に歩いて行くのを眺めながら、元司は掌を開いた。じっとりと汗ばんでいた。

海保と千葉栄次郎の試合を見てから、元司の稽古は一段とはげしさを加えた。二人の試合は、剣というものの行きつく先が、これまで考えていたよりも、はるかに深いことを元司に知らせたようだった。

学問の方にも精出した。道場から戻ると、講義を聞き、輪講に出たが、元司はそれでも足りないと思った。深夜おそくまで勉強し、八月に入ると、ついに八ツ（午前二時）にならないと寝ない習慣をつけ、十月になってやや寒くなったので、九ツ（十二時）に寝て七ツ（午前四時）に起きることにしたのであった。

そのころ元司はひそかに、諸国から英才が集まる、幕府の昌平黌《しょうへいこう》書生寮に入る決心を固めていた。そのためには、昌平黌の儒官をつとめる学者の私塾に入って推せんをうけなければならない。東条塾の学問を一日も早く吸収しつくし、次の塾にすすむ必要があった。

そういう猛烈な勉学をつづけながら、千葉道場での精進が続いていた。十一月に入ると、千葉道場は寒稽古に入った。明け七ツ（午前四時）に道場に入り、五ツ（午前八時）までの二刻、息つくひまもない稽古だった。元司にははじめての経験だったが、この稽古で、元司は何かを得たように思った。

稽古が終るころには、身体は疲れて宙に浮くように感じ、竹刀は鉛のように重くなる。だが翌朝道場に入ると、身体の動きは前日より軽く、竹刀はやや心のままに動くようであった。

月の最後の日に、納会の一本勝負がある。千葉道場での許しの免状は初目録、中目録免許、大目録皆伝の三段階にわかれ、中目録免許の許しをうけると道場を開いて門弟を教えることが出来た。

納会の一本勝負は、この目録をさずける判定の目安にされる。元司はこの勝負で三人を倒し、大酒盃を頂いた。普通の人間の三倍も道場に通い、寒稽古を一日も休まなかった成果があらわれたのである。

十二月になって、元司は東条一堂に呼ばれた。一堂は、元司が部屋に入ると、楽にしろと言い、女中に茶を運ぶように言いつけた。

「じつは柴田が国に帰る」

と一堂は言った。塾頭の柴田修三郎は松本藩士だが、江戸遊学の期限が月半ばで切れるので、帰国することになったのであった。

「それで、塾頭の後継ぎを決めねばならんが、斎藤しかないように思う。引きうけるかの」

「先生」

元司は膝で少し後じさると頭を下げた。

「ありがたいお言葉ですが、じつは私、昌平黌にすすみたい気持があります。ご存じのように、昌平黌に入るには、しかるべき儒官の先生の塾を経なければなりません。ところが、私の修学の年限は、国元を出るときに三年と限られていますので、いそがねばならんのです。折角のお言葉ですが、塾頭の役目は余人にご命じ頂きたいと存じますが」

「昌平黌か」

一堂は元司をじっと見た。その顔に、みるみる微笑がうかんだ。

「なるほど。この塾から昌平黌にすすむ者がいるとすれば、それはまず斎藤か」

「恐れ入ります。ご期待にそえず、心苦しく存じます」

「なに、そういうことなら塾頭のことは気にかけなくともよろしい。考え直そう」

「柴田さんとご相談ください」

「その柴田が、斎藤を推したのだが、ま、よろしい。で、どこの塾へ行くつもりかの」

「古賀塾に行きたいと考えています」

元司はそのとき一堂にそう答えたのだが、翌年二月になって、実際に入塾したのは安積艮斎《あさかごんさい》塾だった。古賀茶渓塾を目ざして行ったが、古賀塾では元司が千葉道場で剣を修行していることを聞くと、それを嫌って入塾を許さなかったのである。

元司が正式に安積塾に入ったのは、嘉永五年二月一日のことだった。そこで元司は、はじめて安積塾の塾頭間崎哲馬に会った。間崎は土佐藩から来ていて、まだ十九だった。その若さに元司は圧倒される気がした。

安積塾には、そこから昌平黌にすすむつもりで入っている者が多く、どことなく活気に満ちた空気があった。塾頭の間崎をはじめ、すぐれた頭脳をもつ塾生ばかりで、元司は心がひきしまるのを感じた。

安積塾に落ちつくと、元司はまた千葉道場に通った。剣の修行が面白くなりはじめていたが、それはべつに学問の邪魔にはならなかった。

翌月の閏《うるう》二月二十四日になって、元司は千葉道場の初目録をうけた。年末の寒稽古の納会の結果が、ようやくひとつの形になってもたらされたのである。

初目録をうけたのは三人で、元司のほかは九州の岡藩士真辺学造、ほか一人だった。目録を頂いて、元司が玄関まで出ると、婢が追いかけてきて、大先生が呼んでいますと言った。

元司は千葉の居室に通された。千葉は一人で机に向って書きものをしていたが、元司をみると、立ってきて向いの座に坐った。

「凡手の者は、初目録をとるのに、およそ三年はかかる。だが斎藤は一年で受けた。まず非凡と申してよい」

「は」

元司は頬がかっと熱くなって、思わず顔を伏せた。

「熱心に稽古したたまものだ。非凡の者は、やはりよく稽古するし、その稽古に堪えるからまた非凡の技を得ることが出来る」

「………」

「しかし特に斎藤に申しておくが、ここで慢心してはならんぞ」

元司は顔をあげた。まなじりの切れ上がった鋭い眼が、元司をじっと見つめていた。

「心おごらず、さらに精進すれば、やがて必勝の技を身につけることが出来る」

必勝の技——。元司は胸の中でつぶやいた。剣の、ひとつ奥をのぞいた気がした。

同時に、自分の稽古ぶりの中に、千葉が慢心の気配を見たのだろうかとも思った。総身に冷たい汗が噴き出るのを感じながら、元司は低く頭を下げた。

四

安積塾の学問は、詩文を重視する傾きがあって、東条塾の厳格な古学になじんだ元司は、少しもの足りない感じがした。元司はむしろ、千葉道場の剣術稽古に熱中した。むろん次の中目録免許を狙っていた。初目録を授けたときの師の励ましが、意欲を掻き立てている。

さらに精進すれば、やがては必勝の技を身につけることが出来るだろう。そう言ったひとが、ほかならぬ天下に剣名高い千葉周作であることが、元司をふるい立たせるのである。

そうして剣の修行に精進しているとき、元司の胸に、江戸で文武二道を教授する塾を開けたらいい、というのぞみがうかぶことがあった。だがそれはあてのない望みのようにも思われた。元司は三年と限られた遊学の途中にいて、期限が来れば帰国しなければならない身体だった。

安積塾の学問に、元司はあまり心を惹かれなかったが、不満があるわけではなかった。安積塾は、いずれ昌平黌に入る手づるとして選んだ塾と割り切ることも出来たし、そこではなによりも得がたい良友に恵まれたのである。

十月半ばのある日。元司は同塾の間崎哲馬、園田子寧、神林恵甫の四人連れで、駿河台の塾を出て浦賀に行った。外国の船がくる浦賀を見に行こうと言い出したのは間崎だった。

「あのあたりを一度、視察しておく必要があるな」

間崎が、いつもの静かな声音で言うと、たちまち三人が同調したのである。

四人は夜おそく金沢についた。もう戸を閉めていた宿屋を叩きおこし、二階の部屋に上がると、そこから月に照らされた海が見えた。

「絶景だ」

四人の中で、一番疲れてみえる間崎が、窓ぎわの柱によりかかったまま、そう言った。間崎は病弱で、時どき塾の講義を休むことがあった。ほかの三人も、部屋の中に立ったまま、月の光の下にひろがる冬近い海を眺めた。

「あの、このままお休みになりますか」

廊下に膝をついていた番頭が言った。宿では深夜の客をあきらかに迷惑がっていた。番頭の顔には、このまま四人を寝かしつけたい気持が、露骨に出ている。

「ばか言え」

「着いたばかりではないか。酒を運んで来い、番頭」

と園田が言った。

「しかし、もう夜もふけたことですし、それにほかに泊りのお客さまもおいでででございますので」

「なに、こっそりと飲む。ほかに迷惑はかけん」

「酒はひやでいいぞ」

と間崎も言った。その声に舌なめずりするようなひびきがあったので、元司と神林は笑った。間崎は身体が弱く、また若いくせに、底なしの酒好きだった。

「なんの視察にきたか、わからんな」

番頭が酒を運んできて去ると、神林がさっそく酒をつぎ、盃をあげてそう言った。四人はどっと笑った。迷惑をかけないと言った尻から傍若無人な笑い声だったが、若い四人はその傍若無人を楽しんでいた。

「何ということもない海だがな」

元司は、手すりの向うにひろがる夜の海を眺めながら言った。

「じつに美しい」

「だが、いまに荒れるぞ」

と間崎が言った。

「ここには、六年前にアメリカの軍艦が二隻きている。また来るだろう」

「六年前に？　何しに来たのだ」

と神林が言った。神林はさっきから黙黙と飲んでいて、不意にそう言ってあげた顔は真赤だった。

「わが国に、貿易をやる気持があるかどうかと、聞きに来たのだな。幕府は驚いたが、国法によって、貿易を禁じていると答えた。すると、アメリカ軍艦は、そのままおとなしく帰ったそうだ」

「あきらめたわけだな」

「いや、あきらめてはおらん」

間崎は静かに言って、ひと息に盃をあけた。三人はいっせいに間崎を見た。面長でほっそりした間崎の顔は、酒が入ると青ざめ、舌は鋭くなる。

「一昨年に長崎にきたオランダ船は、アメリカがわが国と貿易したい強い考えを持っていると警告したらしいし、つい二月ほど前に、オランダ商館のクルチスとか申すカピタン（館長）が、幕閣の人間に会ったとき、アメリカは来年にも貿易をのぞむ使いを送ってくるだろうと申したそうじゃ」

「……」

「その使いとやらは、軍艦に乗って……」

間崎は盃をおいて、白くかがやいている海を指した。

「この海にやってくるだろうな。ただしクルチスの申したように、来年くるのか、それとももっと先になるのかはわからんが」

「幕府があくまで拒めば、どうなる？」

と元司は言った。元司は、むかし藤本津之助に聞いたアヘン戦争のことを思い出していた。また長崎港で見た巨大な戦闘艦と、金髪の巨漢たちを思いうかべていた。

「こちらがのぞまんものを、無理に押しつけるということになれば、戦争になるのかの？」

「あるいは」

と間崎は言った。

「だが、戦争になった場合、はたしてうまくふせげるかどうかはわからんな」

「あの大国の清国が負けたというではないか」

「しかしわれわれは清人ではない」

間崎は少し鋭い口調で言った。元司は口をつぐんだが、徳利をとりあげて間崎につぎ、自分の盃も満たしてから言った。

「愚問かも知れんが、ひとつ教えてくれ。エゲレスは無理に清国に港を開かせて、アヘンを売り込んだというが、アメリカもわが国にアヘンを売るつもりかの？」

「なるほど、愚問だな」

と間崎はおだやかな口調で言った。そのやりとりがおかしかったらしく、耳を傾けて聞いていた神林と園田が笑い出した。

「エゲレスは清国にアヘンを売って、莫大な利を得ていた。それで清国にアヘンの持ちこみをとめられたときも、それをやめることが出来なかったわけだな。そこで武力にものを言わせたのだ」

と間崎は言った。その間にも盃の手を休めなかった。

「無法は無法だ。だが根本は貿易という商いに根ざしている。エゲレスはいま、清国にアヘンと綿布を売りつけているらしい。アメリカはアヘンは売らん。アヘンは彼らの商品ではないからだ」

「すると、アメリカは何を売るつもりだ？」

「アメリカも清国に物を売っているが、これは毛皮とか、エゲレスのような綿布らしい。しかしアメリカの商人はむしろ物を買いたがっておる。清国から買った絹布、茶などを、本国やほかの国に売りさばいて利を得ておると聞いたぞ」

「それなら、さして害もなさそうではないか」

と園田が言った。元司はうつむいて酒をつぎながら耳を澄ませた。こういう議論は、東条塾にはなかったものだった。塾生の多くは、学識を積み人格を磨いて、国に帰ってひとかどの者になるために、黙黙と励んでいた。そして元司もそういう一人だったし、そのことに不満をもたなかった。

だが安積塾の塾生と話していると、いかにも天下を論じているという気がしてくるのだった。

十七の時に、藤本津之助に聞いたアヘン戦争の話は、元司に日本という国の外にある、漠然と広い世界のことを感じさせたが、いま間崎は藤本が言ったことを、もっと詳細に、手のひらの上のものを語るように論じていた。

あるとき元司は、間崎の時勢に対する観察が、眼がさめるばかりに鋭いのに感嘆して、いつからこういうことを考えるようになったかと聞いたことがある。間崎はそのとき無造作に、「なに、江戸に来てからさ」と言った。

安積塾には、間崎のほかにも土佐藩から数名の塾生がきていた。彼らに聞いたところによると、間崎は三歳で文字を解し、四つのときには孝経をそらんじた。また六つのときには四書五経の句読を学び、七つのときすでに詩文を草して神童と呼ばれたという。また同じく非凡な学才を示した細川熊太郎、岩崎馬之助とならべて三奇童とも呼ばれた。

そういう俊敏な才能が、時勢の認識にも鋭く働くようだった。元司は、この年少の学友の、時勢に対する洞察の深さに、日ごろから畏敬の気持を抱いている。

「一概にそうは言えんところに問題がある」

と間崎は言って、徳利をひき寄せたが、おや、空だ、と言った。

徳利を持って、間崎は立ち上がろうとしたが、よろめいて膝をついた。

「よし、おれが行って来よう」

元司が徳利を受けとって、立ち上がった。神林がうしろから「だいじょうぶかな」と声をかけたが、元司はまかせてくれと言って階下に降りた。

時刻は九ツ半（一時）を回っていた。むろん宿の者は寝ていたが、元司は起こして酒を頼んだ。

宿の者は不機嫌をかくさずに、無言で、荒あらしい手つきで酒を渡した。そして二階に上がる元司に梯子の下までついてきて言った。

「お静かに願いますよ。いくらお侍さまでも、こんな夜中に酒盛りをなさるひとはいらっしゃらないんですから」

「心得ておる。そっと飲む」

元司はそう言ったが、元司が首尾よく酒を補給してもどったのをみると、残っていた三人は奇声をあげた。みんなかなり酔いが回っていた。

「さあ、間崎にさっきのつづきを聞こう」

園田が勢いよく言った。座に活気がもどってきた。間崎は盃を干すと、背筋をのばして言った。

「たとえば清国では、アヘン戦争に負けたために、貿易のための港をこれまでの一港から五港までひろげざるを得なくなった。つまり簡単にいえば、これまでの五倍とは言わなくとも、それに近い品物が、清国に入ってきておる。さっき申したアヘン、綿布のたぐいだ」

「……」

「その結果、どういうことが起きたかと申すと、清国から出て行く銀の量が急にふえた。ために銀貨の値が高くなり、それが清国人の暮らしをしめあげてきておる」

「……」

「アメリカが、日本に何を売るつもりかはわからん。が、かりにこちらから買っていくものを、茶、生糸そのほかと考えてみよう。出て行く量が多ければ、茶は国内で高値になる。生糸もしかりだな。それだけですめばよいが、ほかの品物も釣られて値上がりする。数港を貿易に開き、さらにアメリカだけでなく、ほかの国にも商売を許すということになれば、こういうことは必ず起こる。そうなれば、いまも暮らしいいとは言えぬ世の中が、いっそう暮らしにくくなるだろうな」

「そういうものか」

と神林が言った。

「そういうものだ。ところでわが国が長崎だけを開き、オランダに貿易を許してきたのは知っておるな」

「それは知っている。おれは出島のオランダ商館を一度見物したことがある」

と元司は言った。こうして間崎の話を聞いていると、その時に見た商館の板塀の上の鋭いしのび返し、広場の柱にかかげられた青、白、赤三色のオランダ国旗。商館事務所の奥の広場にならぶ倉庫と、とびらが開いた薄暗い倉庫の中に、積み重なって見えていた木箱などが、あざやかに眼によみがえってくるようだった。

「ほう」

と言って間崎は元司を見つめた。

「中に入って見たのか」

「見た。葡萄でかもしたという酒を飲まされたが、妙な味のものだったな」

と元司は言った。

「毛唐に会ったのか、そこで？」

と神林がきいた。

「会った。もっともそばに寄って見たというだけで、話したわけではない。言葉がわからんからな」

「どんなふうだった？」

「そうさな。顔はももいろで、皺のある奴は猿のように見えたな。身体は総じて大きい」

元司は考えながら言った。そして突然にそのとき彼らから匂って来た異臭を思い出した。

「そばによると妙な匂いがするぞ。犬の匂いに似ている」

「犬？」

三人は元司の顔を眺め、それからいっせいに笑った。

「しかし、港に泊っていた船は二十四門も砲をそなえた巨艦だったし、商館の中の調度のたぐいは立派なものだった。ふんだんにギヤマンを使って、時計なども精巧なものだったな」

「……………」

「ま、その話はいい。それで？　オランダがどうした？」

「うん」

間崎は盃をおいて腕を組んだ。

「オランダ一国が相手の貿易なら、商売はどのようにもなる。どだい量が少ないし、彼らはしきりに金銀細工の品や、銀、銅銭などを買いつけているが、それが出すぎると思えば、幕府はそれを押さえることが出来る」

「……」

「だが、港を開いて気ままな交易を許すとなると、そうはいかんのだな。さっき言ったように生糸の買いつけが多くなれば、品不足から値上がりして、それを使って仕事をしていた、西陣あたりの商売は立ちゆかなくなる。また先方から入ってくる品物が安ければ、われわれにしてもそれを買うだろうから、たとえば綿布などはいままでの値段ではこしらえても、売れんということになる」

「そういうものか」

と元司は言った。間崎は商人でもないのに、そういう物と金の仕組みをよく理解しているようだった。元司は酒屋の後つぎでいながら、そういう知識にまったくうとい自分を感じないわけにいかなかった。

「すると暮らしが荒れるな」

「そうだ。交易でひと儲けする者が出るだろうが、それはひと握りの人間だろう。どこの藩を見ても、物が豊かとはいえないから、交易をはじめれば、まずいろいろな物が値上がりすることは確かだ」

「……」

「幕府にはそのことがわかっている。だから港を開くことをことわっている。だが、無理にことわりつづければ、戦争になるかも知れん。そういう時勢になってきておるわけだ」

元司は、長崎でオランダ人の水夫をみながら、好人物そうに見えた彼らの背後に、たとえば清国に戦争をしかけたような、別の種類の巨漢たちがいるのを感じたことを、間崎の言葉で思い出していた。

「幕府は出来れば港を開きたくないと考えているだろう。面倒はさけたいのだ。そこで一応諸藩に命じて海防を厳重にしているわけだな。だが、そのうち彼らは膝づめで談判にくる」

「アメリカか」

「アメリカもエゲレスも、オロシアもだ。そのとき無理にことわって戦争にするか、どうかだ」

「しくじれば清国の二の舞いだな」

「いまに、国論が二つに割れるぞ」

間崎は盃に酒を満たすと、手すりの向うにひろがる夜の海にむかって、盃をかかげるようにしてのみ干した。

「開国か、戦争かだ。どちらもむつかしいから幕府は決めかねている。土壇場まで決めることが出来んだろう。だから論議は割れる。われわれは、そういう時勢に生まれあわせたわけだ」

「明日は、砲台を見に行こうではないか」と園田が唐突に言った。よかろう、とみんなが言うと、園田は立って行って窓じきいに腰かけ、低く詩を吟じはじめた。

「冷えて来たぞ。戸を閉めて、そろそろ寝るか」

神林が、不意に身ぶるいしてそう言ったが、間崎がおだやかに言い返した。

「月は寒いが、良夜だ。もったいないことを言うなよ」

「間もなく夜明けだろう。酒は、まだ残っているぞ」

と元司も言った。酔っていた。酔った気持の底に、そういう時勢に生まれあわせた、と言った間崎の言葉が、耳鳴りのように鳴っている。園田はまだ詩を吟じていた。神林は思い直したように、徳利をかたむけて酒をついだが、酔っているらしく、畳に少し酒をこぼした。

神林にはそう言ったものの、間崎は疲れたようだった。不意に物を転がすように、無造作に畳に寝た。すると、くぼんだ眼窩《がんか》に、行燈《あんどん》の灯が影をつくって、間崎は病者のような顔になった。

「間崎」

元司が呼びかけた。

「年が明けると、帰藩せねばならんのだろう」

「うむ」

間崎は眼をつむったまま答えた。

「おれも帰らねばならん」

と元司は言った。そう言うと、今夜の酒が別宴のような気がしてきた。間崎がぎょろりと眼を開いて、寝ころんだまま聞いた。

「剣の修行の方はどうする気だ？」

「当分おあずけだな」

「精進するといいな。いまに士興（元司の号）の北辰一刀流が、役に立つ日がくるような気がするぞ」

言い終って眼をつむると、間崎はまもなく軽いいびきの音を立てた。神林も、あぐらの中に頭をおとしこむようにして眠っている。元司は不意にこらえようのない眠気に襲われるのを感じた。背後で園田が「夜が明けるぞ」といった声を、元司は微かに聞いた。

江戸清河塾

一

嘉永六年六月三日。曇天の江戸湾入口に、四隻の真黒な船体をもつ艦船が姿を現わした。

船はペリー提督がひきいるアメリカ東インド艦隊の、サスクェハナ、ミシシッピ、プリマス、サラトガの四艦だった。四艦は、敵対行動に対していつでも応戦出来る戦闘準備をととのえたまま、黒煙を吐くサスクェハナ、ミシシッピ、つづいて帆船のプリマス、サラトガの順に、全速力で浦賀水道に突入すると、同日の七ツ半（午後五時）ごろ、浦賀沖に達し、そこに錨をおろした。

浦賀には、川越、忍、会津、彦根の四藩が海岸防備の兵を配置していたが、アメリカ艦の侵入をみると、ただちにきびしい警戒態勢を布いた。これに掛川、小田原の二藩からも兵を出し、海岸線は防備の兵で埋まった。

だがアメリカ艦隊は、防衛線を布いた日本の兵が、剣、槍、火縄銃という貧弱な武器で武装していることを見抜いていた。艦隊司令長官ペリーの態度は、最初から高圧的だった。

浦賀奉行戸田氏栄《うじよし》は、厳戒の中を支配組与力中島三郎助にオランダ語通辞をつけて、旗艦サスクェハナにやり、司令官に来航の目的を聞かせたが、ペリーは尊大にかまえて、会おうとしなかった。

中島はやむを得ず副官コンティ大尉に会い、艦隊がアメリカ大統領フィルモアから日本皇帝陛下にあてた親書を持参したことを知ったが、国法に従って艦隊を長崎に回航するように通告した。だがコンティ大尉はその場で中島の通告を拒否した。そして逆に、大統領親書を浦賀で最高の職にいる役人が受理し、皇帝（将軍）にとりつぐように要求した。

コンティ大尉は、そのうえ艦隊をとりまいている日本側の防備船を引き揚げろ、と言い、従わなければ武力で退去させると、はなはだ好戦的な言葉を吐いたのである。その夜、五ツ半（午後九時）になると、旗艦サスクェハナの巨砲が轟然《ごうぜん》と発射音をひびかせた。時報だったが、その殷殷《いんいん》たるひびきに驚いて、沿岸を固めていた防備線ではいっせいにたいまつの火を消した。

翌日浦賀奉行は、与力の香山栄左衛門をサスクェハナに派遣し、漸く親書受け取りに三日間の猶予をとりつけた。アメリカ艦隊はその間にミシシッピに測量艇隊を付属させて、江戸湾深く小柴沖あたりまで遊動させ、江戸に威圧を加えた。

この間幕府では、夜を徹して協議した結果、ようやく大統領親書はとりあえず受け取る。返書はオランダ人または中国人を通じて、長崎で手渡すことを決めた。

幕府は浦賀奉行戸田氏栄、井戸弘道を全権に任命し、六月九日に久里浜に設けた応接所で親書を受理させた。この日、アメリカの艦船から、水兵、海兵隊、軍楽隊およそ三百名が、ペリーを警護して上陸し、サスクェハナは祝意と威嚇をこめて大砲十三発を発射した。

ペリーは大統領親書、ペリーの信任状、ペリーから徳川将軍にあてた書状二通を渡し、来春は今回よりさらに多数の艦隊をひきいて、返書を受け取りにくる、と演説した。日本側全権は書類を受け取り、受領書を出したが、終始無言だった。

フィルモア大統領の親書は、両国の親睦と交易、アメリカ商船、捕鯨船への石炭、薪水、食糧供給、難破船員の保護を要求していた。また日本側全権が手渡した受領書は、ここは応答の場所でないので、返事は出来ない。しかし、親書を渡すという目的は達したのであるから、早早に帰るようにといった内容を記したものだった。

ペリー提督は、一度の来航で返事を受け取ることは無理と考えていたらしく、退去を約束した。だが、帰る前になって、急に艦隊を江戸湾内深く入りこませ、その真黒な船体が、品川、川崎、神奈川の町から見えるところまですすめたので、江戸市中は恐慌をきたし、家財を車に積んで、江戸から逃げ出そうとする者でごった返した。十分に威嚇してから、十二日アメリカ艦隊は遠く海上を去って行った。

武装したアメリカの艦隊の来航は、まことに泰平のねむりをさますものだった。浦賀から江戸にかけての一帯には、一触即発の戦争気分がみなぎった。しかもそれは、異国艦と、その背後にある正体の知れない国との戦になるかも知れないという、未知の恐怖をはらんでいた。

幕府は鎖国の建前を崩さず、警備の諸藩に沿岸防衛の強化を命じて対処したが、内心の狼狽《ろうばい》は隠せなかった。城中で連日連夜対策を協議する一方、七日には日光に、八日には増上寺に世上静謐《せいひつ》を祈禱させたりした末に、結局親書を受け取らざるを得なかったのである。

国を支配する幕府にしてこの有様だから、庶民の混乱は甚だしかった。彼らはもっと生身で恐怖を感じ取っていた。海辺の土地から、江戸から逃げ出す人間で、道は混雑がやまなかった。そして江戸では武具屋や、古着屋が繁昌した。

当時の大津絵の替唄は、その様子を、「江戸も諸国も大さわぎ、鉄砲鍛冶《かじ》やは穴をほる、馬具やは皮はる、鎧のおどしをする、にわかに砲術軍学それから稽古する」と唄ったが、甲冑《かっちゅう》、刀剣の類はたちまち値上がりし、古着屋では陣羽織、小袴、裁付《たっつ》けが飛ぶように売れた。庶民も武士も、ともに泰平の夢を破られたのであった。

黒船来航の知らせを、斎藤元司は蝦夷《えぞ》地の箱館で聞いた。

元司はその年の三月、父母との約束に従って帰郷した。だがすぐに父に願って、五月には蝦夷地に渡ったのである。異国船がしきりに出没するという蝦夷地に対する関心は、東条塾で、先輩の阿部千万多が蝦夷地に行ったらしいと聞いたころからあったものだが、安積塾で間崎哲馬らに接触して、外国に対する眼を開かされたのが強い動機になった。

黒船来航の知らせを聞いたとき、元司は間崎らと四人で、浦賀を視察に行ったときのことを思い出していた。月の光に白くかがやいていたあの海に、四隻もの戦艦が来たのかと思った。その想像はかすかに元司の血をざわめかせるようだったが、間崎たちといたときのように、気持がたかぶることはなかった。元司は江戸と一応つながりがきれ、また浦賀からあまりに遠い場所にいたのである。

二

ペリーが、アメリカ艦隊をひきいてふたたび江戸湾に来航したのは、翌安政元年一月十六日だった。軍艦は七隻。旗艦ポウハタン、前年にも来たサスクェハナ、ミシシッピ。以上三隻の蒸気艦にマセドニアン、バンダリア、サザンプトン、レキシントンの四帆船で編成した艦隊だった。

再航のペリーは、最初から威嚇的な行動をとった。アメリカ艦隊は、一月十一日伊豆沖に姿を現わすと、十六日には浦賀沖を通過して金沢の沖まで進んだ。

幕府は浦賀奉行を通じて、艦隊を浦賀沖にとどめ、交渉の場所を浦賀か鎌倉にするよう交渉したが、ペリーは受け入れなかった。ペリーは今度の交渉で、日本がアメリカの要求をこばんだときは、報復措置として琉球を占領する肚《はら》を固めていたのである。ペリーは交渉の場所は江戸の近郊であるべきだと強く主張した。

そして日本側の要求を無視して、艦隊をさらに江戸湾内深く、羽田沖まですすめた。羽田沖からは江戸の市街が見える。恐慌をきたした幕府は急遽《きゆうきよ》、交渉地を神奈川宿はずれの横浜村に指定した。

幕府が全権を林大学頭韑《あきら》、町奉行井戸覚弘、浦賀奉行伊沢政義、目付鵜殿長鋭《ながとし》の四人にゆだね、アメリカ側と第一回の交渉に入ったのは二月十日だった。アメリカ側の使節が上陸すると、それまでに新たに加わった、サプライ号を入れて八隻になったアメリカ艦隊は、礼砲と称して五十発を越える砲を打ち放した。

砲声は海岸の空気をふるわし、付近の家では、人人は畳に伏して耳をおさえ、外へ出る者は一人もなかった。とどろく砲声はペリーの意識した威嚇だった。

黒船の再度来航を、元司は蝦夷地から戻っていて清川の家で聞いた。江戸から帰ってきて、関所を通る者の中には、神奈川まで行って、じっさいに黒船を見てきたという者もいた。元司はそういう人間に会うと、見聞きしたことをくわしく問いただした。

――膝づめで、談判にきているわけだ。

元司は、金沢の宿で間崎が言ったことを思い出した。開国か、戦争かだ、と間崎は言ったが、その選択を迫られる時期はあまりに早くやってきたようだった。

――新しい時代が幕を開けようとしている。

と元司は思った。これまで予想もしなかったような時代の波が、自分や家族をその中に含む、日本という国を手荒く洗いはじめているのを感じる。

そう思うと、荘内領の片隅で、経書を読んだり、気がむけば家業を手伝ったりして暮らしている自分に、ふといら立ちがこみあげてくる気がした。恐らく江戸の東条塾、安積塾、そして千葉道場にいる、元司の知人たちは、そういう時勢を日ごとに呼吸する気がしているに違いない。

――一人取り残されているか。

百年一日のごとく流れを変えない最上川のほとりに、雪に閉ざされていることに、元司は次第にたえがたくなってくる気がした。

「少少、お話があります」

夜の食事が済んで、父の豪寿が立ち上がったのをみると、元司は箸をおいてすばやく立って行き、うしろからそう囁いた。

豪寿が黙ってうなずくのをみて、元司は膳にもどった。

「おとうさまに、何かご用ですか」

弟の熊三郎に飯をよそってやりながら、母の亀代が元司にそう言った。食事の世話をしながら、亀代は元司の唐突な行動をのこらずみていたようだった。

母の眼に不安のいろがあるのを、元司はなかば恐れ、なかばうっとうしく感じる。江戸からもどってきた息子は、来ると間もなく蝦夷地に旅立った。ようやく秋口にもどってきて、その後は神妙に家にいるが、いつまた不意に旅立つと言い出すかわからない。亀代の眼はそう言っているようだった。

「いや、たいしたことではありません」

元司はそっけなく言って、飯をかきこんだが、自分のそっけない態度にいや気がさして、無言で飯をしまいにした。

父親が書斎にしている部屋に行くと、豪寿は細かい文字の書物をみていた眼鏡を机において、元司を迎えた。

豪寿は家督をついで十年、年も四十五になっていた。無造作に袖無しの綿入れを着た姿にも、豪家の主らしい風格が出てきていた。若い時からの書物好きは変らず、夜には必ず書斎に入る習慣だった。

「ご勉強ですか」

元司は机の上をのぞいて言った。

「近ごろ、俳諧の方はいかがですか」

「うん。時どき松山に行っているが、あそこの俳諧連中も、柳支さんが亡くなってからむかしの元気はなくなっての」

松山は荘内藩の支藩酒井大学頭の城下で、豪寿はそこに住む醸造家で俳句宗匠を兼ねる村田柳支に、俳諧を学んでいた。柳支は加舎《かや》白雄の系統をひく宗匠で、近在では高名な俳人だったのだ。

「なにか、いい近作がございますか」

「近作か」

と言ったが、豪寿は苦笑して元司を見た。

「それよりも話というのを聞こうか」

「……………」

元司はそろえた膝に眼を落とした。

「また、虫が動き出したか」

と豪寿は言った。元司は顔をあげて父親を見たが、豪寿はべつに機嫌が悪そうではなかった。

「は。じつはそのお願いで」

「言ってみなさい。出来る相談もあり、出来ない相談もある。聞いてみないことにはわからんからの」

「また江戸遊学をお許し頂けませんか」

「やはりそれか」

豪寿は、不意に額にしわを寄せて、火鉢の炭をいじった。

「そろそろ言い出すころではないかと思っていた。どうにもこの家には落ちつけないようだな」

「申しわけございません」

元司は頭をさげた。

「しかし学問も、いかにも中途はんぱで切りあげてきていますので。もしお許し頂ければ、今度は昌平黌に学びたいと考えております」

「昌平黌？」

豪寿は驚いたように元司を見た。

「そんな望みを持っていたのか。それはいままで言わなかったな」

「はい。行けるかどうかわからんことですから。ただし安積塾に移ったのは、出来れば昌平黌にという気持があったわけです。あそこの推挽《すいばん》があれば、昌平黌入校もかなうと存じます」

「なるほどな」

豪寿は考えこむようにしばらく沈黙したが、やがて低い声で言った。

「なるほどお前の学問も、そこまで来ているわけだ。それはうすうすわしにもわかっていた。お前は子供の時分から、いまのようになりそうな気がしたし、近ごろは家にひきとめるのは無理かも知れんという気がすることがある」

「………」

「しかし、わしには親という役目のほかに、斎藤の家の主としての役目がある。わしの代でこの家をつぶすことは出来ないわけでの。商売を繁昌させ、次の者に何ごともなくひきつぐ。これも斎藤の家の血を受けつぐ者の大事な勤めだ」

「それは、よくわかっております」

「いや、お前はわかっていない」

豪寿は、不意に鋭い口調でそう言ったが、ひとときの沈黙のあとおだやかな声音をとり戻した。

「先祖の血をひきつぐということの重味は、お前はわかっておらんと、わしは思う。ま、それはそれで致し方ない。熊三郎につがせるかとも考えたが、あれはあれでやはり自分でやりたいことがあると言って、うんと言わん」

「……」

「わしとしては、お前を許し熊三郎を許さんとは言えない」

「それは当然です」

と元司は言った。

「私はこの家の長男で、いずれ家をつがねばならん身分です」

「お前はいつもそう言ってきた。そう言いながら少しずつ家を離れて行くようだ」

豪寿は少し疲れたように言った。

「時には、なにが不足でそう外に心が向くか、と腹が立つこともあるが、お前ももう二十五だ。二十五の分別というものがあろう。むかしのように、力で押さえつけるわけにもいかん」

「またもどって参ります」

と元司は言った。父親が本心をさらけ出して、息子にみせているのを感じ、元司は心をゆさぶられていた。そして父親の望みとはあまりにかけはなれたいろいろな望みを隠している自分が、ひどくやましい人間に思えた。

「期限を切ってください。必ず戻ります」

と元司は言った。

「期限か」

豪寿は不意に苦笑した。やわらかい父親の表情になっていた。

「あってなきがごときものだという気もするが、それがお前の親孝行というものかも知れないの。いや、わしのことを言っているわけではない。母親の方だ。あれは、三年といえば、それが終ればば帰ってくると信じて待っている」

「……」

「三年と区切るか。そう決めてやらんと、お前も家を出にくいだろうからな」

元司は父親を見た。父親はまだ微笑していた。元司も笑った。初めて父親と男同士の話をかわしたという気がした。

書斎の窓のそとに、ひそひそと微かな音がしているのは、夕方から降り出した雪が、夜になってもまだ降り続いているらしかった。

「ありがとうございます」

と元司は言った。

「母には、私の口からは言えませんので、うまく言ってください」

「納得させるまで、ひと苦労だの」

「そのかわりに、勉強させて頂くことは決してむだにはしません。必ずひとかどの者になって戻ります」

父親の書斎から自分の部屋に帰るとき、元司は足が躍るような気がした。部屋に入って行燈に灯を入れると、元司は障子を開いて外を見た。

火鉢の炭火であたたまっていた部屋の中に、冷たい空気が流れこんできたが、元司の頬のほてりはおさまらなかった。部屋のあかりが照らし出す外の闇を横切って、雪が流れるように降りしきっている。元司は膝を抱いて夜の雪を眺めた。

——家を離れることを、父は許している。

それを確かめた喜びが、元司の胸をふくらませていた。最初の江戸遊学のとき、父との間に暗黙の諒解がついた気がした時期があったが、それは弟熊次郎の死でご破算になった。だがここまできて、父はようやく再びおれを手ばなす気になったのだ、と思った。

雪が降りしきる暗黒のむこうに、ひろびろとひろがる野をみる気がした。そこに解きはなされる自分を感じた。

だが、その喜びの中に、微かに痛みを胸に伝えるものが含まれていることも事実だった。父と母を悲しませ、それでもこうして外に自分を駆りたてるものは何なのか、という思いだった。

——精いっぱいに生きたいということか。

芽は単純に学問に対する好奇心のようなものだったと思う。だが、だんだんに家の中で書物を読むだけの境遇にあきたらず、家業をいとい、心はしきりに外にむかうようになったのだ。家にいると落ちつかず、気分がいら立った。そして諸国の風物に触れたり、一歩ずつ学問を深めながら、師や友人とまじわっているとき、元司は心がのびやかに働き、身体もいきいきと動くようだったのだ。

——結局はそういうことだ。一人の人間として、自由に生きたいためにあがいてきた。

旧家の血は重く、それを継ぐ者は、一人の人間であるよりは家系の守護者としての役割を強いられるのだ。父が言ったように、家業を繁昌させ、次の時代の者に血を伝え、そして朽ちる。あたえられる自由は少ない。

祖父も父も、当然の義務としてその役割を果たし、自分をおさえ、わずかな自由に甘んじてきたのだ。そう思うと、熊次郎が死んで元司が帰郷したとき、待っていたように諸国見物に出て行った父の気持も、また家を継ぐことから逃げている元司に対する、父のいら立ちもよくわかるようであった。

父は俳諧に凝っているが、元司は日ごろ、さほどうまいとは思っていない。だがそのつたなさを笑ってはいけないのだ、と元司は思った。父は父で、すでに決められた枠の中で、精いっぱい自由でありたいと思ってしていることなのだ。そしてそれが、古い家系の守護者としての、あるべき姿勢なのだろう。

——おれは家系に対する反逆者か。

元司はそう思った。祖父や父は、古い血の重圧に堪えて、つつましい生き方を選んだ。だがその重さに畏敬を感じるよりも、反発を感じる者も出るのだ。それがおれだ、と元司は思った。

おそらくそれが古い血自身の宿命なのだ。そういう反逆者は前にもいたかも知れないし、かりに自分がおとなしく家業を継いだとしても、その後にもそういう人間は出るかも知れない。古い血自身が、その古さのために自分にむかって反逆をくわだてるのだ。多分それがおれだ。

そう思ってみると、自分が外に出ると心も身体もいきいきとしてくるのは、古い血が新しい生き方をもとめているようにも思えてくるのだった。

襖《ふすま》が開いたので振りむくと、弟の熊三郎がのっそりと部屋に入ってきた。熊三郎は火鉢のそばに坐ると黙って、火に手をかざした。

「どうかしたか?」

元司が言うと、熊三郎はうつむいたまま、

「おれも、兄さんのように何かやりたいよ」

と言った。思いつめたような顔をしている。

「なにをやりたいんだ？」

「おれ、頭はあまりよくないから、江戸に行って剣術を習いたいな」

「……………」

「親爺に言ってくれないか」

こいつも反逆者か、と元司は大きな身体をもてあましているような弟を眺めて思った。熊三郎は十八になっていた。

二月九日に、父の豪寿は斎藤家に親族、知人を招いて、元司のために送別の宴を張ってくれた。盛大な酒宴になった。

「元司は今度天下第一等の学校、昌平黌に学びます」

豪寿は酒宴の席でそう挨拶した。その言葉を元司は、父親が自分の気持に区切りをつけ、元司を手ばなすことを決心したことを宣言しているように聞いた。

三

元司が江戸に出たのは、二月二十四日だった。元司は持ってきた荷物をお玉ヶ池の東条塾に預けると、その足ですぐに神奈川にいそいだ。むろん、まだ滞在をつづけているアメリカの艦船を自分の眼で見るためだった。

翌日は晴天で、元司は神奈川宿まで来て、宿場の高い台地からアメリカの艦隊を見ることが出来た。早春の海にうかぶ黒い巨船は、静まりかえっていたが、長崎で見たオランダ船とは違い、いかにも戦闘用に造られている感じが無気味だった。はなやかな色どりは一切なく、獰猛《どうもう》な海の獣が、僅かな間牙をおさめて眠っているように見えた。

台の茶屋のまわりには、見物の人が群れていた。人びとは手をかざして船を眺め、しきりに興奮した口調で言葉をかわしている。その中に耳なれない訛りがある声がまじっているのは、江戸や近在の者ばかりでなく、諸国から見物が集まっているらしかった。

――これがアメリカ艦隊か。

眺めているうちに、元司は異様な圧迫感に胸がさわいでやまないのを感じた。対岸の横浜村の海岸には防備の藩兵が配置されているのが望まれたが、黒い船腹から、こちらに向いて開かれている砲口をみると、槍の穂や火縄銃の先を小さく光らせている藩兵たちが小人の群のように頼りなく思われた。

――戦になったら、ひとたまりもあるまい。

清国は満州兵を配置して迎え撃ったが、一戦も勝てず、一城も守れなかったと言った藤本の言葉が、また実感となって元司を襲ってきた。おだやかな日射しの中で、元司は不意に寒気を感じて立ちどまった。幕府はこの情勢にどう対抗しているのだろうか。

「あの船は、鉄で造ってあるものですかな」

元司は、さっきから無言で船を眺めている、そばの浪人ふうの男に聞いた。男は四十ぐらいで、痩せて青白い顔をしていた。

「いや、木造だと聞いています。外側をチャンというもので塗ってあるそうですな」

男は甲高い声で答えた。そうか、木造かと思ったが、三本帆柱、外輪を持つ俊敏そうな船体が持つ威圧感は変らなかった。

「幕府はいま、何をやっているわけですか」

「それを知りたくて、それがしもこうして……」

男は足もとの草鞋《わらじ》を指さした。

「毎日通ってきているのですが、くわしいことはわかりませんな、さっぱり。ただアメリカの使いと幕府の使いが、談判をつづけていることは確からしい」

「談判がうまくいかなければ、戦になるということですか」

「いや、戦にはならんでしょう」

男は鳥のような声で笑った。

「それがしはこの間、神奈川宿を上陸した異人が歩いているのを見ましたが、何というか、殺気は感じませんでしたな。談判がうまく行っているのだろうと思いましたな。それによしんば、談判が決裂しても、幕府に戦を仕かける気力はないでしょう。もっともこんなことを言っていると、役人がきてまたうるさいことを言うかも知れませんな」

元司は話好きとみえる、その浪人ふうの男を誘って、茶屋にあがった。茶を出し、客が求めれば酒も飲ませる茶屋は、表から奥まで、ぎっしり客が詰まっていた。二月のはじめ、幕府は一般の黒船見物を禁じたが、人びとはいつのまにか集まってくる。

呼びこみの女中が、奥の部屋から坐ったまま黒船が見られます、と叫んでいるので、元司は奥をのぞいて見たが、そこは膝を入れる隙間もないほど人が混んでいた。中に遠眼鏡を持参した男がいて、そのまわりには人垣が出来ていた。

元司はあきらめて、入口に近い座敷の隅で、男と酒を飲んだ。そうしている間にも、表の街道を、槍を持ったどこかの藩兵らしい一隊が、殺気立った様子で駆けぬけて行ったり、旅の者らしい男が、首を土間に突っこんで、人ごみを見てあきらめたように首を振って去ったりした。

飾らない、少しくたびれたような身なりから、浪人者かと思ったその男は、川崎の在に住む郷士だと、身分を名乗った。庄司と名乗ったその男は、川崎から三里の道を、毎日のように黒船を見にきているらしかった。

「川崎などはあんた、戦になれば火の海でしょうからな。落ちつかんのです」

「そうでしょうな」

「もっとも、半分はそれを口実に船を見にきているようなものですがな」

男はまた鶏が刻をつくるときのような、甲高い声で笑った。

「見ているとじつに面白い。小船を出して浜と行き来をしていますが、むかでのように櫂《かい》を何本も使いましてな。大変に速い。黒船見物はあんたは今日がはじめてかな」

「そうです」

「それは惜しかった。それがしはこの間、連中が大砲を撃つのを聞きました。百雷が一時に落ちるごとくと言いますが、ま、そういう感じがしましたな。道を歩いていた者が、思わず地面に這ったほどでした」

「………」

「それがしは這いはせなんだが、身体が顫《ふる》えました。戦になったら、ちょっと勝目のない相手のように思いましたな」

「しかしそうやって脅しにかけて、言うことを聞かせようという態度は、少少腹が立ちますな」

「時勢ですぞ、あんた」

と男は言って、ぐっと盃をあけた。

「お前はお前、おれはおれでかかわりないという時勢はどうやら過ぎたようですぞ。猫なで声ですり寄ってくる奴もいる。脅しをかけてくる奴もいる。それを国のさだめだからと、一概に突っぱねるわけにはいかない時勢になったということでしょうな」

「無理に突っぱねれば、戦になるということですか」

「さよう。そしてその戦が、むこうはいつでもやる気構えできているのに、こちらはそこまで覚悟が出来てはおらん。戦にならんというのは、そういうことですな」

庄司という男は、茶屋を出るともう一度船を見て帰ると言い、元司にも一緒にどうかと言ったが、元司はことわってひと足先に宿を出た。江戸までは七里の道だったし、時刻は日暮れに近づいていた。

――結局は港を開くことになるのだろう。

幕府はそれを望んでいないだろうが、そういう時勢が来たのだ。そして間崎哲馬が指摘したように、物と金の仕組みが大きく変り、混乱した世の中になるのか、と思いながら元司は街道を急いだ。

　子安を過ぎ生麦村を過ぎると、海に漸く少しずつ遠ざかった。そうすると、八隻の戦艦から受けた威圧感も少しずつ遠ざかるように思われた。

　――時勢を誤りなく見てとることは必要だ。だが、そのために足もとがおろそかになるのは戒むべきだ。

　元司は学徒らしくそう思った。学問と千葉道場の剣に戻るべきだと思っていた。学問もまだ十分とは言えず、剣の修行も中途の身で、黒船だ、開国だと騒ぎまわるのは、物見高い見物人と変りない。そう思うと、出府すると旧師の一堂への挨拶もそこそこに、荷物をほうり出して神奈川に走った自分が、少し軽率に思えてきた。

　元司は前年の嘉永六年、アメリカ東インド艦隊がはじめて浦賀に入港したとき、当時江戸にいた長州藩の吉田寅次郎（松陰）が、同じ街道を心も宙にとぶ思いで浦賀に走ったことを知らなかった。

　吉田はこのとき、四隻のアメリカ艦隊を目撃するとすぐに、〝船も砲も敵せず、勝算はなはだ少く候〟と適確に状況を掴《つか》み、そのあとのアメリカ使節と幕府との交渉経過をみて、〝幕吏腰ぬけ、賊徒胆驕《たんきよう》〟の有様を痛憤し、〝明春江戸総崩れは当然のことにて、言を待たず候〟と、身を揉《も》むような危機感を国元に書き送ったのだが、それにくらべると、元司の感想はもっと地味なものだった。

アメリカ艦隊が、武力を背景に開国を迫ってきていることは、一目瞭然だった。いつでも撃てるように、海岸に向って開いていた黒い砲口が、彼らの身構えを露骨に示していたのだ。

だが元司には、幕吏腰ぬけの状況は見えていなかった。政治のことはわからなかった。一書生に過ぎない自分がかかわることとは思わなかった。

元司の当面の目的も地味だった。父との暗黙の諒解の中で、江戸に自分の塾を開けたら、周囲にさんざん迷惑をかけて出郷した目的は、一応達せられると元司は考えていたのである。剣術の修行も身をいれ、塾はいずれ文武二道を教える場所にしたい。

そのためには、今度の出郷の目的である昌平黌入校を果たさなければならない、と元司は暗くなった街道を江戸の方角にいそぎながら考えた。

そのための煩瑣な手続きが待っていることを考えると、黒船を目で確かめた満足感とはべつに、そういうことにすぐに騒ぎがちな自分の血を恥じる気持があった。

四

幕府とアメリカ使節との交渉は続けられたが、三月三日になって、日米和親条約十二カ条が調印された。

条約の内容は、下田、箱館二港を開き、アメリカ船に薪水、食糧を供給する。前記二港における乗組員の遊歩区域を決める。アメリカ船が必要とする品物の購入を許す。下田にアメリカ外交官が駐在することを許可する、といったものだった。

この交渉で、幕府側全権がとった態度は、ぶらかし策という奇妙なものだった。ぬらりくらりと相手の要求に確答をあたえず、出来るだけ回答を引きのばす方法だった。江戸城では前年の七月に将軍家慶が病死し、その後を継いだ徳川家祥《いえさき》が、十一月に将軍宣下を受けて第十三代将軍家定となるという将軍御代がわりがあった。むろん林大学頭以下の交渉使は、この御代がわりも早速に交渉の場に持ち出して、調印の引きのばしをはかったが、のばしてどうするという方策もなかったので、結局はペリーの強引な押しに屈して条約調印を呑まざるを得なかったのである。ペリー提督は目的を達し、二百数十年におよぶ幕府の鎖国は、このときを以て終ったのである。

旗艦ポウハタン号の船上で、ペリーがまだ交渉の勝利に酔っていたころ、元司は昌平黌書生寮に入った。安積艮斎の推挙によるものだった。

このとき元司は、酒井左衛門尉家来、安積門、清河八郎という名前を提出した。昌平黌を経て、自分の塾を開くとき、従来の斎藤元司と訣別《けつべつ》して、新しい人間として世に出たいという考えを元司は持っていた。父の暗黙の許可が、元司のその考えを促したようだった。斎藤の家を出て、一人立ちすることを許されたと思った。そのときこの名が浮かんできたのであった。

清河は、むろん故郷清川村の地名をわが名としたのである。元司は、斎藤の家の人間ではなく、その土地に生まれた一人の人間として世に出て行くつもりだった。また酒井左衛門尉家来としたのは、斎藤家は父の豪寿の代になって、さらに扶持を加えられて、藩から十人扶持をあたえられていたので、郷士の身分を明らかにしたのである。以後元司はふだんも清河八郎と名乗るようになる。

しかし氏名を改め、気分を一新して入寮した昌平黌は、清河八郎にとって意外に収穫の少ない場所だった。八郎の眼には、昌平黌は学校というよりは社交の場所のように映った。

諸藩から集まった秀才たちは、あまり勉学に身を入れず、集まると天下国家を論ずるという風で、遊びも激しかった。安積塾でも、塾生が時勢を論じ、国を憂えるという風潮はあって、八郎はそういう塾の空気に魅力を感じたのだが、そこでは学問にも熱心で、輪講などになると火花が散った。

そういう塾を経てきてみると、昌平黌の書生たちは、空疎な弁論に熱中して、遊びにだけ身を入れている感じがあった。八郎は昌平黌で学問の仕上げをするつもりだったのだが、そういう雰囲気ではなかった。

そして八郎は間もなく、昌平黌の講義そのものに、期待したほどの新味がないことにも気づいていた。東条塾、安積塾を経て、八郎の学問はかなり高い水準に到達していたのである。八郎は講義に、ときどき失望を味わった。

四月下旬に、八郎は風邪をひいた。その風邪が、なかなか治らなかった。八郎は昌平黌の寮を出て、東条塾に帰って休んだ。東条塾には自分の家のような親しみがある。ゆっくり静養出来た。

風邪が治ったが、八郎は昌平黌には帰らずに、東条塾を手伝った。助ける人間がいなくて、高齢の一堂が困っているのを見かねたためだが、風邪で寝ている間に、昌平黌に戻っても益がないと考えたせいでもあった。東条塾で、十数人の通い門人に素読をさずけながら、八郎は次第に具体的に自分が開く塾のことを考えるようになった。その間に、昌平黌は自然退寮の形になった。

東条塾出身で、成田で塾を開いていた浅野雄斎から手紙が来たのは、そういう時期だった。八郎はふた月ほど前に、成田の浅野塾をたずねている。手紙は、八郎が近況を知らせたのに対する返事で、一緒に江戸に塾を開く気はないかと言ってきていた。浅野は、以前から江戸に塾を持ちたがっていたのである。

八郎は機会が来たと思った。浅野に承諾の手紙を書く一方、郷里の父に開塾の許しをもとめる手紙をやり、承諾をとりつけると、すぐに適当な家の物色をはじめた。

しかしそうしている間に、浅野からまた手紙が来て、急に京都に行くことになったと、ことわりを言ってきた。八郎は失望したが、気持に弾みがついていた。そのまま開塾準備をすすめた。

三河町二丁目裏に武家屋敷の貸地があり、八郎はここを三十坪借りた。地代は年九両と高かった。

塾は建坪二十一坪のものを新築した。五十二両かかった。浅野と二人で古家を改築して住めば、一人十両と計算した最初のもくろみからみると高い費用だったが、八郎は満足していた。小さな塾だった。だがそれは少年のころからの夢が結晶した建物だった。

——ここで経書を講じ、やがては剣も教授する。

新築の木の香が匂う建物を眺めながら、八郎は、おれは確かにこうなりたかったのだ、と思った。江戸で学儒として名をあげる。その本拠がこの小さな建物だと思い、飽きずに建物を眺めた。それは古い血の重圧を持たない、生まれたばかりの家だった。

十一月五日に八郎は塾をはじめた。内弟子わずかに二人、学僕一人という塾だった。しかし間もなく評判を聞きつたえて、通い門人が出来、荘内藩江戸屋敷からも入塾する者が来た。

安政元年十二月中旬になって、八郎は小さなその塾に、「経学・文章指南　清河八郎」の看板をかかげた。八郎の開塾を聞いて、安積塾、昌平黌からも清河塾に転じてくる者がいた。清河塾は次第ににぎやかになった。

めぐり逢い

一

だが三河町の清河塾は、看板をかかげて半月にも満たない暮の二十九日に、あっけなく火事で焼けたのである。

その日、夜五ツ（八時）過ぎ、三河町から北の方角、筋違御門に近い連雀町から火が出た。風はやや北寄りの西風で、火は佐柄木《さえき》町、通りをはさむ新石町、小柳町と東南の方角に燃えひろがって行った。

連雀町から三河町二丁目は、さほど遠くないが、火からは方角違いである。安積塾の塾生が八郎の塾に駆けつけたが、八郎は火は来ないと見きわめをつけたので、手伝いの塾生を帰した。そして自分は火の手がすすむ方角にある、お玉ヶ池の東条塾と千葉道場に見舞いに走ったのである。

ところが風向きが急に変って、火はたちまち三河町一帯を襲い、清河塾はあっという間に焼けてしまったのであった。走り帰った八郎は、ようやく書物とわずかな衣類を持ち出しただけで、他はすべて焼いてしまったのである。

八郎は安積塾に落ちつくと、すぐに郷里の父に手紙を書いた。

〝格別丁寧の家にもこれなく、残らず焼け候ても四十両余の高にこれあるべく、かたがた驚くべきほどのことに御座なく候間、泰然とまかりあり候〟と、八郎は書いた。

開塾早早に火災に遭ったことを、不運だと思わないわけではなかった。塾は繁昌する気配をみせ、そのころ八郎には、昌平黌で知りあった松本奎堂《けいどう》の仲だちで、幕臣羽倉簡堂の身辺に用を足していた少女との縁談まですすんでいたのである。一夜の火災は、それを一度にだめにしたわけであった。

不運に違いなかった。そしてそれは、その後八郎を見舞う一連の非運が、最初の不吉な顔を見せた出来事だったのだが、八郎はその不運な感じを強いて無視したのである。

手紙がやせ我慢の文章になったのは、ひとつは父に落胆をさとられたくないためでもあった。一たんは郷里に帰らなければならないだろうが、いずれまた父から再開塾の費用を引き出す必要がある。しかし気落ちして帰ったとみれば、父はまたぞろ家に落ちつけと言い出しかねないのだ。それでは金の話も切り出しにくくなる。

初志はゆるぎなく、火事ぐらいには少しも驚かず、泰然とまかりあるように振舞わないといけない、と八郎は思っていた。焼けあとの整理が済んだ翌年の正月下旬、八郎は郷里に帰った。むろんその前に、お坤という少女との縁談はことわった。

一月の清川は、まだ雪が残っていた。八郎は時どき家を出ると、北風が吹く最上川の土堤にのぼって歩き回った。颪は雪の野を渡ってきて、枯れ葦をなびかせ、八郎の額を凍らせる。

そういうとき、いさぎよく別れてきた、お坤という十五の少女の面影が胸をかすめた。だが、それはいっとき八郎の胸をやさしくゆさぶるだけだった。淡い縁だった。

雪が消えるころ、少女の面影は遠くなった。八郎は、家の者に火事のことはくわしく話したが、少女のことは話さないでしまった。

二

三月二十日から九月十日までの約半年。その年八郎は、母の亀代をともなって周防岩国まで行く旅をした。北陸から名古屋に出、伊勢参りをはたし、関西から四国、周防を回り、江戸を経由して帰る大旅行だった。

八郎には、長い間母を欺き、心配をかけてきたという気持があった。そして今度江戸に塾を持てば、今度こそは家を離れることになる。そのことを、父は内心で承知しているが、母は依然として知らなかった。その心の痛みが、西国の旅を思いつかせたようだった。

旅は親孝行をはたすとともに、八郎にとって母親との訣別の気持を含んでいた。八郎は旅の間、心やさしい息子として振舞った。

途中江戸に寄ったとき、たずねてきた安積五郎など知人が、みな塾の再開をすすめた。その熱心なすすめは母の亀代を驚かせた。亀代はそのとき自分の息子が何者であるかを、少しさとったようだった。

「江戸では、えらい信用だの」

「家にいると、さっぱり信用がありませんが、ここでは少少」

八郎は笑った。その笑いを探るように見つめながら、亀代が言った。

「やっぱり、また塾を開きたいか」

「はあ。だがもっと後でいいですよ」

「遠慮しなくともいいよ。どうせ帰ればまた、そういう話になるだろうから」

亀代は自分に納得させるように、小さくうなずいた。

「家を探すんなら、手つけを打つぐらいの金は残っているけど」

八郎は黙ってうなずいた。母がどの程度かはわからないが、何ほどか息子と別れる決心をしたことを感じていた。

八郎は母のすすめを幸便に、翌日さっそく神田から両国近辺を歩き回って、薬研堀に売家を見つけた。間口八間のかなり大きな家だった。八郎は三十八両でその家を買うことに決め、五両の手金を打った。聞いてみると大田錦城、沢田東江が住んだ家だとわかり、塾むきに作られた建物であることもわかった。

八月二十二日に、八郎は安積五郎を誘い、母と下男の貞吉の四人連れで江戸をたち、日光見物をして清川に帰った。清川は秋で、あららぎ山の紅葉が、最上川に影を落としていた。斎藤家では一行が帰ると、長い旅が無事に終ったのを祝って、村中の者を招いて酒宴を開いたのであった。

母亀代の供をして半年の旅をする間、八郎は一日も休まずに旅の日記を記した。西遊草と名づけたこの旅行記に、八郎は旅中に出来た詩三百三十篇とは別に、長詩一篇をそえている。

当時の八郎の心情が出ているので、次に掲げてみよう。

嗚虖《ああ》われいずくに適帰せんか
七年の星霜　典籍の奴

骨を割《さ》き膚を刺し　その苦を知らず
由来看他す　世俗の儒
憶《おも》う　昔関を出でしとき胆気雄なりしを
自を誓う　旧染なればまた通じ難しと
唱うるを愧ず　相如の昇仙橋
男子志を立つる　誰か同じからざらん
人事蹉跎たり　つねに相依る
一朝故有り　命を奉じて帰る
爾来三顧　空しく志を傷つけ
胸中の燈火　殆ど微かならんと欲す
余の性不羈　雲遊を好む
東奔西走して　四方に周《あまね》し
郷党誇る有り　父兄戒む
曾て屑《いさぎよ》しとせず　万里悠々たるを
鬱陶乎たり　慈母の怨み
児や　何の心ありて久しく遠きに在る
問安視《し》瞻《せん》　人無きに非ずと

吾これを聞き　豈悶々たらざらん
慈母の児を思い　児これ慕う
相奉じて西遊し　京洛に向う
春風吹き上ぐ　三月の天
軽衣飄々　征歩を進む
人生の行楽　失うべからず
慈母の健なる　児の佚き
天の時を降す　今を然りと為す
行かんかな進まんかな　志を失うこと勿れ
嗚呼　余少小より不朽の責を懐えり
任重くして道遠し　豈易からんや
今より思う　母を奉じて後
一寸の光陰　惜しまざるべけんや

八郎は安積五郎を連れて、荘内のあちこちを見物に誘って歩いたが、それにも倦きたころ、鶴ヶ岡八間町の妓楼うなぎ屋に行った。一晩泊った翌日、八郎は今度は安積に、湯田川に行こうと言った。

「女たちを連れて行って、ひとつ豪遊しようか」

湯田川は鶴ヶ岡の西南二里の場所にある湯治場で、小高い丘にはさまれた静かな土地だった。荘内藩の武家も清遊を楽しみに来るところだったが、清川の斎藤家ではここに二軒の定宿を持っていた。

八郎と安積は、連れてきたうなぎ屋の女たちに唱わせ、酒を飲ませ、自分たちも浴びるほど飲んだ。ついに安積は節分の豆まきを真似して、金をまいた。

安積は、元禄の昔、吉原で金銀をまいて女たちに拾わせたという、紀ノ国屋のことを思い出していたかも知れない。

安積の家は、父親が名声を得た売卜者《ばいぼく》だったが、家はそれほど裕福だったわけではない。それが八郎に金を預けられ、酔って興奮していた。大きな身体を踊るように宙に泳がせて、座敷に金をまいた。

女たちは嬌声をあげて座敷を這い、落ちた金を奪いあった。笑い声と叫び声が部屋にあふれ、宿はひっくり返るような騒ぎになった。八郎は酒を飲みながら、その馬鹿騒ぎを見ていた。久しぶりに解き放たれた放蕩の血が、その騒ぎを楽しんでいた。

安積は時どき、ふらつく足を踏みしめて八郎のそばに来ると、一生に一度ぐらいはこういうことをしてみたかったのだ、ありがとうと言った。そしてまた奇声をあげて離れて行った。

「安積、もっとまけ」

と、八郎はけしかけた。

そして、ふと一人の女に眼を奪われた。その女は、一人だけ部屋の隅に坐っていた。女は騒ぎには加わらずに、ひっそりと座敷の中の混乱を見ていた。

八郎の視線にも気づかないように、女は黙って微笑していた。騒ぎをいやがったり、いやしんだりしているのでないことは、時どきはっと眼をみはって手を打ったりする様子でわかった。そういうしぐさに、ほとんど無邪気な、清らかな感じがあった。まだ十六、七にみえる若い女だった。

その夜、八郎はうなぎ屋にもどると、高代というその女を床に呼んだ。

「何もしなくともよい。一緒に寝てくれるだけでよい」

八郎は、ひっそりと布団の中に入ってきた女に言った。そして脆《もろ》い花のつぼみをあつかうように、そっと抱いた。

「さっきは、ばかな遊びをするやつだと思ったろう」

「いいえ」

高代は、まっすぐ八郎の眼を見つめながら、小さく首を振った。有明けにしてある行燈の光に、黒い眸《ひとみ》が澄んでみえた。まだ稚《おさ》なさが残る美貌だった。

「いや、ばかな遊びさ。おれは時どきさっきやったような、ばかなことをやる」

「……」

「年はいくつだ？」

「十七」

「いつから勤めに出ている？」

「今年の春から」

「今年の春か」

八郎は呟いた。

「自分を不しあわせだと思っているかね」

「ええ」

高代は眼を伏せた。だが、すぐに小さい声で言った。

「でも、仕方のないことですから」

「そうだな。悪いことを聞いた」

八郎は、高代の身体から手をひいて呟いた。

「泥中の蓮《はちす》だ」

「え？」

「いや。このまま眠ろう」

と八郎は言った。高代を見ていると、その清らかな感じに、なぜか涙が出てくるようだった。高代は、八郎が遠いむかしに失ってしまった、清らかでうつくしい思い出につながっているような女に思えた。そう言われて、高代は八郎の胸の中で静かに眼をつぶった。

三

そのころ八郎と一部の荘内藩士との間に、感情の行き違いをきたすような、小さな事件が起きた。

八郎と、友人の安積五郎が、湯田川の湯宿で金をまいて豪遊したという噂が、荘内藩家中の間で話題になった。たまたま同じ宿に、家中の者が行きあわせていて八郎たちの騒ぎを見聞きし、鶴ヶ岡に帰ってから、人にその話をしたものらしかった。八郎の遊びは、人もなげな奢《おご》りと受け取られた。その話題に、何の関心も示さない者もいたが、中には露骨に反感を口に出す者もいた。

清河八郎が何者であるかは、藩から東条塾、安積塾に学ぶ人間が多く、また八郎が三河町に開いた塾に、荘内藩江戸屋敷からも通った者がいたので、藩の人間にも知れ渡っていた。八郎は東条塾の秀才で、安積塾を経て昌平黌まですすんだ人間であり、江戸の学儒の間にまじって学塾を開き、もっとも年少気鋭の学者として刮目《かつもく》されている人物だった。

しかし身分を言えば、藩から十人扶持を頂いている富豪とはいえ、所詮は大きな百姓兼酒屋にすぎない家の伜である。その酒屋の伜が、江戸で名をあげるのに成功して有頂天の振舞いをしている。八郎の遊興を聞いて、反感をそそられた者が抱いた感情は、およそそうしたものだった。

八郎を呼んで、その学問がどのぐらいのものかを試し、場合によっては高慢の鼻をへし折ってやろう、という相談がすぐにまとまった。

荘内藩は、九代忠徳の寛政年間に、藩校致道館を興し、徂徠《そらい》学を導入して藩学とした。それ以来の好学の気風があり、八郎の学問に対する関心も当然と言えば言えた。

だが学問を測ろうとした、この試みは、八郎に恥をかかせるという、かくされた目的からいえば失敗に終ったのである。

招きをうけて、鶴ヶ岡の料亭望月楼にきた八郎は、酒宴なかばで、招待側の一人が打ちあわせどおりに、楼記を競作して遊ぼうではないかと一座にはかると、すぐにうけた。八郎は大盃に酒をもらい、ひと息に飲みほすと筆をとった。

群山を環《めぐ》らし、万頃《ばんけい》の野を抱き、水に臨んで起《た》ち、
気象万怪、変化極らざるは鶴岡の東、望月楼なり。

この書き起こしではじまる望月楼記を、八郎は途中一度も筆を休めず、一字の訂正もなく一気に書きあげた。見事な文章だった。八郎が筆を置いたとき、ほかの者は、まだ文章に手をつけていなかった。座敷の中の空気は急に気まずく変った。

「いい文章でしたな」

その日八郎と一緒に招かれた安積が、帰りの道で酔った声で言った。月夜だった。月に照らされた清川街道の左右には、稲刈が終って、杭に架けられた干し稲が、沈黙している人の群のように畦《あぜ》を埋め立て並んでいる。

「いや、あれでおれは荘内藩に敵を作ってしまったらしい」

八郎が言うと、安積は驚いたように八郎の顔を見た。

「なぜです？」

安積は、大きな身体を裏切るような、いつものやさしい声で聞いた。

「いい文章を書いたのが、まずいような言い方ですな」

「まあ、そういうことだな」

「しかし、書けと言ったのはあの人たちですよ。招かれた客としては、芸の深奥を示すのが礼儀じゃありませんか」

安積の大きな身体の中には、幼児のように汚れを知らない魂がある、と八郎はいつものようにそう思った。八郎が、肉親の愛情に恵まれない安積を、ついかばいだてしたくなる気持は、そういうところからきているが、時にはそういう安積にいら立ちを感じることもある。いまも、八郎は少し乱暴な口調で言った。

「なに、今夜の集まりはおれに恥をかかせようとしたのだ。好意で呼んだわけじゃない」

「まさか」

「君もとぼけるな。楼記の競作などと言い出したときに、おれはぴんときたぞ。出来ませんとは言えない。出来上がったものがまずかったり、字句に誤りがあれば、すぐに笑いものにしようという肚だ」

「そういうものですかな」

安積は失望したように言った。そして月を見あげたが、そのそぶりがにわかに酔いがさめて、正気を取りもどしたというふうに見えた。ついでに安積は大きなくしゃみをひとつした。

「しかし、なぜそんな手のこんだことをやるんですか」

「江戸帰りが目ざわりなのかも知れんな」

八郎は苦笑した。二人はゆっくり歩いていた。清川まで、普通は駕籠《かご》を雇うところだが、二人は言いあわせたように歩いて鶴ヶ岡の城下を出たのである。美しい月の光の下で、荘内平野は眠りに入ろうとしていた。空気は寒くもなくあたたかくもなかった。二人は夜を徹して歩いてもいいつもりでいた。

「江戸帰りが近ごろ少しやり過ぎた感じだ。今夜のこともやり過ぎだ。もっともこういうことは、君にはわからんかも知れんな」

「……」

「江戸帰りが、それをひけらかしたりしてはいかんのだ。ところが、おれは今夜、派手にやってしまったと思う」

最初は適当につき合うつもりだったのだ。だが、招待した藩士の側に、致道館の教師がまじっていることを知ると、八郎はその考えを捨てた。相手が本気で試しにかかっているのを感じ、負けてはいられないという気になったのである。

――だが、それだけでない。

と八郎は思った。負けたくないという気持とはべつに、相手の意表に出る気分もひとつあったのだ。東条塾、安積塾にいたときも、その気分は時おり顔を出して、あっというような学才を誇示して周囲が驚くのを楽しんだ。その気持の動きが、あまり上質のものでないことに八郎は気づいていたが、今夜もそれが出たのだ、と思った。

――底に、田舎者のひけ目があるのだ。

と、八郎はそういう自分の気持を分析することがあった。意表に出て相手の鼻をあかす、という気持の動きには、田舎者の劣等感を裏返した気持と、生得の人に負けたくない性格がまじり合っている、と薄うす気づいている。

それが、今夜は身分のひけ目になって出たのだ、と思った。酒席に招かれ、相手の意図を察知したとたんに、酒屋の伜のひけ目が、くるりと裏返って、家中何者ぞ、致道館何するものぞ、と傲然《ごうぜん》と居直る気持に支配されたのである。ついに相手に一指も染めさせないで押し切ったが、それで相手が気持よかったはずはない。それは、あの顔色をみればわかる。

八郎は後味が悪かった。思いやりなく勝った気の重さが残っている。そして完璧に立派であろうとしたために、気取りが出たことも否めなかった。君子人は決してこういうことをしないのだ。人びとはおれを、才はあるが傲慢で気取った人間だと見ただろう。八郎は自分のそういう性癖と、その性癖を引き出した今夜の集まりを嫌悪する気持が、酔いと一緒に身体の底に重く沈んでいるのを感じた。八郎は、元気のない声で言った。

「そろそろ江戸にもどるか、安積」

「はあ、だいぶ遊びましたからな。わたしは一生の遊びをやってしまったような気がしますよ」

「大げさなことを言うな」

八郎は、大きな身体をした後輩の殊勝な言葉に、思わず笑った。笑いながら、あの遊びで安積が喜んだというなら結構だと思った。安積は早く生母に死にわかれ、三年前には父親とも死別していた。父が死ぬと、安積は家を売って、彼を愛さなかった継母にその金をやって別れ、その後は半ば放浪に近い暮らしをしていた。

時どき安積の巨軀は、その中にこの世の悲劇をいっぱいにつめこんだように、もの悲しく見えることがある。八郎はそういう安積を、一度身も心も疲れるほど遊ばせてやりたかったのだ。八郎の頭の中を、大きな身体を泳がせて、金をばらまいていた安積の姿がちらと横切った。

「おれも心おきなく遊んだ。そろそろ帰るべきだ」

「はあ」

「わが故郷は、おれを容れようとしない」

と、八郎は言った。それは今夜のことを思い出してそう言ったのだが、不意にそれが真実だという気持が胸をしめつけてきた。

子供の時からそうだった。いまはそうでもないが、子供のころ、村は容易におれを受け入れようとしなかった、と思った。むろんおれにも悪いところはある。しかし……。

――おれはいつも一人だったし、いまも一人だ。

そう思ったとき、八郎は月の光の下に、煙るように遠くうずくまっている村の木立や、藁屋根、巨大なみみずくのように立ちならぶ干し稲の列、白く光る村の道に、胸が迫るような懐しさをおぼえていた。おれはいつも外に出たいと思ったが、ここはいずれ去らねばならない土地だったのだ。

——あのひととも、会えぬ。

八郎は、高代という、一人の清らかな娼婦のことを考えていた。

四

八郎は、遅くとも九月末には江戸に出るつもりでいたのだが、その支度にかかっている間に月が変って十月になった。

二日の夜四ツ（午後十時）過ぎに、軽い地震があった。八郎は、自分の部屋で安積と話をしていて、その地震に気づいた。

「お、地震《ない》だの」

「はあ」

二人は話をやめて、いっとき部屋の鴨居のあたりを見上げる眼になったが、地震はわずかに家の柱をきしませただけで、やがて揺れは夜の闇の中に消えた。

しかしそのとき江戸とその付近一帯は後に安政の江戸大地震と呼ばれる、大きな地震に襲われていたのである。

地震は、はじめ南方から揺れがきたように思われたが、やがて東西にはげしい揺れがきて、江戸市内ではすさまじい音を立てて家屋敷が倒れ、石垣が崩れた。そして市内五十カ所ほどから火が出た。その夜江戸の空は晴れていて、わずかに北風が吹いているだけだったが、火はそれでも各所で燃えひろがり、翌日九ツ（正午）になって漸く鎮火した。

一夜の地震とひきつづく火事で、江戸市民四千二百九十三人が死に、二千七百五十九人の怪我人が出た。潰れ家屋（焼けた家をふくめて）千三百四十六軒、千七百二十四棟、潰れ土蔵千四百四棟、そして万石以上の大名屋敷でも、死者二千六十六人、怪我人千九百余人を出すという大災害だった。江戸周辺でも東は松戸、船橋、北は熊谷、南は神奈川宿あたりまで、人家が倒壊した。

町方でもっとも死者を多く出したのは新吉原だったが、武家屋敷でも、馬場先門内の忍藩主松平下総守屋敷、和田倉門前の会津藩主松平肥後守屋敷、八代洲河岸の松平相模守屋敷など、西丸下、八代洲、日比谷一帯の武家屋敷で死者を多く出した。

この地震で南部大膳太夫、有馬備後守、伊藤修理太夫、本多中務大輔など、大名数名が命を失い、小石川後楽園の水戸藩屋敷では御側用人藤田虎之助（東湖）と家老戸田忠太夫（蓬軒）が圧死した。

地震の知らせが清川にとどいたのは、十日ごろになってからだった。二、三日の間に、話は深刻になって、江戸は潰滅したという噂が流れた。

八郎は旅支度をいそいだ。薬研堀に買っておいた家のことも心配だったが、老師がいる東条塾、さらに安積塾、玄武館の安否が気づかわれたのである。八郎は安積と同道して、十七日に清川を出発、二十五日早朝に江戸に着いた。

奥州街道を江戸に近づくに従って、街道の周辺に潰れた家、傾いた家が目立ったが、千住宿を経て江戸に入ると、予想以上の惨状が眼の前にひろがっていた。八郎と安積は時どき立ちどまってあたりを見回し、顔を見合わせた。

「これは、ひどいな」

と安積が呟いた。八郎は無言で安積をうながし、道をいそいだ。

山谷堀を越えるまで道の左右には家が潰れ、寺が傾き、巨大な力をふるって去った地震のあとが見られたが、堀を越えて聖天町に入ると、今度は焼けあとがひろがった。町は東側だけが焼けのこり、西側は猿若三町あたりまで一望の焼けあとだった。その先に、朝の光を浴びた浅草寺の甍《いらか》が見えた。

山之宿、花川戸の町町も、残っているのは大川に沿った東側だけで、西側はすっぽりと焼け落ちていた。黒い柱がむき出しに焼け残っている間を、二、三人の人影が、無言で歩きまわっているのが見えた。

大川橋のきわまで出て、二人は立ちどまった。目の前にも、潰れ、傾いた町がひろがり、その奥の駒形あたりの空が妙にがらんとして、町が黒ずんで見えるのは、そのあたりも焼けているに違いなかった。

「お救い小屋だな」

「はあ、そうらしいですな」

二人は立ちどまったまま、小声で話した。雷門の前に、まあたらしい仮小屋が建っていて、そのあたりに人影が動いている。道の片側に列を作って人が並んでいるのは、朝の粥《かゆ》のほどこしが行なわれているのだった。

静かな光が、生気なくならんでいる人の列を照らしていた。行列は、町役人らしい男が何か指図したのにこたえて、わずかに動いた。

「これでは、神田あたりはどうなっているかわからんな」

「急ぎますか」

二人はまた歩き出した。材木町を抜けると、予想したように駒形町から先は、諏訪町、黒船町、三好町と、御蔵の手前まで四丁ほどの間が焼け野原になっていた。

神田は小川町一帯が焼けただけで、お玉ヶ池のあたりは無事だったが、東条塾も玄武館も地震でやられていた。安積塾も破損していて、どこもまだ修理に手をつけていない状態だった。八十近い東条一堂は壁が落ちた一部屋に茫然と坐っていた。八郎は老師をなぐさめ、取りあえず後かたづけを手伝ったりしたあと、気がかりになっていた薬研堀の家を見に行った。

建物は、焼けも倒れもせず、無事に立っていた。だが中に入ってみると、壁がはがれ、柱が傾き、床板は波打つように高低が出来て、古びた物置き同然に変っていた。人が住めるような家に修理出来るかどうか疑わしかった。

八郎は眉をひそめた。この前は火事で、今度は地震かと思ったのである。なにか得体の知れない天地の悪意が働いて、自分が塾を開くのをさまたげているか、という気がちらと心をかすめたが、八郎はいそいでその考えを振り捨てた。

八郎は馬喰町の大松屋に行った。この前、西国旅行の帰りに母と一緒に大松屋に泊り、薬研堀の家に手付けを打ったとき、あとの管理を大松屋に頼んである。残金を払って買い取り、修理して使うか、それとも買い取りを中止にするか、大松屋に相談してみようと思っていた。

ところが行ってみると、大松屋では意外なことを話した。八郎を迎えたのは主人の老母だったが、老母はあの家は残金を払ってあると言った。

薬研堀の家の管理をまかされた大松屋では、その後家の持主にきびしく残金を催促された。しかし四十両近い大金なので、大松屋ではやむを得ず荘内藩江戸屋敷に駆けこみ、元締役所にわけを話して、斎藤家の名前で金を借り出し、残金を支払ったというのである。

五

郷里の鶴ヶ岡で、荘内藩家中と気まずいことがあったりしたものの、八郎は神田橋内にある藩江戸屋敷にはこれまで足繁く出入りしていた。中老石原平右エ門以下の江戸詰め藩士とも交際があり、元締役所には昵懇《じっこん》の石井助三郎がいる。石井は八郎の実家とも懇意だったので、大松屋の頼みをあっさり引き受けたのであろう。

「それはいつのことですかな」

八郎が聞くと、大松屋の老母は顔をしかめて言った。

「それがあなた、地震があったあくる日のことですよ」

「ほほう」

八郎の眼に、なかがすっかり崩れ落ちたボロ家が浮かんだ。あの物置きのような家が自分の持ち物で、かわりに藩の元締役所に大枚の借金が出来たわけだと思った。

「九月のうちに、金を清算する約束じゃなかったかと、それはもうえらいけんまくでしたから仕方なかったですよ」

「なるほど」

地震のあくる日ということは、持主も薬研堀のあの家を見に行ったのだ。そしてあわてて大松屋にかけ合いに来たのだろう。しかもああいう状態だから金額をひくとは、一言も言わなかったに違いない。さすがに江戸は、油断ならない土地だと八郎は苦笑した。

「さすがに江戸は抜け目ないな」

「あんまり急な催促でしたから、こちらも五両値切って、三十三両にしてやりましたけどね」

「もっと値切ってよかったかも知れんぞ」

「おや」

大松屋の老母は、急に不安な顔をした。

「家はちゃんとして残っていると言いましたけど、そんなにひどくなっていましたか」

結局大松屋では、その家が地震でどうなったかは確かめないで金を払ってしまったのだとわかった。人まかせでは、およそこんなものだろうと八郎は思った。

八郎が、江戸に見切りをつけて、一たん郷里に帰ることにしたのは、十一月に入ってからだった。

東条塾でも安積塾でも、まだ講義を再開していなかった。後始末に追われていて、通ってくる門人もなかった。昌平黌書生寮でも、寮を閉鎖して書生を国元に帰したという噂が聞こえた。大工を入れて改築するにしろ、取りこわして新築するにしろ、薬研堀の家を手入れして塾を開くという情勢ではないと、八郎は判断したのである。

八郎は薬研堀の家を十五両で売り、また藩江戸屋敷の元締役所をたずねて、さらに三十五両を借り出すと、四十両分ほど書籍を買いこんだ。そして酒田に帰る人を見つけて馬二頭に積みこんだ本を預け、郷里に送り出した。

——郷里は間もなく雪が降るだろう。

荷を送り出し、まだ立ち直る兆しが見えない江戸の町を眺めながら、八郎はそう思った。当分は雪の中に閉じこもって、これまでにした学問の成果をまとめる著述に専念するつもりだった。十八日に、安積塾で八郎を送る送別の宴が開かれた。その席で八郎は思いがけない人物に会った。

席上、送別に集まった八郎の知人たちは、八郎に送別の詩文を贈り、それぞれ立って読みあげるので、酒宴はにぎやかになった。

最後に、小肥りの温和な風貌の男が立って自作の送別文を読みはじめた。

士興状貌雄偉、廓然として大志あり。かたわら撃剣を善くす。而して孝義はけだし天性より出ず。

男の声は渋く、落ちついていた。八郎は盃をひかえて、男の姿をじっと見つめた。男は池田雄助または駒城とも名乗り、荘内藩足軽池田長三郎の次男で、脱藩して江戸に出、八郎と同じ安積塾を出た人間である。

池田は地味な風貌をしているが、豊かな学才に恵まれていて、八郎と親交の深かった人物である。絵の才能があって、安積塾の学業を終ったあと、長崎の方に絵の修業に行っていると聞いていた。八郎より十歳ほど年上だったが、八郎はその静かな喋りかたをする池田に好意を持っていた。

池田の送別文朗読が終ると、八郎が立って一座に対する留別《りゅうべつ》の文を読んだ。

「しばらくでしたな」

座が落ちついたとき、八郎の前にきた池田が言った。八郎も形をただして、しばらくでしたと言った。

「長崎の方に行っていたんじゃありませんか」

「うん。またむこうに帰るんだが、ちょっと江戸に用があって」

池田は顎をなで、ま、一杯と言って八郎の盃に酒をついだ。そして不意に池田が言った。

「むこうで、大山さんに会いましたか」

「いや」

八郎は首を振った。

大山というのは、もと荘内藩江戸留守居役で、藩外交に鋭い手腕を発揮した大山庄太夫のことである。大山は数年前に留守居役を免ぜられ、用人になったが、今年になって江戸詰めを解かれて国元に帰され、籠居の暮らしを強いられていた。

大山がそういう境遇の変化をたどった裏には、藩内の複雑な主導権争いが隠されていた。ひと口に言えば、一年前に歿した前藩主酒井忠器《ただかた》と藩内で両敬家と尊称される家老酒井奥之助、酒井吉之允、同じく中老松平舎人らの重臣が結びつく一つの勢力と、現藩主忠発《ただあき》との対立が醸し出している争いだった。

忠器は天保十三年に隠居し、嫡子忠発に家督を譲ったが、そのあとも両敬家、松平舎人らと結んで藩政に大きな発言力を留保していた。

しかし、忠発が新藩主としての実力を身につけ、新しい側近が実力をふるうようになると、従来の主流派は次第に勢力を失い、そういう流れの中で、嘉永元年には家老酒井吉之允が辞職し、嘉永四年には酒井奥之助が家老職を免ぜられていた。大山庄太夫は、両敬家の勢力につながる有力人物だったが、こういう流れの中で嘉永三年には、それまで十三年勤めた江戸留守居役を解かれ、忠器が死去すると、国元に呼びもどされて、籠居を余儀なくされていたのである。

池田は大山庄太夫につながっていて、池田に誘われて、八郎も一度藩内外で高名な、敏腕の留守居役に会ったことがある。

もっとも八郎が会ったとき、大山庄太夫は留守居役を解かれて用人に転じていたのだが、それでもやはりいそがしそうに見えた。八郎は藩江戸屋敷の奥の部屋で、ほんの四半刻ほど話しただけである。その間にも、大山の指示を仰ぐために、何人かの藩士がその部屋に出入りし、話は時どき中断した。

大柄で四十半ばに見える大山は、そのたびに二人に丁寧な態度で失礼とことわり、短い言葉で藩士たちに指示をあたえたが、二人の訪問を迷惑がっているようには見えなかった。終始おだやかに微笑しながら、池田が八郎の秀才ぶりを披露したりするのに耳を傾けた。

他藩にも聞こえた遣り手の留守居役といった印象はなく、むしろ寡黙そうに見えた。時どき八郎に安積塾の勉学ぶりをたずねたり、池田に、荘内藩から江戸に学んでいる者の消息をたずねたりした。帰る間ぎわに、大山がこう言ったのが八郎の印象に残った。

「荘内も、昔のように徳川ばかりではやっていけません。それでは時勢にとり残されます。これからはあなた方のような、若くて頭も働く人たちの出番ですな」

池田の話によれば、藩内には古くから現藩主酒井忠発に批判的な勢力があり、その中心にいるのが、酒井奥之助、酒井吉之允の両敬家と中老の松平舎人、そして大山、番頭の上野直記という人たちだということだった。

そのために忠発が家督をつぐのが遅れたほどだが、大山たちは、忠発が天保十三年に家督を相続した直後に、忠発を廃して分家で徳川家の旗本となっている酒井忠明を立てようとし、また弘化元年には忠発の弟忠中を藩主に据えようとしたがいずれも実現しなかった。忠明かつぎ出しは、忠発の探索で発覚し、忠明は捕えられて国元に送られ、支藩松山藩に預けられたし、忠中は大山らが画策している間に病死したのである。

さきに吉之允、奥之助の両酒井が家老職を免ぜられ、大山が留守居役を解かれたのは藩主忠発の報復だと池田は言った。

「しかし我我はこれであきらめたわけじゃない。両敬家や大山さまは、いま世子の忠恕さまが、一日も早く家督をつがれるよう、幕府に働きかけるつもりでいますよ」

江戸屋敷からの帰り道、池田はそういう話をし、急にあたりをはばかるように声をひそめた。

「この動きのうしろには、ご隠居さまのお指図が動いているのです」

「……」

八郎は唖然《あぜん》とした。ご隠居というのは、言うまでもなく忠発の父、前藩主の忠器のことだろうと思われた。八郎には疑問があった。

「なぜ、いまのお上をそう嫌うんですか」

「その説明はむつかしい」

池田は眉をひそめたが、やがてひと口に言えば藩の行末をどう考えるかということで、忠発と隠居の忠器以下との間に対立があるのだ、と言った。

六

荘内藩は、徳川四天王の一人酒井忠次にはじまる譜代大名で、徳川びいきは当然とも言えたが、徳川絶対の気風は、元和八年に三代忠勝が信州松代から荘内に移封されたときに生まれた。

松代十万石から荘内への移封は四万石の加増だった。しかし荘内は当時東北の僻地であり、また山形城に入部する鳥居忠政の傘下に入る形になるので、忠勝は移封命令に不満をとなえたのである。

そのとき幕閣は、とくに忠勝に対し、格別の家柄を見込んで奥羽の外様に対する押さえとして配置するのであるから、〝永く天下の藩屛〟たるべく勤めるよう慰撫した。忠勝はこれを諒承し、以後徳川の藩屛、東国の押さえが荘内藩の国是となったのであった。

しかし失敗に終った天保改革前後から、幕府の威信は次第に衰え、相対的に各藩の発言力が増してきたことは否めない事実だった。二百年来、徳川の藩屛たるべきことを祖法としてきた荘内藩の中にも、そういう情勢を把握して、盲目的な徳川一辺倒の姿勢を改め、新しい時勢に対処すべきだとする考えが出てきていた。

前藩主忠器はその考えを理解したが、若い現藩主はその考えを認めなかった。藩主忠発の考えの中には、かたくななまでに二百年来の祖法が息づいている。

池田はそう説明し、さっき大山が言ったのはそういう意味だと言った。

それで八郎は、荘内藩にいま何が起こっているかを知り、大山や池田が置かれている立場を理解したが、それは結局藩内の内紛ではないかという気もしたのだった。それで、池田の言葉にちらつく誘いには乗らず、その後大山をたずねるようなこともしなかった。八郎には、やはり自分は藩内部の人間ではなく、外側にいる人間だという気持が強かったのである。

ただそのあと、八郎は藩内二派の動きに無関心ではいられず、時どき藩の人間に会うとその後の様子を聞いた。

藩の情勢は、改革派には不利に動いていた。八郎が大山に会った二年後の嘉永七年、改革派が頼みにしていた隠居忠器が病死し、それを待っていたように、大山庄太夫は用人を免ぜられ、知行を削られて国元勤務を命じられていた。

八郎はそのことを知っていたが、国元にいる間、大山を訪ねることはしなかったのである。藩内の紛争に巻きこまれるのを警戒する気持があった。八郎の望みはもっと単純なところにあった。文武二道を教授する塾を江戸に開くことである。

それさえも難しく、みすみす千葉道場の免許をとることも遅れるのを承知しながら、当分故郷に籠らざるを得ないのが、いまの状態だった。郷里で大山に会ったか、という池田の質問にもそっけない返事しか出来なかった。

「そうか、会っていませんか」

池田は失望したように言った。

「あれは、どうなりましたか。忠恕さまの家督のことは」

八郎は、前に池田が言っていたことを思い出してそう言った。すると池田は警戒するようにあたりを見回し、送別の席が、放歌し高吟する者が出て乱れてきたのを確かめてから、声をひそめて言った。

「世子公が頼みの綱ですな。一度ご老中の阿部さまにお願いして実現しなかったが、我我は望みを捨てていません」

世子摂津守忠恕はいま十七歳だった。亡くなった忠器や両敬家たちは、この忠恕にもっとも望みを託し、摂津守に任ぜられる前年の嘉永五年、忠恕の室に前の土佐侯山内豊熙《とよひろ》の娘瑛姫を迎えるときにも、改革派がこの縁組みに力を尽くしたのである。

「今度国へ戻ったら、一度大山さまを見舞ってください」

池田は少し押しつけるように言ったが、八郎が返事をためらっていると、不意にひらりと体をかわすように話題を変えた。

「近ごろ、真島に会いましたか」

「いや、今年のはじめ国へ帰るときに会っただけです」

「与之助には？」

「彼には今年の夏、上方から帰ってきたときに宿で会いました。例の西洋家のお師匠さん勝麟太郎について長崎に行くというので、大村藩の富永と朝長熊平に手紙を書いて頼みました」

「与之助が、抜群の出来らしいな」

池田は、何か思い出した様子でくすくす笑った。

真島というのは、荘内領飽海郡遊佐郷内で大組頭を勤める真島佐太夫の子雄之助で、勝麟太郎の塾で砲術を学び、去年の暮から荘内藩に抱えられて品川五番砲台に勤務していた。池田が与之助と言っているのは、真島の父佐太夫の世話で去年江戸に出、やはり勝塾で砲術を学んでいる佐藤与之助のことである。与之助は故郷枡川村でずっと百姓をしていて、勝塾に入ったときは三十四の晩学だった。

「そんなに出来ますか」

「長崎で、勝先生に会ったんです。そうしたら、与之助は蘭語の天才だと言ってましたな」

池田がそう言ったとき、阪井という男がやってきて、八郎の前に坐った。

「池田さん、主賓をひとり占めしちゃいかんですな」

阪井は少し酔っていてそう言った。すると池田は、じゃ、またと言ってあっさり立って行った。

真島雄之助と言い、佐藤与之助と言い、いずれも草深い田舎から出てきた男たちだ、と八郎は思った。そういう連中が、国がいま一番必要としている場所で働きはじめている。そう思うと、いまの騒然としてきた時勢の中で、旧法を固執しようとする藩に対する、池田や大山のいら立ちがわかる気もした。

「さあ飲め。今日は酔いつぶれるまで飲め」

「君も飲め。しばらくは会えん」

阪井がつぐ酒をうけて、八郎も言った。しばらくは、江戸にももどれないだろう。

酔いがもの静かに別離の感傷を運んで来るのを、八郎は感じていた。

七

八郎は、ふと顔をあげて筆を置いた。いつの間にか雨の音がやんでいた。立って行って窓を開けると、いきなり日に照らされたあららぎ山が、眼にとびこんできた。三日も降り続いた雨が、夕方になってようやく上がったらしかった。日は間もなく西空に落ちるらしく、光はあららぎ山の中腹から上を染めていた。その麓に、最上川が暗く濁って流れるのが見える。

八郎は机にもどって、執筆予定の目録を眺めた。大学贅言《ぜいげん》、それはいま書きすすめている稿だった。次の中庸贅言、論語贅言、芻蕘論《すうじょうろん》文道篇、同武道篇、古文集義、兵鑑、また目録には挙げていないが、ほかに書についても一巻を編みたいと思っていた。

大学、中庸の著述は、それぞれ一巻ずつですむと思っていた。だが論語は脱稿まで二、三年はかかるという気がした。

——おそらく二十巻ぐらいの著述になるだろう。

目録を眺めながら、そういう考えをめぐらせることは楽しかった。漸く落ちついて著述の暮らしに入れたという気がしている。

　去年の暮に、江戸から帰ると、八郎は屋敷の裏の楽水楼に籠って、著述に専念した。窓の外に雪が降りつもり、吹雪が通りすぎた。そして長い冬が終って春が来た。四月になって、八郎は一度だけ短い旅をした。三弟の熊三郎を連れて仙台に行き、桜田良佐の済美館に入塾させるためだった。桜田は千葉周作に北辰一刀流を学び、また西洋の火砲術もきわめ、大成流という兵学を創設して、藩の大番組、入司の職を勤めるかたわら、子弟に兵学、剣法を教授していた。桜田の長子敬助が、千葉道場で八郎と親しかったので、その縁を頼ったのである。

　帰ると八郎はまた著述に没頭し、ひと月ほど経っていた。季節は梅雨に入っていたが、雨はさほど気にならなかった。著述にも漸く脂がのってきていた。

　八郎が筆をとろうとしたとき、部屋の外に軽い足音がして、襖が開いた。入ってきたのは母の亀代だった。うしろに見たことのない若い女が従っていた。

「おや、お部屋が暗くはありませんか」

　訝《いぶか》しそうに二人を見ている八郎に、亀代は言った。すると、若い女がすばやく行燈のそばに行って火を入れた。身のこなしに、優雅な感じがあった。

「こんど、たえが……」

　亀代は坐ると、女中のおたえのことを言った。

「表の仕事がいそがしくなって、あなたのお世話が出来ません。それでこのひとに来て頂きました」

「政と申します」

女は丁寧に辞儀をして、そう言った。きちんと作法をしつけられている感じが、快く伝わってくる。

八郎は礼を返して、無言で女を見つめた。まだ十六、七かと思われる女だった。細面で色はやや浅黒いが、眼鼻立ちはきりっと引きしまっている。美貌だった。女はつつましくうつむいていたが、初対面の八郎を恐れているようには見えなかった。

「今日から、このひとにあなたの世話をしてもらいます」

亀代はかすかに上ずったような口調でそう言った。

「よろしく頼む」

どこかに不審な気持が残るのを感じながら、八郎も丁寧にそう言った。

その夜からお政は、八郎の身の回りの世話をやいた。離れになっている楽水楼で食事する八郎に、食事をはこび、そのあとも執筆している八郎のために、茶を淹《い》れ、ころあいをみて湯で蒸した手拭いを運ぶ。甲斐甲斐しい働きぶりだったが、立居は風のように身軽く、少しも執筆の邪魔にならなかった。

八郎が食事を喰べ残したりすると、「喰べなきゃあ、身体に毒だよ若旦那。あーあ、こんなに喰い残してまあ、もってえねえ」などと、がさつな声をはりあげるおたえとは、だいぶ違っていた。

――どこから来た女子か。

その夜、お政が敷いてくれた夜具に横になってからも、八郎はぼんやりそう思っていた。すると廊下を踏む小さな足音がして、隣の部屋に人が入った気配がした。続いて行燈に火を移す音がした。そのあとも、小さな物音が続いている。

八郎は起き上がってその気配を聞いたが、やがて立ち上がって間の襖を開いた。するとそこにお政がいた。お政は夜具を敷いていた。

「ここで、何をしている？」

八郎が言うと、夜具のそばにきちんと坐ったお政が怪訝《けげん》そうな顔で答えた。

「ここで休むようにと、言われました」

「ふーむ」

八郎はうなった。夕方、お政を連れてきたとき、どことなく落ちつかないふうに見えた母を思い出していた。

「あの……」

お政の顔を、不安そうな影が通りすぎた。

「私のことを、お聞きになっていらっしゃらないんでございましょうか」

八郎が黙っていると、お政は不意に両掌で顔を覆った。賢く、しとやかな女ではなく、ただの小娘が坐っているように見えた。

「よろしい。気にせずこの部屋に休みなさい」

八郎はそう言って襖を閉めた。そして暗い自分の部屋で、手早く身支度をすると、廊下に出た。胸の中に怒気が動いていた。父母が相談して運んだことに違いないが、いくら父母でも卑劣なやり方だと思った。

父の書斎に行くと、豪寿はまだ起きて書物を読んでいたが、八郎を見ると黙って眼鏡をはずした。

「どういうことか、ご説明ください」

八郎が言うと、豪寿は眼鏡と書物を机にもどして、眼をこすった。しばらく沈黙してから言った。

「亀代が考えたことだ。無理やりに嫁を持たせてしまえば、お前がこの家を出るのをあきらめるかも知れんと。まだ、そう思っている」

「………」

「お前が腰を据えて勉強しているので、これが最後の機会だと考えているわけだの」

「どこの娘御ですか」

「松山で右筆を勤めている鈴木という家の娘での。小田が連れてきたのだ」

小田というのは、斎藤家の遠縁にあたる男で、やはり松山藩に仕えている。

――なるほど、武家の娘か。

八郎はよくしつけられたお政の立居と、どこかに硬い感じがある身体の線を思い出していた。

「どうかね、あの娘は」

「さあ、はじめて会ったわけですから、まだ何とも申しあげかねます」

「亀代がそうはからったと言ったが、わしにしても、お前がもしお政を嫁にして、この家にいてくれたらと思わんわけではない。考えてみてくれ」

「……」

「ただ、小田の話によると、先方ではこの家の嫁としてならぜひもらってもらいたいが、江戸にはやれぬと厳しく言っているそうだ」

そうか。するとあの可憐な娘は、おれをこの家に縛りつける鎖というわけだ、と八郎は思った。八郎の胸に強く警戒する気持が湧いた。

「いずれ江戸に塾を開きたいという、私の決心は変りませんよ」

「ま、それはそれでいいじゃないか。だからと言っていますぐ江戸に帰るというわけではなし」

豪寿は、後とりに恵まれない父親の本音をのぞかせたように、老獪《ろうかい》な言い方をした。

「その間にお政のこともゆっくり考えてみたらいい。気にいるかどうかは、少し眺めてみないことにはわからんことだからの」

八郎は話を切りあげて、離れに戻った。夜具の中に入ってから、お政自身はどういうつもりで来ているのだろうと思った。隣の部屋はことりとも物音がしなかったが、八郎はお政が眠っていないのを感じた。眼ざめて、お政はお政で自分の行末を考えている、という気がした。

しかしお政は、結局ひと月近く八郎の身の回りにいただけで、松山に帰ったのである。八郎が、ついにこの縁談にふみ切れなかったためだ。

お政が帰った日。八郎は迎えに来た小田とお政を村はずれまで見送ると、真直ぐ家に戻って離れに入った。重苦しい気分に支配されていた。一指もふれないで、きれいな身体のままで帰したが、女を悲しませたことに変りはないと思っていた。

――もっと早く帰すべきだった。

その後悔があった。だが八郎の心の中にも、迷いがなかったわけではなかったのだ。お政はそれだけの魅力をそなえた女だった。だが、最後に八郎は女ではなく、出府開塾の方を選んだのである。むごいことをしたと思った。その気の重さには、親の期待をにべもなく踏みにじった後悔もふくまれている。

土堤下の道を、うつむいたまま振りむかずに去った女の姿を思いうかべ、八郎はしばらく重い悔恨が胸を嚙むのにまかせた。

——しかしお政は、きっといいところに嫁に行くだろう。

若いから、多少の心の傷は、間もなく癒えるに違いない。ようやくそう思ったのは、その日も日暮れ近くなってからだった。

不意に八郎は、筆を捨てて立ち上がった。そう思うと同時に、思いがけない寂寥の思いが胸に溢れてきたのであった。お政を帰したことが、取り返しのつかないことだったように思われてきた。

身辺にお政がいるひと月の間、八郎はお政に惹かれる自分の気持をたえず警戒しつづけた。だがその間にやはり情が移っていたのかも知れなかった。その気持が、戒めを解かれたいまになって、急に胸に溢れてきたようだった。

八郎は身支度をととのえ、金を用意すると家を出た。一人でいることに耐えがたい気がしながら、家の者には会いたくなかった。八郎は村を出ると、清川街道を鶴ヶ岡に向った。

鶴ヶ岡に着いたときは、すっかり夜になっていた。八郎は暗い町を幾つか通りすぎて、八間町のうなぎ屋に行った。

しばらく待たされて、やがて高代が部屋に入ってきたとき、八郎は思わず胸がせまった。いまは、ここしか来るところがないと思ったことが、高代を見た瞬間に間違っていなかったと覚ったのである。

高代は一年前と少しも変りなく、どことなく清らかな感じのまま、むかい合って坐ると、八郎を見て微かに笑った。

「わたしをおぼえているかね」

と八郎は言った。

「おぼえているかなんて」

高代はさっと顔を赤らめて、呟くように言った。眼は八郎をひたと見つめたままだった。

「一日だって、忘れはしませんでした」

「そうか。済まなかったな」

思わず八郎は言っていた。高代の言うことが、そのまま信じられた。娼婦がうまい口説を言っているなどとは思いもしなかった。

「江戸へ行ってきた。暮には帰っていたのだが、ここへ来るのが遅くなった」

「もう、忘れられたと思っていました」

高代は小さい声で、なじるようにそう言った。そして不意にうつむくと手で顔を押さえた。

「高代、高代」

八郎は膝でいざり寄って、高代の肩を抱いた。

――そうか。やはり間違っていなかったのだ。

と八郎は思っていた。妻にすべき女は、お政ではなく、この女だったのだ。

「なぜ、もっと早く気づかなかったかな」

「え？」

高代が顔をあげた。涙に汚れた顔が幼くみえた。

「ずっと前にめぐり逢っていたのだ。そうは思わんか。これから二人は一緒に暮らすのだ」

「一緒に？」

高代はじっと八郎を見つめたが、静かに首を振った。だが、八郎が身体をひきよせると、吸いつくように八郎の胸に頰を寄せてきた。

遠い嵐

一

清河八郎が、名前を蓮と改めさせた妻の高代と、弟の熊三郎を連れて江戸に出たのは、安政四年四月だった。

熊三郎は、仙台藩の桜田良佐の塾で、剣で頭角をあらわし、大成流の伝書を授けられたが、さらに剣の修行をのぞむので、千葉道場に入門させるために、同道したのである。三人は和泉橋通りに面した下谷御徒町《おかちまち》に、適当な空家があったので、そこを借りて住んだ。

娼妓《しょうぎ》の高代を妻にすることについては、ひとかたならぬ悶着があった。

高代は、同じ郡内の櫛引通本郷組の熊出村に生まれた。家は代代医者で、父親も正庵という医者だったが、家が貧しかったので、高代は十歳のときに鶴ヶ岡城下の西にある大山村に子守にもらわれた。

しかし養父母も貧しかったので、十七のときに、遊女屋に売られたのである。八郎に会ったのはその年だった。

だが高代を嫁にしたいという八郎の話は、たちまち家の者の激しい反対に会った。藩から大庄屋格の待遇を許されている土地の素封家斎藤の家の長男に、遊女を嫁にとるわけにはいかないという家の者こぞっての反発は強烈で、八郎を困惑させた。

家の者ばかりではなかった。事情を知った村の者まで、八郎を白い眼で見た。しかし高代こそ生涯の伴侶とすべき女だという、八郎の気持は変らなかった。八郎は、母の実家の鶴ヶ岡荒町の伯母を頼った。伯母は俠気《おとこぎ》のある人だったので、事情を打ち明けて祖父や父母を説得してくれるように頼んだのである。

八郎にとって、その頃は不安の日日が続いていた。高代を身請けしたがっている金持ちの男などもいて、油断ならなかったのである。だが、高代も決心を変えなかった。

荒町の伯母は一度高代に会った。そして高代をすっかり気に入ったのである。伯母は清川まで出むいて、父母を説得してくれた。そして、その結果清川を出て、ほかの土地で一緒に暮らすならやむを得まいということになったのである。去年の九月のことだった。

皮肉なことに、八郎の父母は、八郎に嫁をとらせて家に落ちつかせようと、あれほど腐心したにもかかわらず、ほかならぬその嫁の問題から、家の格式を取って、八郎を手放すことになったのであった。

八郎は、後から高代を呼ぶ手はずをつけると、さきに仙台城下に行き、武家屋敷が並ぶ糖倉町に家を構えた。そして高代を迎えて半年仙台城下に住んだのである。高代の名を蓮と改めたのはその時だった。

水陸草木の花、愛すべきもの甚だ蕃《おお》し。晋の陶淵明は独り菊を愛す。李唐より来《このかた》、世人甚だ牡丹を愛す。予独り蓮の淤泥《おでい》より出て染まらず、清漣《せいれん》に濯われて妖ならず、中は通じ外は直く、蔓あらず枝あらず、香遠くして益益清く、亭亭として浄く植《た》ち、遠観すべくして褻翫《せつがん》すべからざるを愛す。

蓮は花の君子なる者なり、とつづく宋の周廉渓の「愛蓮の説」から藉《か》りて名づけた名前だった。

泥中から出て、清く香る蓮こそ、高代の名にふさわしいと考えたのである。

江戸に出て、御徒町に新居を構えると、八郎は郷里の楽水楼、仙台の糖倉町の家と書きついだ著述に没頭した。すでに大学贅言、中庸贅言を脱稿していて、八郎は論語贅言二十巻の筆をすすめていた。

筆に倦《あ》きて眼をあげると、蓮の姿がある。

「そなた、幾つだったかな」

と八郎は言った。

お蓮は縫物の手をやすめて、くすくすと笑った。

「この間もお聞きになりましたが、十九になりました」

「そうか」

「はじめてお会いしたのは、十七のときです」

「そうだったな」

八郎は机を離れると、長ながと畳に寝ころんだ。

——不思議な女だ。

八郎はお蓮を時どきそう思うことがある。いまもそう思っていた。お蓮といると、二年にも満たない短い年月のつき合いとは思えなかった。ずっと昔から知り合い、心を許して来た女のように思うことがあった。

そして不思議さは、それればかりではなかった。確かにそばにいながら、お蓮はひとり澄んでいるような、孤独な美しさがあった。八郎や義弟の熊三郎と打ちとけないというのではない。時にはよく喋《しゃべ》り、にぎやかに笑いもする。

だがあるときふと気がつくと、お蓮はひどく遠いところにいるような顔をしていることがあった。八郎に見られていると気づくと、お蓮はすぐにそばに帰ってくるのだったが。

お蓮は窓の下で、八郎の着物を縫っていた。縫物が好きで、また上手だった。八郎からはお蓮の伏せた横顔が見える。嫁にきてから、頬に少し肉がついて、お蓮の顔にはおっとりとした品のようなものが加わっている。それは遠くにいる感じではなく、何年も前からそばにいた女の顔だった。

「生まれた家を思い出すことがあるか」

「いえ」

お蓮は、八郎を見てほほえむと、首を振った。

「思い出さんのか」

「ええ、あまり」

お蓮は首をかしげた。

「不思議ですね。大山村にいて、それから八間町にいて辛い思いをしたころは、毎日のように思い出しましたのに」

「…………」

「いまはしあわせですから、毎日が楽しくて、家のことも思い出さないのですよ、きっと」

「…………」

「夢のようです。あなたさまとこうして江戸にいるのが……」

お蓮は縫物の手をとめて、膝に手を置くと、八郎をじっと見つめた。窓からさしこむ夕べの光に、お蓮の顔が微かに赤らむのが見えた。

「こんなことが、いつまで続くのかしらと、思うことがあります」

「バカを申せ」

八郎はむっくり起き上がって、あぐらを組むと言った。自分でも思いがけない、強い口調になっていた。

「しあわせになるのは、これからのことだ。いまは四月。先日父上に手紙を出したが、よい返事がくれば、また塾を開く支度にかかるぞ」

お蓮は黙ってうなずいた。

「おれは、やがて江戸で名のある学者になるだろうし、そなたはその妻だ。子供も欲しい」

「………」

「そなたは、もっともっとしあわせにならないといかん。いままでの暮らしが辛すぎた。はじめて会ったときのことを、おぼえているか」

「はい」

「おれもおぼえているが、おれはそのとき、思わず泣き出しそうになったのだ。二十六の男がだ。そのことが不思議だったが、そのときに、そなたとこうなる運命を見たのかも知れんな、おそらく」

「私も不思議なひとに会ったと思いました」

お蓮はほほえんで、眼を窓の方に投げた。

「でも、まさかあなたさまの嫁になるとは思いませんでした。女は身にすぎた夢は見ないものですから」

「こっちへ来い、蓮」

八郎は、お蓮を呼んだ。お蓮は縫物を畳におろして立ってくると、八郎の前に坐った。

「しあわせにしてやるぞ」

「はい」

お蓮は、八郎に白い指をゆだねたまま、おだやかに微笑したが、不意に真顔になって言った。

「ほんとうに、いまだってしあわせすぎて、こわいぐらいなんです」

八郎は苦笑した。そのとき玄関の戸が開いて、ただいま戻りました、という熊三郎の声がした。お蓮はあわてて縫物にもどり、八郎も机にもどった。

「ただいま」

のっそりと熊三郎が入ってきて、もう一度そう言った。お蓮がお帰り、と言った。

「どうしました？　お二人とも」

どかりとあぐらをかいた熊三郎が、怪訝な顔をした。熊三郎は二十一で、学問は不得手だが、剣の修行の方は性分に合っているらしく、せっせと千葉道場に通っていた。身体は八郎に似て大きいが、女遊びも知らない淳朴《じゅんぼく》な青年だった。

「何がですか」

お蓮が眼をみはって言った。

「いや、何かこう、そっぽを向いているようだから、珍しく夫婦喧嘩《げんか》でもやったかと思いまして」

お蓮が笑い出し、八郎も失笑して、筆を置くと弟に向き直った。

「どうだ、千葉道場の稽古は、馴れたか」

「いや、きついきつい」

熊三郎は言ったが、表情には、以前から憧れていた千葉道場で稽古している満足そうないろが現われている。

「あ、先生が兄さんのことを言っていました」

「ほう」

「清河はここしばらく姿を見せないが、佳人を得て荒稽古がいやになったのかと。

佳人というのは姉さんのことらしいですが」

八郎は苦笑した。先生というのは千葉栄次郎のことである。千葉周作は二年前に亡くなり、今年になって東条一堂が歿していた。いずれも八郎が江戸を留守にして、故郷にいたり、仙台にいたりしている間のことだった。そしていまは、千葉栄次郎が玄武館をつぎ、東条塾の跡地も買い入れて道場をひろげていた。

「いや、書きものが一段落したら、道場に行こうと思っていたところだ」

八郎がそう言ったとき、玄関に人がきた気配がした。立って行ったお蓮が、すぐにもどってきて、真島さまとおっしゃる方がお見えです、と言った。

八郎はすぐに玄関に出た。真島雄之助が立っていた。真島は嘉永末に江戸にきて、故郷の酒田から出た著名な儒学者伊藤鳳山に学び、後に勝麟太郎の塾で砲術を修め、いまは荘内藩に抱えられて品川砲台に勤務し、砲術方を勤めていた。

真島は八郎をみると、顔をほころばせて、しばらくと言った。真島は八郎より五つ年上である。八郎は前に会ったときにくらべ、真島がひどく痩せて、顔色が悪いのに気づいたが、上がってくれと言った。

八郎はお蓮に酒を出させた。

「おいそがしい勤めのところをお呼び立てして、申しわけなかった」

八郎は、お蓮がありあわせのもので、手早く酒肴《しゆこう》の支度をすると、真島に酒をすすめた。八郎は江戸につくと間もなく、真島に手紙をやり、下谷御徒町に家を構えたことを知らせて、一度訪ねてくれるように言っておいたのである。

一年以上も江戸を留守にすると、中央の情勢はたちまちわからなくなる。八郎は真島に最近の幕府の動きなどを聞きたいと思っていた。

「いや、一度はお邪魔したいと思っていたから」

真島は部屋の中を見回し、暮れなずんでいる障子のあたりに眼を投げた。

「すっかり落ちついたようだな。嫁さんは美人だし、弟さんは、どこか塾にでも通ってるのか」

真島はさっき八郎が引きあわせた二人のことを言った。真島は遊佐郷の大組頭を勤める家の長男だが、江戸へ出ていた。似たような境遇のためか、八郎とはよくつき合い、時には遠慮のない口をきいた。

「ご新造とは、相思相愛らしいじゃないか。聞いているぞ」

真島は揶揄《やゆ》するように言った。八郎は薄笑いでごまかした。

「ところで、お勤めの方はどうです？」

「うむ。黒船さわぎも一段落したから、まあ、のんびりしているわけだが、いざというとき、いまの砲台で間にあうのかどうか、いささか疑問だな」

「そんなものですかな」

「箱館の弁天崎に据えつけた大砲は、あれはちょっとしたものらしい。オロシアの軍艦砲だから」

「オロシア？」

「二年前、例の大地震のとき、オロシアのディアナという軍艦が伊豆で沈没したのを知らなかったか」

「さあ、聞いていなかった」

「ディアナは下田にいたんだが、津波に襲われて座礁し、こわれてしまったんだな。そこで同じ伊豆の戸田《へだ》村という港で修理しようと、曳航している中に、今度は沈没してしまったのだ」

「………」

「結局乗組員は、戸田村で新しくスクーネル型という帆船をつくり、ほかにアメリカの商船を雇ったりして帰ったらしいが、この帆船を作るとき日本の船大工も加わって、あちらさんの船造りの実地を習うことが出来たので、幕府は大いに得をしたという話だ」

真島は、やはり新しい技術に関心を持つ人間らしく、熱っぽい口調でそういう話をした。

「そのときオロシアでは、下田に陸揚げしてあったディアナの大砲を寄贈して帰った。それがいまは箱館の砲台に据えられているわけだな」

「面白いな」

と八郎は言った。

「面白いだろ。おれも一度その大砲を見たくてしかたないんだが、まさか箱館まで行くわけにもいかん」

真島はそう言ったが、不意に酒にむせたらしく、激しく咳きこんだ。飲んでも青白かった顔が、朱に染まり、ひどく苦しげだった。

「大丈夫か」

八郎が手を出そうとすると、真島は手を振ってことわり、しばらく背をまるめて咳きつづけた。そして漸く顔をあげた。

「少し身体をこわしているのだ」

真島はそう言って微笑した。

「じつは医者に酒をとめられている」

「あ、それは気づかんことをしたな」

八郎が言うと、真島は手を振った。

「構わん、構わん。酒も飲めないようでは、生きている甲斐もない。それにこの家の酒はすこぶるうまいよ」

　八郎は苦笑して、銚子をとりあげると真島の盃に酒を満たした。八郎は、そのとき土佐の間崎哲馬を思い出していた。間崎は身体が弱いのに、いくらでも酒を飲んだ。

　そして間崎がよこした手紙を思い出していた。間崎のその手紙は、一昨年の四月に出したと思われるものだったが、そのとき八郎は江戸にいなかったので、手紙はあちこちと回され、八郎の郷里に回されてきたときには一年近くもたっていた。

　間崎は、郷里江ノ口に私塾を開き、学名を慕って集まる塾生数百名に教えていたが、その手紙では、しきりに江戸に出たいと記し、またアメリカの使節に対する幕府の軟弱な対応を神州未曾有の御恥辱と罵《ののし》っていた。間崎は、互市《ごし》の願いは拒絶した方がよく、〝暴横のふるまいこれ有り候ときは、砲撃致候方しかるべく、勝敗は論ずべからずと存じ奉り候〟と、激越な文章を連ねていた。

二

　その手紙を読んだとき、八郎は間崎の文章が激し過ぎるような気がした。

　二度目に来たアメリカ艦隊を、八郎は神奈川宿まで行って自分の眼でみたが、ひと眼みて、戦って勝てる相手ではないと思われた。戦端をひらけば、江戸はたちまち火の海になるだろうと思われた。陸地にむかって開かれた砲門には、それだけの威圧感があった。

おそらく当事者の幕府は、さらにそれ以上の圧迫感をうけたから、間崎が非難するように国書をうけとり、二度目の来航では条約を結ばざるを得なかったのだろう。鎖国を祖法としてきた幕府にとって、それが本意であったはずはないが、戦を仕かける自信がない以上、そうせざるを得なかった事情はわかる。

そう思うと、〝婦女子の暴客を恐るるごとく畏縮逡巡、ついに彼に制せられ候は千古の遺憾〟という間崎の怒りは、現実を見ていない者の極論のようにも思われた。江戸にいたときの間崎は、開国か戦争か、これから議論がわかれる、と開国に傾いた今日の情勢を見通したような、比較的冷静な言い方をしていたのだ。開国絶対にあるべからず、とは言わなかった。だが手紙は、かれに横暴のふるまいがあれば、砲撃して当然、勝敗は問うところではないと記していたのだ。

郷里にいて中央から離れているために、間崎の眼は、あの冷静な分析の働きを失ったのかと八郎は訝しんだ。

だが、八郎は、自分の時勢を見る目にそれほど自信があるわけではなかった。ことに江戸に文武を指南する塾を開くというある意味では俗な望みを持ち、そのために事なかれ主義に傾きやすい自分の欠点も熟知している。間崎の激越な文章は、あるいは彼一流の時勢観から、幕府の対応の仕方が、わが国にとって致命的な失点をもたらすものであるのを指摘しているのかも知れないという気もした。

間崎は八郎にあてた手紙のしまいの方に、こう記していた。〝このたびのことにつき、諸侯にも英気これあり候て、武備を修し、莫大の費耗に相なり候国は、御和議に相なり候を憤り候ようのことにも相なり候わば、内変の基にこれあるべく〟

間崎の文章は、やがてくる国内動乱を予言しているようでもあった。その文句は、八郎の記憶にこびりついている。

江戸にくると間もなく、真島に手紙を出したのも、江戸にずっといて、中央の動きに触れている真島に、とりあえずその後の情勢を聞いてみたかったからである。

「その後、天下の形勢はどうですか」

と八郎は言った。

「また君の天下の形勢かね。おれはそんなにくわしくないぞ。一介の大砲撃ちに過ぎんからな」

真島はそう言って笑った。八郎と会うと、話がいつもそこに落ちつくのである。そして真島はそう言いながら、結構鋭い時勢観を語って聞かせるのだ。

「アメリカと条約を結んだあと、幕府がエゲレスと日英約定、オロシアと日露和親条約をつぎつぎと結んだのは、あんたがまだ江戸にいたときだったな」

「そうだ。おれが帰ったのはその翌年だ」

「あんたが帰ったあとでも、幕府はオランダと新しく和親条約を結んだ。あれに許し、かれに許さんというわけにはいかないから、幕府としては止むを得なかったと思う。が、形としては、諸外国になめられたわけだ」

「なるほど」

「だが、なめられ放しで、茫然とつっ立っているというわけじゃなくて、幕府は相手と対等の国力を身につけるために、いろいろとやっている。われわれが防備している台場なども、その産物だな。もっとも、役立つかどうかはわからんが」

「ほかには?」

「はじめに九段坂下にあった洋学所が、今年の正月小川町に移って、ひとまわり大きくなって蕃書調所になったとか、長崎の海軍伝習所にオランダ教官がきて、あちらふうの操船の勉強を盛んにやっているとか。勝先生はそこで大活躍しておられる」

「………」

「オランダから将軍家に贈られたスンビン号という船で、実地操練をやっているのだが、あんたが江戸に来るちょっと前に、スンビン号は、日本人だけで長崎から江戸まで来た。幕府の喜びは大変なものだったらしいな」

「門地にこだわらず、人材を登用しているということを聞いたが」

「それはいまも続いているようだぞ」

勘定奉行に登用された川路聖謨《としあきら》、下田奉行になった井上清直は、豊後日田の代官の属吏の家出身だし、目付の永井尚志《なおむね》、岩瀬忠震《ただなり》は部屋住みからの抜擢《ばってき》、大久保忠寛は小納戸役だった、と真島はいま活躍している人名をあげた。

「砲台を築いた江川太郎左エ門も登用組のひとりだった。人材をどしどし登用して、海岸防備をかため、海軍伝習所、講武所で陸海の兵力を養う。それで次に備えようというのが幕府のというより、こうしたことに手をつけた阿部老中の腹だろうな」

「次というのは、どういうことだ？」

「幕府は次次と和親条約を結んだが、あれはただ仲よくやろうじゃないかと言ったものらしいぞ」

真島は微笑して、盃を口に運んだ。そしてうまそうに飲み干した。

「幕府は、下田、箱館の二港をアメリカに開いたが、それで貿易をやるわけじゃない。貿易をゆるすかどうかは、次の交渉になるのだ。そのときにそなえて、相手の言いなりにはならん力をつけて置くというのが幕閣の腹だと思う」

「………」

「だが間にあうかどうかが問題だな。アメリカからハリスという役人が下田に来ているのを知っているか」

「それはいつのことだ?」

「去年の七月だ。玉泉寺という寺を役所にしてそこに滞在している。彼の目的は、アメリカと日本の間に貿易の条約を結ぶことだと聞いたぞ」

去年の七月といえば、お蓮と再会して八間町に通いつめ、家の者から非難されていたころだと八郎は思った。真島の話を聞いていると、自分が、いかにも遠いところにいたという気がしてくる。

「阿部老中は、なんとか間にあわせようと、必死に手を尽くしているわけだ。だがその阿部は、じつは二年前に堀田備中守を老中に入れ、首座の地位を譲っているわけで、おれなどにはわからんが、話に聞くと、こうした動きのうしろには、いろいろな勢力が働いているらしいな」

老中阿部正弘は、ペリーの来航以来積極的に周囲の意見を求めてきた。諸大名、旗本にはアメリカの国書を示して対策を聞き、また諸藩の士、一般の町人にまで対策があれば申し出るようにと触れを出した。それまで、幕府の政策に対する外部からの容喙《ようかい》を一切許さず、ご三家の徳川斉昭の発言さえ煙たがって謹慎処分にしたほどの幕府としては、未曾有の変化ともいうべき措置だった。

むろん阿部は、ペリー来航をそういう措置を打ち出さざるを得ない、天下の大事とみていたのである。

阿部の諮問に対して諸大名から庶民の意見まで、およそ七百通にのぼる意見書が提出されたが、大多数は条件つきでアメリカの要求を入れるしかない、あるいは確答をあたえずに引きのばせといった消極論だった。

しかしこの中で、親藩の尾張藩主徳川慶勝、越前藩主松平慶永、それに外様の長州藩主毛利敬親、肥前藩主鍋島直正、土佐藩主山内豊信、宇和島藩主伊達宗城《むねなり》、薩摩藩主島津斉彬らの意見は、多少の違いはあったが、要求を拒否せよという強硬論で一致していた。軍艦、大砲を用意し、防備体制を固めるべきだという彼らの意見は、それまで藤田幽谷以来の攘夷《じょうい》論をとなえてきた徳川斉昭の意見とも合致するものだった。

攘夷論を建前として、徳川斉昭に結びつくひとつの勢力がこのあたりではっきり形をととのえ、幕政に発言権を持とうとする動きがはじまったのであるが、阿部はその動きを押さえなかった。

阿部はむしろ責任を分散しようとしていた。責任を各所に分散し、それをもう一度まとめる形で政策を打ち出すことで、老中部屋の密室で裁断するにはあまりに重大な今度の問題の答を得ようとしていたのである。

そのために阿部は、朝廷に対しても、天皇の意見があれば、思し召しにてお取計らいもつかまつるべし、と申し入れていた。

朝廷では、はやくから外国船の渡来を憂慮し、国を守る対策をすすめるようにと幕府に沙汰をくだし、これに対し幕府もいちいち情況を報告していたが、それはあくまでも儀礼的なやりとりにとどまっていた。

朝廷の意志は政治的な強制力を持つものではなく、実権は幕府にあった。そのことは、朝廷と幕府双方の間で諒解済みだったのである。

阿部は長い間のその習慣を破って、政治の上に朝廷の意志を具体的に取り入れてもよいと表明したのであった。それは阿部の側から言えば、国政の責任の一端を、朝廷にまで分散したことになる。

そういう考え方に立つ阿部は、徳川斉昭を中心とする勢力を、幕閣に対する援護勢力として幕政の中に取りこもうとしていた。代表格の徳川斉昭を幕府の海防事務参与にし、さらに安政二年八月に幕政改正参与としたのはその含みだった。

阿部には、幕閣の判断だけで、いまの情勢を乗り切るのは無理だというはっきりした認識がある。そのために、諸藩にも朝廷にまでも呼びかけたのである。

だが阿部のそういう考えに不満な勢力もあった。徳川家譜代にまとまる大名たちがそれで、幕政に外様の意見までとり入れようという阿部のやり方は、彼らには奇怪で、憤慨にたえないものだったのである。外様が幕政に容喙する状況は、彼らの眼からみれば、幕府がみずから権威をおとしめているとしかみえなかった。

彼らは外様雄藩の発言を敵視し、彼らにかつがれて幕政をかき回しているかにみえる斉昭をにくんだ。こういう情勢を見た阿部は、譜代の中から前にも老中を勤めたことがある堀田を不意に老中に再任し、ほとんど独断で老中首座の地位を譲ってしまったのである。

それは阿部の譜代対策だったが、同時に堀田の起用は、攘夷派の独走を押さえる一石でもあった。堀田は譜代の勢力のなかで、もっとも開明的な人物として知られてもいたのである。

阿部は押しよせてきている外圧の前に、何よりも国内の構えを固める必要を痛感していたが、一方で、やがて開国通商は避け難いかも知れないという見通しも持っていた。堀田の老中首座はその日の布石のつもりであったのだ。

「くわしいことはわからんが、ざっとこうした情勢だと聞いている」

真島は、ぽつりぽつりとこういうことを話し、話し疲れた表情で軽く咳をした。するとまたつづけざまに咳が出た。

「なるほどよくわかった」

八郎は、真島の盃に酒をついでやりながら言った。

「田舎にいては、こういうことは皆目わからん。で、譜代の中心が堀田ということになるのかな」

「いや、そうではないと思う。水戸公や外様に対して、一番強腰なのは彦根藩の井伊侯だという話だな」

「……」

「井伊直弼《なおすけ》だ。このひとが譜代の意見をまとめているらしい。幕府の威信低下ということを、しきりに問題にしているようだ」

「荘内藩なども、その中に加わっているわけだろうな、おそらく」

八郎は、保守的な幕府信奉主義者だという、藩主酒井忠発のことを思い出していた。忠発に対する両敬家、松平中老、あるいは大山庄太夫らの執拗なと思われるほどの画策にも、やはりこういう時代の動きが影を落としていることが感じられた。

「ま、そうだろう。そう言えば荘内は、彦根藩と同じ徂徠学だったな」

「気も合うというわけかの」

八郎と真島は低く笑った。真島が思い出したように言った。

「そういえば、藩改革派のことを、近ごろ何か聞いているか」

「いや、この前田舎に帰るときに池田さんに会っただけだ」

「人材が集まっているらしいな。池田さんも秀才だが、服部毅之助、赤沢隼之助、深瀬清三郎とか、みな優秀な人物だ。赤沢というひとは同じ品川台場勤めで、時どき顔が合うが、まだずいぶん若い。頭がよく考えが新しいから、旧態のままでいる藩に対しては不満もあるらしいな」

「深入りしているのか？」

「おれが？　いや、ただそういう情勢を耳にしているだけだ。首を突っこむつもりはない」

「一度首を突っこんだら、身動き出来なくなるだろうからな」

「そうだろうと思う。ところで」

真島は顔を上げた。

「また塾を開くつもりか」

「うん。いま親爺にかけ合っているところだ」

「うらやましいな」

と真島は言った。

「自由でいい。おれのように藩に抱えられてしまうと、窮屈でいかんな」

真島は、医者に酒を禁じられていると言いながらよく飲んだ。そして八郎が駕籠を呼ぶというのをことわって、酔いをさましながら歩くと言って帰って行った。

八郎は路上まで出て真島を見送った。痩せて肩が尖っている真島の後姿が、闇に消えるのを見送りながら、八郎はしばらく夜の道に立ちつくした。

——世の中がざわめいている。

と思った。真島は幕政のあり方について、雄藩と譜代諸藩との間に対立があると言ったが、それが土佐の間崎哲馬の手紙が書いていたことと酷似した情勢であることに思いあたっていた。

間崎は、諸侯の中でも英気があって武備に金をかけている藩は、幕府の弱腰に憤慨し、それが内変のもとになるかも知れないと書いていた。そして〝男児努力の時節此度に候〟とも記していたのだ。

空は夜になって曇ったようだった。頭上を覆っている暗い雲の気配がした。町はひっそりしていたが、八郎はどこか遠くに重苦しく嵐が動きつつあるような気がした。

——塾を開くような時勢か。

ふっとそう思った。江戸に塾を開き、名を知られる学儒になるということは、少年のころからの望みだった。そのことを疑ったのははじめてだった。だがその疑いは、一瞬魔のように心をかすめて奔《はし》り去っただけだった。

小さな声が八郎を呼んだ。門に灯影がさしお蓮が立っていた。あまりにもどらないので、外に様子を見に出たらしかった。八郎は何気ない顔で、家の方に足をもどした。

淡路坂

一

秋めいてきたその年の八月。清河八郎は駿河台淡路坂のほとりに塾を開いた。三河町の塾が火事で焼けたあと、両国薬研堀の家は地震に逢って開塾できず、漸《ようや》く三年目に念願を果たしたわけである。場所は昌平橋の南で、神田川をへだてて聖堂の森が見えた。

しかし塾を開いてみると、思ったほどには門人が集まらなかった。最初の三河塾が、小さい建物だったにもかかわらず繁昌したのにくらべると、意外な感じがしたが、そのことにも八郎は時勢の推移をみた。

——世の中が険しくなってきている。

と八郎は思った。じっくりと学問に取りくむゆとりを、世間が失っている気がした。

門人が少ないので暮らしむきはあまり楽ではなかったが、八郎はべつにそのことを気にしなかった。余暇を著述にあて、一方熱心に千葉道場に通った。免許をとれば、やがて文武二道を教授する塾が開ける。それが八郎が目ざす理想の塾だった。

ある日、稽古を終って道場を出ると、丁度門を入ってきた若い武士と眼が合った。二十過ぎに見え、長身で骨太な感じがする若者だった。八郎より背が高かった。

若者は、八郎を見るとふと立ちどまった。八郎も立ちどまった。若者の凝視には、八郎をそうさせる異様な緊張があった。三間ほどへだてて二人は睨みあうように立っていた。その脇を、何も気づかないほかの者が、通りすぎて行った。

「清河さんですか」

人が通りすぎると若者が声をかけてきた。

「そうですが、君は？」

「山岡鉄太郎と言います。お名前は、千葉先生からうかがっておりました」

「ああ。鬼鉄というのは君ですか」

八郎が言うと、山岡は一瞬顔を赤らめた。そして、急に親しげな口調になった。

「もうお帰りですか。それでしたら、そのへんまでおともしましょう」

「道場の方は、構わんのですか」

八郎は年少の山岡に丁寧な言葉を使った。山岡が幕臣だからというわけでなく、一瞥《いちべつ》で平凡でない人柄に気づいたためだった。

山岡は六百石の旗本小野朝右衛門高福の五男で、はじめ久須美閑適斎に真影流を学んだが、十一の時飛騨高山の代官として赴任した父にしたがって高山に行った。そこで山岡はそのころ高山にいた千葉門の高弟井上八郎に北辰一刀流を学んだ。

山岡が十七のとき、父朝右衛門が歿したので、江戸に帰り、そのあと槍術を習っていた山岡紀一郎（静山）が歿すると、妹英子をめとって山岡家を継いだ。

山岡は剣術修行に熱心で、千葉道場にも出入りしていた。鬼鉄という山岡のあだ名を八郎が耳にしたのは、今度出府して千葉道場に顔を出したころだが、会うのははじめてだった。

「構わんです。それより少しご意見を聞かせてください」

と山岡は言った。

「意見というと？」

言いながら八郎は、山岡と肩をならべて歩き出していた。

「天下の形勢についてです」

山岡は若者らしい気負った口調で言った。

「それがしは幕臣ですが、いまの幕府のやりかたを見ていると、歯がゆくてなりません。幕府は、外国に対してもっと毅然とした態度をとるべきではないでしょうか」

「君は直参なのに攘夷論ですかな」

八郎は少し驚いて言った。ペリー来航以来、対外折衝と国内改革に心をくだいて来た老中阿部正弘は、六月に病歿していた。三十九歳の若さだった。

そのあとを引きついだ形の堀田は、五月にはアメリカ総領事ハリスとの間に、総領事と彼の使用人の商品購入権や遊歩許可区域の撤廃ほかをふくむ下田条約を締結し、いまは水野忠徳と岩瀬忠震を長崎に派遣していた。それはオランダ、オロシアとの追加条約を決めるためだと八郎は聞いている。

八郎が耳にしたところでは、下田条約は下田、箱館にアメリカ人が居留することを許したものだったし、オランダ、オロシアは量を制限しない貿易と、居留異人の信教の自由を認めよと言っているのであった。八郎はそういう情報を注意深く聞きとっていたが、堀田を首班にする幕閣は、なし崩しに自由貿易にむかって政治をすすめているとしかみえなかった。

山岡は、幕閣のそういう姿勢に不満を持っているようだった。

「はあ。こういう考えが攘夷論なら、攘夷論者です。しかし隣の清国で、また戦がはじまっているのはご存じでしょう？」

「知っています。アロー号という船を、清国の奉行が調べたのをたてに、エゲレスが清国を攻撃しているという噂ですな。いや、噂じゃなくて事実らしい」

「わが国も弱味を見せてばかりいると、そういう事態になりませんか」

「あるいは。しかし山岡君、いまのわが国の軍備で、戦争をやって勝てると思いますかな」

「………」

「アメリカの艦隊が来たとき、それがしは神奈川まで見に行きましたが、なかなか勝てるというものではなかった。しかしそうかといって弱味をさらけ出してばかりいると、相手につけ入られる心配は君がいうとおり、大いにある。要は幕府が攘夷を言う各藩の意見をどれほど入れて、どれほど早く国内を固めることが出来るかでしょう」

「幕府はハリスに、江戸に来てよいと許可をあたえたそうですよ」

「え？　それはいつですか」

八郎の眼が鋭く光って山岡を見た。すると通商条約の交渉がいよいよはじまるのだ。意外に早かったと思った。それではさきに死んだ阿部が意図したように、開国通商までに国内を固めることはむつかしいだろう。

「山岡君、家まで来ないか」

と八郎は言った。

二

塾に帰ると、玄関に迎えたお蓮が、いつものお二人がお見えになっています、と囁《ささや》いた。

「ちょうどよかった。君に人を引きあわせよう」

と八郎は山岡に言った。

座敷に行くと、声高な薩摩弁が廊下に洩れてきた。中に男が二人いて、喧嘩しているような荒っぽい声音だったが、八郎が襖《ふすま》を開くと、二人の壮漢がにこにこ顔で迎えた。

「や、お留守に上がりこんでい申した」

一人がそう言い、一人は無言で頭をさげて、ついでにうさんくさそうな眼で山岡を見た。

「友人の樋渡八兵衛、伊牟田尚平の両君だ。お二人とも薩摩藩のひとです。こちらは直参の山岡鉄太郎君」

八郎は三人を引きあわせ、ついて来たお蓮に、酒の支度を命じた。

「いま、山岡君に聞いたばかりだが、ハリスがいよいよ江戸にやってくるらしい」

と八郎は言った。

「ほう」

伊牟田が面長で浅黒い、精悍な顔をあげた。

「すると、開国か戦争か、いよいよ土壇場に来たというわけか」

「戦争は出来んさ」

樋渡が肥った身体に似つかわしい、動じない口調で言った。

「ま、これまでどおりずるずる押されることになるな。しかしこうなると将軍の後つぎ問題もいよいよせわしなくなるな」

「ちょっと待て。その話はこのひとの前で言っちゃまずいのではないか」

伊牟田が山岡の顔をうかがいながら言った。幕府は、対外交渉のほかに、もうひとつ重大な問題を抱えていた。将軍家定の後継者を誰にするかという問題だった。

家定は子供のころから病弱の質だった。癇癖《かんぺき》が強く、それが起こると痙攣が起きる異常な体質で、正座が出来なかった。それでも対外関係が緊迫すると、品川の砲台や深川を巡視したり、また砲術の演習や行軍、馬揃えに臨席したりしたが、誰の眼にも長く政務に堪えられる身体とは見えなかったのである。

平時であれば、家定の病弱はそれほどの問題ではなかったかも知れない。過去にはもっと身体が弱かった将軍もいる。だが未曾有の大変革を迎えて、将軍の病弱は幕府だけでなく諸大名の重大な関心事となっていた。そのために、家定の後嗣を誰に決めるかという後継者の問題は、はやくから論議され、嘉永末には紀州和歌山藩主徳川慶福《よしとみ》、徳川斉昭の第七子で一橋家を継いでいる一橋慶喜の二人が候補にのぼっていた。

本来将軍家の私事である継嗣問題に、外様雄藩まで口を出すことになったのは、言うまでもなく時勢のせいである。徳川斉昭につながる幕府改革派は、将軍継嗣を突破口に、一挙に幕政を改革し、攘夷にしろ開国にしろ国内を一本にまとめるのが急務だと考えていた。彼らは一橋慶喜を推していた。これに対して、斉昭と彼につながる雄藩を敵視していた譜代勢力は、紀州の徳川慶福を擁護していた。

薩摩藩主島津斉彬は、もっとも熱心な一橋慶喜推選人だった。斉彬は昨年末に養女敬子《すみこ》を将軍家定の室に入れたが、それは一橋擁立を大奥から固めようという斉彬の深謀だということだった。

八郎はそういう事情を、樋渡と伊牟田の口から聞いたのである。二人とも八郎がこんど出府して間もなく知り合った人間だったが、それを聞いて八郎は、将軍継嗣問題が、開国か攘夷かという当面の情勢に深くかかわりあっていることをはじめて知ったのであった。

幕府体制支持と、幕府改革という二つの流れは、対外政策より、さらに具体的で鮮明な将軍継嗣という問題で、一挙に緊張を高め、その陰で井伊を頂点とする譜代勢力、斉昭を表面に立てる一部親藩と外様雄藩の勢力が暗闘を開始していることは間違いなかった。

「いや、その心配はいらん」

八郎は伊牟田の言葉に答えた。

「山岡君は、いまの幕政のすすめ方に不満を持っている。考え方はむしろ攘夷だよ」

「へえ」

伊牟田は山岡をじっと見たが、不意に顔色をやわらげた。さっきから山岡に対して抱いていた警戒を解いた様子だった。

「それならわれわれの同志というわけだ」

山岡が苦笑して何か言おうとしたとき、お蓮が酒を運んできた。酒をみると、二人の薩摩男は陽気になった。

「これはご新造。お手ずからのもてなしで、恐れいる」

「お手ずからも何も、ほかに人はおらん」

八郎が言うと、男たちはうれしそうに笑った。男たちは盃を献酬し、異人を罵り、幕閣の弱腰を罵り、国の将来を憂えて慷慨《こうがい》した。ふだんどっしりしている樋渡は、酒が入ると狂暴になって不意に刀を引き寄せ、〝いっそハリスを斬って捨てるか〟とほえ立てたりした。

夜になって酔った男たちが出て行くと、家の中は急に静かになった。伊牟田と樋渡は、山岡をまだどこかに飲みに連れて行く様子で、山岡も平気でそれにつき合う気らしかった。

八郎は書斎に入った。そして机の上にひろげてある論語の著述草稿に眼を落とした。淡い油の光で草稿を読みなおしていると、にぎやかに身体の中で騒いでいた酒気が、だんだんにさめて行くようだった。

入口に人の気配がしたので振りむくと、お蓮が入ってきて、坐ったところだった。

「どうしたな?」

八郎が聞くと、お蓮は顔をあげてふと心細いような微笑を浮かべた。

「今日のようなお友だちが、だんだんにふえて行きますのね」

「心配かね」

八郎はお蓮の微笑をやわらかく受けとめてやった。お蓮は八郎や八郎の友人が、幕府の人間を、名をあげて罵ったり、いまにも異人と斬り合いをはじめそうな話に血道をあげている様子を恐れているようだった。

「お客さまを迷惑だと思ったりするのではありません。あなたさまのお友だちですから、大事にいたします。でも時どきふっと……」

「ふっと何を考えるかね」

「あの方たちが、あなたさまを、どこかに連れて行ってしまうような気がいたします」

「鶴ヶ岡の巫子《みこ》のようなことを言うの」

八郎は微笑したが、お蓮は笑わなかった。事実そういうおそれを胸の中に抱いているらしく、じっと八郎を見守っている。

「心配いらん。おれはどこにも行かぬ」

と八郎は言った。

「いまかかっている仕事は、おれの学問がどういうものだったかを後世に残すほどのものになるはずだ。これを仕上げるのに、まだ一、二年はかかる」

「……」

「来年か、おそくとも明後年には千葉道場の免許がとれるだろう。そうなったら塾をひと回り大きくして、学問と剣の両方を教える塾にする。それが目的だ。ふらふらとどこかに行ってしまうわけがない」

八郎は実際そう思っていた。伊牟田や樋渡の攘夷論議ははげしくて、八郎はつい引きこまれて血が沸き立つようなことがある。その興奮は快かった。

だが一方に、八郎にはきわめて地道な考えがあった。少年のころからの志をなしとげることである。学儒として江戸に塾を持ち、天下に名の通る人物になるのが望みだった。その望みをとげるために、苦心してきたという気持があった。そこにしか自分の生きる道はないと思いつめて歩いてきた。ここまで来るのに、親を偽り、親戚と諍《いさか》い、どれほど苦労したことか。

望みはなかば達せられ、あと一歩というところまできている、と八郎は思う。学問だけでなく剣も教え、文と武が別のものでないという持論も実践に移すことが出来そうである。その日が遠くないと思っていた。そういう学者として成熟したいという考えは動かなかった。そのほかの何者かになろうと考えたことは、ない。

だが八郎の望みが、あと一歩というところまで来ているとき、周囲の状況が、静かに学理をきわめるというにはふさわしくない方向に変ってきていることも事実だった。その皮肉な状況の転回に八郎は気づいている。

世の中全体が浮き足だっていた。いつどのようにひっくり返るかわからない波乱含みの情勢が続いていた。それが何なのかと、八郎は世の動きの底にあるものに注意深い眼をそそがずにいられない。そのものは、八郎がいままでしてきた努力を、あるいはみじんに砕く破壊力を秘めているかも知れないのだ。

「ただ、女子のそなたにはわからんだろうが、世の中が大きな変り目にきている。男はそういうありさまをしっかり見据えていなければならん。そのときがきてあわてるようでは醜態というものだ」

「わかりました」

お蓮は明るい表情で言った。八郎の気持を確かめたことで、気持が晴れた様子だった。

「伊牟田たち、それに今日来た山岡君。いずれもいまの世の中をしっかり見ている有為の人間だ。粗末に扱ってはならんぞ」

三

塾がある淡路坂に冬の日が照り、神田川の水の上を冷たい風が渡った。そして安政五年という年が明けた。

八郎の塾には、相かわらず伊牟田や山岡が訪れ、山岡に誘われて、八郎は山岡の義兄高橋泥舟に会ったりした。だがそういう日をのぞいて、八郎はお蓮に言ったように、おおむね著述に没頭していた。

芻蕘論文道篇は、ようやく半ばを越え、最終的には二十巻の大部の著作になることがはっきりして来た。八郎は草稿と書物に埋もれて、しきりに筆をいそがせた。著述に脂も乗っていたが、なぜか気持がいそがれた。

そのころ、老中首座の堀田正睦《まさよし》は、アメリカとの通商条約草案を携行して入洛した。天皇の勅許を得るためである。

前年の十月、上府したハリスは将軍家定に謁見し、また堀田に会って直ちに通商条約の締結を持ち出した。家定との謁見の模様を、彼はあとで次のように日記に書いた。

ここで私は言葉をとめて、頭をさげた。短い沈黙ののち、大君は自分の頭をその左肩をこえて後方へ、ぐいっとそらしはじめた。同時に右足を踏みならした。これが三、四回くりかえされた。それから彼は、よく聞こえる、気持のよいしっかりした声で、次のような意味のことを言った。〝遠方の国から、使節をもって送られた書翰《しょかん》に満足する。同じく使節の口上に満足する。両国の交際は、永久につづくであろう〟

この日、ハリスは将軍に、シャンペン十二クォート、シャンペン二十四パイント、シェリー酒十二壜、各種のリキュール酒十二壜、華飾無影燈一、華飾切子硝子の円傘三、特製火筒、華飾切子硝子酒壜三、望遠鏡一、無液晴雨計一、博物図鑑二冊、図版千点、プラマの特許錠五を贈った。

将軍からはハリスに対して白羽二重などの時服十五、通辞ヒュースケンには紗綾《さや》紅白五反が贈られた。

将軍との謁見は、ごく友好的に終ったが、ハリスはそのあと堀田に逢うと、一刻(二時間)にわたって演説し、精力的に通商条約の必要を説いた。

堀田はこのハリスとの会談の詳細を文書にして幕府内部、諸大名に配り、意見をもとめた。前にペリーが来航したとき、阿部老中がした例にならったのである。

集まった意見書の大半は消極的な承認論だったが、前には強烈な反対論をぶった松平慶永が、積極的な承認論に変っているのが目立った。松平は人材を登用し、兵制を改め、交易によって富国強兵をはかるのがよいという意見を提出したのである。

一方徳川斉昭は依然として激しい条約拒否、攘夷の意見を示して変らなかった。

堀田はそういう意見をもとめながら、出来るだけ条約締結をひきのばすつもりだったが、ハリスは幕府のその態度にいら立ち、最後には脅迫的な言い方までして、ついに年末には条約草案をまとめるまでに漕ぎつけたのであった。

堀田はそれでもまだ迷っていた。承認にもって行くには斉昭以下の、強硬に反対をとなえる意見を押さえなければならない。堀田はそのためにも手をつくしていた。

だが迷いはそれだけではなかった。開国のときが来たことは見えていた。消極的あるいは条件つきと色あいはさまざまだが、諸侯の間にも開国はやむを得ないという空気がひろがりつつある。草案がまとまったとき、将軍の名で在府の諸侯を二日にわたって登城させ、その席で堀田は開国がやむを得ない事情を説明してもいる。だがほかならぬ自分の手でそれをやる不安が、時どき堀田の心をかすめるようだった。堀田は条約の調印を一日でも先にのばしたいと思った。

こうした経緯のあとで、堀田は条約の勅許を天皇にもとめる気持を決めたのである。それはさきに死去した阿部が遺した道だったし、堀田の気持は事実、本来は幕閣ひとりの所管である政治決済の責任を、各所に分散した阿部の心理に似ていた。阿部がはじめて導入した朝廷の政治的権威は、その後諸侯の間にも少しずつ浸透し、ハリスの通商要求で意見をもとめたとき、寄せられた諸侯の意見には朝廷に奏上して勅許をもらうべきだという意見が少なからずあった。

堀田はこの意見に乗ったのである。堀田は勅許をたてに、ハリスからの調印の二カ月延期をとりつけた。また勅許は最終的に、強硬派を押さえる決め手にもなり、また開国という未曾有の事態の当事者となる不安感からものがれられる。

堀田はそう考えて上洛した。だが、その京都では、さまざまの人間がそれぞれの思惑を秘めて堀田の上洛を手ぐすねひいて待ちうけていたのである。

朝廷は、いまや幕府最高の決定に対して、是非の判定をくだし得る、強力な政治権力に変質していた。それは阿部老中が、ペリー来航に際して、〝その思し召しにてお取計らいもつかまつるべし〃と朝廷に申し入れたときからはじまった変化だった。

それ以前は、政治と朝廷の権威とは分離されていた。朝廷は心情的な尊敬の対象ではあっても、具体的な政治力とは無縁の存在だった。皇室の尊厳をいう水戸学でも、藤田東湖が言ったように、皇室を尊び、邪教を禁じ、夷狄を攘《はら》った徳川家康は、尊皇攘夷の人であり、尊皇と、幕府が政治を独占してきたことの間には、何の矛盾もなかったのである。

独裁の政治権能の一部を、朝廷にゆずり渡したのは老中阿部正弘であった。そして堀田の上洛は、朝廷を幕府の上にある至高の政治権力に高めようとしていたのである。

梁川星巌、梅田雲浜ら、切迫した危機感から攘夷をとなえていた志士たちは、堀田上洛の情報を手にすると、ただちに朝廷に働きかけていた。条約勅許を阻止するためである。そして堀田の上洛を機会に、もうひとつの働きかけが朝廷に対して行なわれていた。一橋派、南紀派とわかれた将軍継嗣問題の対立する両派が、この問題についての、自派に有利な対幕府発言を朝廷から得ようと、必死に画策していたのである。

四

そのころ宮廷政治を牛耳っていた実力者は、関白九条尚忠《ひさただ》と、前関白鷹司政通の二人だった。

九条関白に働きかけたのは、譜代勢力の意志を代表する彦根藩主井伊直弼である。井伊は堀田の上洛と前後して、腹心の長野主膳を京都にやり、九条関白を説かせた。幕府の立場を説明し、政事は関東に一任という、これまでのやり方を確認させたのである。

井伊のこの働きかけは、条約勅許を得るために上洛した堀田に対する援護でもあったが、拡散する政治権力を、幕府に回収しようとする譜代の幕権擁護意識が土台となっている。

長野は国学者として、前に九条家や二条家で国学を講じたこともあり、また九条家の諸大夫島田左近と親しかったので、この工作はうまく運んだ。九条関白は、補佐する孝明天皇が熱烈な攘夷論者だった関係から、立場はむろん攘夷だったが、長野の説得をうけて軟化し、条約問題を黙認する気持に傾いたのである。

もともと、そのころ朝廷に支配的だった攘夷論は、単純な異国嫌いが根拠になっていて、外夷はけがれ多いものと思われていた。そしてそれとまじわりを持つことは、清潔なるべき神国日本にけがれを招くと考えられていたのであった。

九条は長野の説得をうけて、やや複雑な国際情勢を知り、交渉の幕府一任に傾いた形であった。井伊の工作は成功して、上洛した堀田は、朝廷の内部にもっとも有力な協力者を得たわけである。

この折衝を行なっている間に、長野はある重大な情報を耳にした。それは薩摩の島津斉彬が、左大臣近衛忠熙《ただひろ》を通じて、前関白鷹司政通に一橋慶喜擁立を働きかけているという情報だった。

長野が摑《つか》んだ情報は事実だった。そのころ斉彬の命令で入洛した薩摩藩の徒目付《かち》、庭方兼役の西郷吉兵衛は、左大臣近衛忠熙、内大臣三条実万《さねつむ》らに慶喜擁立を働きかけていた。近衛の妻は斉彬の姉であり、内大臣三条は、斉彬と親しい土佐侯山内豊信の妻の父という縁故を頼ったのである。

一方で越前侯松平慶永は、藩士であると同時にもっとも信頼する政治顧問でもある橋本左内を入洛させていた。左内は山内豊信の紹介をうけて三条実万を説得し、さらにそのツテを頼って前関白鷹司政通にもやはり慶喜擁立を働きかけていたのである。

鷹司に対する工作を行なったのは、島津斉彬、松平慶永、山内豊信ら雄藩だけでなかった。水戸藩でも、京都留守居物頭格石河徳五郎を通じて、鷹司、三条、青蓮院宮に攘夷論を説いていた。ここでも鷹司の妻が斉昭の姉であるという閨閥関係が利用されている。

そして鷹司家の侍講である三国大学、漢詩人梁川星巌、もと小浜藩士梅田雲浜、頼《らい》山陽の子三樹三郎ら攘夷派の志士が、鷹司以下の堂上方にはげしく働きかけていたのである。

九条関白と宮廷勢力を二分する前関白鷹司政通は、もともとは開明的な考えを打ち出していた人物だったが、このような経過の中で、急に頑固な攘夷論者に変貌して行った。朝臣の大半は攘夷論者で、なかでも中山忠能《ただやす》、大原重徳《しげとみ》、三条実愛《さねなる》、岩倉具視といった公卿は、ペリー来航以来の幕府の対外政策にはっきり反感を持っていたが、鷹司は一転して彼らの中心に坐ることになったのである。

慶喜擁立を説くと同時に、冷静な開国論者でもあった橋本左内などは、こうした情勢に当惑したが、左内は以後慶喜擁立だけに手入れの的をしぼって行く。

左内には慶喜が将軍の椅子に坐れば、事態は自然に開国に動いて行くという見通しがあった。彼は西郷、また堀田の随員として京にきている川路聖謨《としあきら》らとともに、将軍継嗣問題について、慶喜に有利な朝廷の意志表明、具体的にいえば年長、英明、人望の三条件をそなえた人物が将軍職を継ぐのがのぞましいという天皇の内勅を獲得すべく、はげしく画策した。

井伊の意向を汲む長野は、一橋派のこうした暗躍を察知すると、ただちに九条関白に働きかけた。朝廷が将軍継嗣問題に口をはさむのはもってのほかのことで、そうすれば朝廷が国乱のもとをつくることになる、ときびしく釘をさしたのである。

こういう画策の中で、長野らが尊攘志士、一橋派に抱いた嫌悪感と恐れは非常なもので、その情勢を長野は江戸にいる井伊にくわしく書き送っていた。

老中堀田正睦は安政五年二月五日に入洛し、九日に参内すると、日米修好通商条約の草案を提出して勅許をもとめた。これに対する答は二月二十三日にもたらされたが、中味はもう一度ご三家以下諸大名に諮問して、再度奏聞するようにというものだった。事実上不許可の勅諚だった。井伊の工作は成功して、九条関白は確かに条約勅許に動いたのだが、朝廷の大勢は攘夷にかたまっていて、九条は孤立していたのである。

堀田は茫然とした。朝廷の拒否は、堀田が予期していなかったものだった。

堀田は条約調印をのばしのばしして、最後には勅許まで引き合いに出したが、肚《はら》は最初から開国に決まっていた。堀田の教養の中には、しっかりした洋学の知識がたくわえられていて、ペリー来航以来の外国との接触も、海外の情勢の一環として読み取っていた。堀田は最初から攘夷論は問題にならないと考え、開国し、貿易互市によって富国強兵をすすめるのが、今後の政策の基本だと考えていたのである。

アメリカとの条約調印をのばしてきたのは、その間に周囲の反対論を説得するためでもあったが、また未曾有の国策変革に立ちあう当事者としての恐れのためでもあった。

勅許は、堀田のこの逡巡にケリをつけるのに恰好の手続きだった。調印反対の声を押さえ、また当事者としての重すぎる責任の一端を肩代りしてもらえる、と堀田は考えていたのである。

ハリスに、勅許を得るために調印まで二カ月の猶予をもらいたいと申し入れたときのことを、堀田ははっきり記憶していた。

堀田がそう言ったとき、ハリスは鋭く突っこんできた。

「もし、ミカドが調印を承諾しないときは、どうするつもりですか」

それに対して堀田はすぐに、もし反対があっても、幕府が受けつけることはない、と答えたのである。そう答えたが、堀田はそのとき、実際には、朝廷が条約調印に異議をとなえるようなことはないだろうと思っていたのである。堀田に言わせれば、それはあくまでもひとつの形式に過ぎなかったのである。そしてこれまで朝廷の価値は、その形式の中にあったことも事実だった。

だが堀田が朝廷から受け取ったものは、重い手ごたえがする政治的な反応だった。

思いがけない壁が、前に立ちふさがった気がして、堀田は少し狼狽していた。壁の背後に、無視出来ない力が隠されていることを感じとったのである。

堀田はいそいで善後策を協議した。随員や、井伊から派遣されてきている長野主膳らをまじえた協議で、堀田は将軍が責任をもって、天下人心の帰一をはかる、という老中の連署を取り寄せることにした。

それは天皇に対し、恐懼《きょうく》して政治の責めを負うことを表明する形をとっていたが、裏返せば実政の権力は幕府にあることを、あらためて朝廷に思い出させようとする文書でもあった。

堀田は、捩子《ねじ》を少しゆるめすぎたのに気づいたのである。捩子を巻きもどし、政治の実権を本来あるべき場所にもどさなければならないと思っていた。それは先任の阿部老中ひいてはその路線を踏襲した自分の責任でもあった。

堀田は九条関白に働きかけ、取りよせた老中連署をそえて再び勅許を奏請した。その策は成功した。天皇も将軍が執政する幕府政治そのものを信用出来ないとは言えない。三月十一日に、孝明天皇はやむを得ず、内治外交の全権を委任する旨の勅答案を裁可した。

堀田はひと息ついた。危機をのがれたのを感じたのである。全権委任の中には、当然条約の調印もふくまれている。もともと自分の手の中にあったものを、わざと他人に貸しあたえて、漸くの思いで取りもどしたようなものだと堀田は思った。

だが堀田の安堵は一日だけのものだった。翌三月十二日になると、権中納言大原重徳、侍従岩倉具視ら攘夷派を中心にする公卿八十八人が、相ついで宮中に参内し、勅答案反対を強訴した。翌十三日には有栖川宮ほか五十人あまりが条約拒否の意見書を出し、十七日には地下官人百名ほどが、同様の意見書を上申した。

条約勅許の拒否にあったとき、堀田が感じとった背後の力が、あからさまな姿を現わしたようだった。宮廷の中でも攘夷はひとつの政治勢力として動きはじめていたのである。三月二十日に至って、孝明天皇は前回同様、勅許を拒む勅諚を下賜した。しかも条約案については、〝御国威立ちがたい〟条約だと、憚《はばか》りなく論難していた。

五

同じころ橋本左内、西郷吉之助ら、一橋派の密使たちは、慶喜擁立のために、朝廷から有利な言質をとりつけようと必死に画策していた。彼らののぞみは、堀田に下賜されることになっている天皇のご沙汰書に、年長、英明、人望の三句を入れさせることだった。

その文句が入れば、ご沙汰書はおのずから徳川慶喜そのひとを指すことになり、継嗣問題は慶喜側に有利に展開するのである。

彼らは長野主膳ら南紀派の妨害工作に悩みながらぎりぎりまで奔走し、前述の三句を入れさせることにほぼ成功した。

しかしそう思った翌日、三月二十二日に下げ渡されたご沙汰書は、その三句がすべて削られ、ほとんど無意味な文章になっていたのである。

条約勅許問題で、攘夷派に苦汁をなめさせられた九条関白が、継嗣問題では、対立する鷹司以下に一矢をむくいたのだったが、それで、橋本、西郷らの奔走はすべて敗れ去ったのであった。

堀田は、そのほとんど無意味な継嗣問題にふれたご沙汰書だけを持って、四月二十日江戸に帰った。堀田の失望は大きかったが、しかし堀田は漫然と勅許獲得の失敗を背負って帰ったわけではなかった。

堀田が京都でみたものは、朝廷の強力な意志であり、それがすでにひとつの政治勢力化し、島津、山内、松平慶永といった雄藩勢力と結びついている事実だった。それは阿部老中が種子をまき、自分が育てた怪物かも知れなかった。あるいはその力をあたえたものは、阿部でも自分でもなく、時勢というものかも知れなかった。いずれにしろ、京都に隠然として幕政に拮抗する政治権力が存在することは、疑い得ない事実だった。

——一橋擁立しかない。

堀田は将軍継嗣問題について、これまで中立の態度をとってきたが、いまははっきりとそう考えるようになっていた。雄藩勢力を幕府の内部に抱きこみ、京都も押さえて行く。そのためには十三歳の徳川慶福ではなく、二十二歳の慶喜であるべきだと考えたのである。

堀田は江戸に帰って将軍家定に会うと、松平慶永を大老にすることを進言した。慶永を大老に迎え、徳川慶喜を将軍世子に据えれば、京都との融和がはかれるだろうというのは、堀田が京都滞在中に得た感触であった。

しかしそういう考えをまとめつつあった堀田の知らないところで、ひそかな政治的策謀がすすめられていたのであった。

二十三日に登城した堀田は、将軍家定から突然に井伊直弼の大老就任の上意を受けた。堀田にとっては意外でもあり、唐突でもあった井伊の大老就任は、堀田が将軍に松平慶永を推せんしたころには、すでに大奥を通じて将軍に働きかけがすんでいたのであった。譜代派ひいては慶福派の一方的な勝利だった。

井伊の大老就任は、自動的に将軍世子に紀州の徳川慶福をさだめるということでもあった。井伊は大老に就任し、五月一日になると、将軍家定から大老、老中一同に慶福の世子決定を告げさせ、当面は極秘とした。そして、五月六日には、大目付土岐頼旨《よりむね》、勘定奉行川路聖謨を、二十日には目付鵜殿長鋭を、それぞれ左遷した。

六

その男が、見えがくれに後をつけてきていることは、清河八郎にはわかっていた。お玉ヶ池の千葉道場を出て間もなく、八郎は背後に人の気配を感じて振りむいた。すると四十恰好の町人ふうの身なりの男が、眼をそらせて人ごみにまぎれるのが見えたのである。

振りむいて確かめたのはその時だけだが、背後からみられている感じは、そのあともずっと続いていた。

籾蔵《もみぐら》をはずれて、筋違御門が見えてきたところで、八郎はまた振りむいた。するとさっきの男が平永町と小柳町の間に入って行く後姿が見えた。小肥りで、背はあまり高くない男だった。

二、三歩戻って声をかけようとして、八郎はやめた。男は足早に町の人ごみに入って、やがて姿は見えなくなった。

——風儀が悪くなったな。

と八郎は思った。男は多分奉行所の筋の者で、八郎を浪人者と見て後をつけてみる気になったらしかった。そういうことは、前にもあったのだ。

後をつけられて困るようなことは何もしていないが、それだけに不快だった。

筋違御門の前を過ぎ、昌平橋の前を通りすぎて淡路坂にかかると、ちょうど神田川の川上の方から、日暮れの日射しがさしかけてきた。橋のあたりも、坂道も人通りがなく、ひっそりしている。それであたりが荒涼として見えた。

冬に入った季節のせいばかりでない。江戸の町を歩いていると、時どきそういう感じをうける場所があった。江戸をコロリが駆けぬけたせいである。

コロリは七月の終りごろからはやりはじめ、鉄炮洲、佃島、霊岸島など、海に近い町を襲って猛威をふるったが、八月になると江戸市中いたるところに蔓延した。七月六日に将軍家定が病死したが、それもコロリにやられたと噂が立ったほどである。

八郎はお蓮、熊三郎とほとんど家に閉じこもって過ごしたが、通いの門人も休み、時どき門前にお厄はらいましょう、と乞食が訪れるぐらいで、町はひっそりと死に絶えたような時期があったのである。

一度よんどころない用事で、馬喰町の大松屋まで出かけたとき、八郎は途中の町で、コロリに冒された苦しさのあまり、道に這い出してきた人間を見た。悲惨な姿だった。いそがしいのは医者と祈禱師ぐらいで、通りすぎる町町は人気がなくまったく無人のように見える場所さえあった。

コロリが漸くやんだのは、ひと月ほど前である。だが江戸には、いたるところにまだその痕跡が残っていて、町はさびれて見えた。

塾の近くまで来たとき、八郎は坂の途中に男が一人立っているのを見た。逆光で、男の顔は黒く見えたが、八郎を見て白い歯を見せたのがわかった。近づくと伊牟田尚平だった。

「待っていたがなかなか帰らんから、諦めて出てきたところだ」

と伊牟田は言った。

「ひさしぶりだな。家へ戻らんか」

と八郎は言った。伊牟田は、まだコロリ騒ぎがおさまらなかった九月に、突然やってきて、コロリをはらうのだと言って、酔いつぶれるほど酒を飲んで帰った。以来、ふた月近く姿を見せなかったのである。

「酒があるぞ」

「いや、今日はこれから行くところがある。この前は失敬した」

と伊牟田は言った。それから細い眼を、さらに細めて顔を寄せると囁いた。

「頼三樹三郎が捕まったらしいな。三国大学も一緒らしいぞ」

「……」

八郎は黙って伊牟田の顔を見返した。痩せて、時どき剽《ひょう》げた表情を見せる伊牟田の顔に強い緊張があらわれていた。

井伊直弼が大老に就任してから、八郎たちがいう天下の形勢は、はげしく変化していた。老中の堀田正睦が、勅許をもとめに行って空しく江戸に戻ってから、ほぼふた月後の六月十九日、幕府は日米修好通商条約に調印した。むろん朝廷には無断の調印である。

三日後の二十二日に、井伊は在府の諸侯に総登城を命じて、調印の始末を報告すると、翌日には老中堀田正睦、松平忠優《ただます》を罷免した。朝廷の諒解なしに条約調印を運んだ責任を、巧みに二人に負わせた形であった。

そして井伊は、六月二十五日には、徳川慶福の西丸入りを公表し、七月五日には、最後まで慶福の世子決定に反対した水戸の徳川斉昭、尾張の徳川慶勝、越前の松平慶永を謹慎処分に、水戸家の当主徳川慶篤と一橋慶喜を登城停止処分にし、将軍継嗣問題にケリをつけた。そしてオランダ、ロシア、イギリス、フランスとも、次次に通商条約を結んだ。

一方孝明天皇は、幕府が朝廷の意向を無視して、条約に調印したのに憤激して、たびたび譲位を表明したが、八月八日に至って、一転して幕府と水戸藩に攘夷の勅諚をくだした。ことに水戸藩にくだした密勅には、列藩一同に勅諚の趣意を伝達するように添書がつけられていたので、これを知った幕府は驚愕《きょうがく》したのである。

密勅の降下は、いわゆる尊皇攘夷の志士をふるい立たせ、九条関白、長野主膳への人身攻撃がはげしくなった。この情勢を察知した井伊は、勢いにのった朝廷が、左大臣近衛忠熙を関白にすべく幕府に伝達してきたのを機会に、攘夷派の大弾圧に踏み切ったのである。

九月に入って、攘夷派の公卿と志士の連絡役をつとめていた信州の豪商近藤茂左衛門、もと小浜藩士梅田雲浜が捕えられたのが、大獄のはじまりだった。京都所司代の捕手は志士の巨頭とみられていた梁川星巌の家も襲ったが、星巌はその直前の九月二日にコロリで死んでいたので、星巌夫人の紅蘭が捕えられ、訊問をうけた。以来京都、江戸で、尊皇攘夷の志士、関係者と見られている者が続続逮捕され、獄につながれていた。その中には密勅降下に関係した水戸藩京都留守居役鵜飼吉左衛門、幸吉親子、公卿家臣中でもっとも活動した鷹司家の小林良典、将軍継嗣問題で働いた橋本左内らが含まれていた。

大獄は、どこまでひろがるかわからないという無気味な噂が流れていた。夏から秋にかけてはやったコロリのように、眼に見えない禍まがしい力が猛威をふるっていた。

「京の六角の牢屋敷は、捕まった連中でいっぱいだというぞ」

「……」

「西郷も、追われて国へむかったらしいが、薩摩も前のようではないからな」

と伊牟田は言った。島津斉彬が死んで、新藩主忠義《ただよし》の後見役として、斉彬の異母弟久光が実権を握っている藩のことを言っていた。

「どこまでつづくかな、こういうことが」

と八郎は言った。

「まだまだ。これから厳しくなるだろうさ」

伊牟田は声を立てずに、また白い歯をみせた。

「うっかりしたことは言えん世の中になった。少しでも怪しいそぶりの奴はひっくくるつもりで、人相の悪い連中が町をうろついているようだからな」

「さっき、おれをつけてきた奴がいた」

と八郎は言った。

「どういうつもりか、さっぱりわからん」

「浪人者と見たわけだろう。浪人者は、捕まえて叩けば尊皇攘夷の音がするとでも思っているらしい」

「根こそぎやるつもりだな、井伊という男は」

「そのようだ。尊皇も攘夷もない。幕府がやることに楯つく奴は容赦せんということらしいな。京都では井伊から派遣された老中の間部《まなべ》と所司代の酒井が組んで、徹底的に攘夷派を叩くつもりだと知らせが入っている」

八郎は沈黙した。大老の井伊が考えていることは、ぼんやりとわかるような気がしていた。井伊は低落する一方だった幕府の威信を、もう一度たて直そうとしているに違いなかった。政治権力のありどころを天下に示して、幕府のすることには、たとえ朝廷であろうと口出しはさせないというつもりなのだ。

――だが幕府に威信低下をもたらしたのは、時勢だ。

大きく展開する時勢の中で、幕府はみずからの力だけでは処理出来ない問題に直面したのだ。阿部老中やさきに老中を辞めた堀田が、あるいは外様雄藩に、あるいは朝廷に働きかけたのは、幕府自身の非力を悟ったからにほかならない。井伊は時局の乗り切りにそれほど自信があるのか、と八郎は井伊の強硬さを訝しむ気持だった。

「つけられても、君は心配いらんよ」

不意に伊牟田が言った。細い眼が笑わずにじっと八郎を見ていた。

「べつに攘夷で動いているわけじゃない。おれや樋渡などが、ひんぱんに出入りするとにらまれるかも知れんから、当分は遠慮することにした。今日はそれを言いにきたのだ」

じゃ、と手をあげると、伊牟田は背を向けた。伊牟田の言葉は、彼らがひそかに攘夷に動いていることを告白したようにもとれたが、時勢から一歩身をひいたところにいる八郎を嘲ったようでもあった。ゆるやかな淡路坂を降りて行く伊牟田の背が、赤い日に照らされたまま、やがて小さくなって町の角を曲った。

大転回

一

安政六年二月の半ばに、清河八郎は江戸を出発して郷里にむかっていた。門人の小栗篤三郎が一緒だった。

二月の奥州路は、早春の日射しが麦畑や、村落の塊りに降りそそぎ、八郎の胸をのびやかに解きはなつようだった。

急ぐ旅ではなかった。八郎は前年の暮に、千葉栄次郎からここ一、二年の間に中目録免許をさずけるという内旨を受けたので、塾を増築する相談をしに帰国するところだった。

これまでも塾の庭で、剣の指南をうけたいとのぞむ者には稽古をつけてきたが、免許を受ければ、道場を持ち、剣術指南の看板を掲げることが出来る。

文武両道を教授する塾を持ち、学儒であって一流の剣士を兼ねることは、八郎の多年の理想だったが、そののぞみを実現する時期は目前に迫っているという気がした。論語贅言の著述は八割がたすすみ、八郎は近ごろ千葉道場の剣の修行と、書に力を注いでいた。

文武の塾を開き、とくに剣と書では、当世無双でありたいと八郎は考えていた。学問と剣、そして書という、これまで辛酸を重ねてつとめてきたものが、それぞれにある完成の域を迎えつつあるのを八郎は感じている。

門人の小栗を連れてきたのは、郷里に帰る途中、あちこちと道場に立ち寄って、剣術の他流試合を試みるつもりだったからである。八郎は、いまでは千葉道場でもっともすぐれた剣士の一人に数えられていた。師範の栄次郎や道三郎にはおよばなかったが、道場の中では負ける相手がいないほど腕を上げていた。

その技倆を道場の外で試してみるつもりだった。小栗ははじめ千葉道場にいたが、八郎が塾でひそかに剣を教えはじめると、淡路坂に移ってきて門人となった。多弁で、そのために軽薄にみえる男だが、剣には天性のひらめきのようなものがあった。

「春だな、小栗」

八郎は、思わず両手をさしあげて伸びをしながら言った。街道の前後に人影がみえ、また畑にも、身体をかがめて動いている農夫の姿がみえたが、人影はどれも遠かった。弱い風が吹きすぎるたびに、ひるがえる麦の葉に、午後の光がきらめいて静まる。

「今夜はどこ泊りですか、先生」

「古河に泊る。古河には片山という道場があるそうだ」

「そいつは助かりました」

小栗は江戸者を真似たべらんめぇ口調で言った。

「それなら明るいうちに着きますな。助かった。いえ、旅はきらいじゃありませんが、疲れます」

「いまからそんなことを言っては、どうにもならんぞ。旅はこれからだ」

八郎はじろりと小栗を見て言った。だが怒っているわけではなかった。小栗の軽がるしさには顔をしかめることがあるが、若さのためだと八郎は許していた。軽はずみな行動、衒気《げんき》。そうしたものは、二十前後の自分にも多分にあったものだと思っていた。

笠井伊蔵という住みこみの内弟子がいる。川越の西北、勝呂村の生まれで、ご家人株を買って幕臣になった男だが、武家を志しただけあって、実直で寡黙、小栗とはいい対照だった。八郎に学問を習う一方、伊庭道場や講武所にも熱心に通っている。

笠井がいるので、八郎は塾を留守にするのに、少しも心配がなかった。笠井を見習え、と八郎は小栗に言いたくなることがあるが、そう言ったことはなかった。人それぞれの性格というものがあり、笠井の質朴で辛抱づよいところを小栗にもとめても無理だと思っていた。

小栗は小栗で、天稟の剣で何かをつかめばいい、と思っていた。二人はここまでくる前に久世家の城下町関宿の大久保道場で試合をしている。その試合で、小栗は巧妙な竹刀《しない》を使ったのだ。

「大久保道場では、なかなかいい試合ぶりだったぞ」

と八郎は、そのときのことを思い出しながら言った。

「そうですか。ありがとうございます」

「この旅は、腕をのばすいい機会だ。そのつもりで、せっせと歩け」

と八郎は言った。

八郎が軽口のようにそう言ったのは、江戸を後にした気分の軽さも手伝っていた。安政の大獄、外国との貿易準備が進行する中で、江戸の空気はどことなく重苦しかったのである。コロリがはやったときとはまた別の、どこか落ちつかない表情が町の人間にも見えた。

……おどしてすかしてだましにのせられ、馬鹿の役人元よりこわがる、エギリス・フランス軍になってはいかぬと、佐倉と上田が諸人を出しぬき、二人に言いつけ、調印したのを渡した上にて、廿二日外様にご譜代、残らずお城にそろった上にて、渡した書付ザマヲみやれ、天下の政事がこれで立つかえ、ご養子さまさえ天下こぞって、望んだお方をよそになしおき、お血筋生《お》いのなんとかのとて、おちいさいのを直した心は、にくいじゃねえかい、つねの時ならどうでもいいわな、こんなときには子供じゃいけねい……お国のおためや君のおためにに、死ぬる命はなんでもないのに、それを措いて異人にへつらい、機嫌とりとり調印するのは、不忠であろうか、不届きだろうか……。

ひそかに人の口を伝わるこういうチョボクレが示すように、条約調印につづく将軍継嗣問題、大獄と、動揺する政局を映して、世相は不安な影を宿していた。そして暮には大火が相ついで、一層人びとの気分を滅入らせたのである。

伊牟田と樋渡はばったり姿を見せなくなっていた。山岡だけは時どきたずねてきたが、明るい話は出なかった。江戸をのがれて、八郎にほっとした気分があるのは否めない。時勢に無関心ではいられないが、そこに踏みこむ気持はなかった。

関宿はさほど大きな城下町ではない。だが舟運の中心地として活気があった。そこにも流動する時勢は影を投げていて、去年の十月、藩主久世広周《ひろちか》は井伊の政事独裁に抗議して、老中を罷免されていた。八郎はそのことを知ることもなく、通り過ぎてきている。

八郎と小栗は、他流試合を重ねて宇都宮から福島、さらに仙台と旅を重ね、仙台から名取川をさかのぼって二口峠を越え、山形領に出た。江戸を出てひと月が過ぎていた。

二口街道は、仙台城下と山形城下を結ぶ、もっとも短い街道だが、奥羽山脈を横切る峠は急峻をきわめる。よほど旅に馴れてきた小栗も音をあげた。

峠をはさむ瀬ノ原山と小東岳の山襞《やまひだ》は、まだ厚く雪を残していたが、雪は黒く汚れて、奥羽の土地に、豊潤な春がおとずれていることを示していた。

峠をくだるにつれて、山ざくらや木蓮の白い花が眼についた。二人は時どき立ちどまって、浅い林にひびく小鳥の声を聞いた。山形領の春は、仙台にくらべいくらか遅れているようだった。山気にひややかな感じが加わったのも、日射しが昼を過ぎたせいばかりではないようだった。

「先生がお生まれになった国は、ここですか」

と小栗が言った。

「ここはもう出羽だが、生まれた場所は、もうひとつ山を越えたところだ」

と八郎は答えた。お蓮を迎えるために、国を出て仙台へ行ってから二年半になると思っていた。その間に大きく変動した時勢のことが、ふと胸をかすめたが、二人が行く山里のあたりは、条約問題とか大獄などということはどこの国のことかと思うほど、のんびりとした春景色に彩られていた。

山形藩城下でも、道場をもとめて試合し、山形城下の西、柏倉陣屋へ、さらに上ノ山藩城下へと試合をつづけ、羽州街道を今度は北上して天童城下についたのが、三月二十六日だった。そこでも二人は一刀流の原登道場をたずねた。それまでの試合で八郎はほとんど勝ち、道場訪問が面白くなっていたので、宿をとると早速出かけたのである。北辰一刀流の千葉道場で修行していると告げると、たいていの道場で二人を歓迎した。

試合を終って宿に帰ると、安積五郎から手紙が届いていた。手紙は一たん清川の斎藤家に送られ、そこから天童の宿に回されてきていた。

「………」

手紙を読み終ると、八郎はしばらく黙然と窓から外を眺め、それから黙って手紙を巻きもどした。小栗が声をかけた。

「いかがなさいました、先生」

「塾が焼けた」

小栗は、え？　と言ったまま声をのんだが、あわてて言った。

「それで？　ご新造さまや笠井は？」

「人に怪我はない」

安積の手紙は、塾は隣家からのもらい火で焼け、門と台所を僅か残して焼失したと告げ、著述のものと、書物は持ち出し、お蓮は八郎の知人水野行蔵に預けた、と安積は書いていた。

水野はもと荘内藩足軽で、嘉永六年脱藩して江戸に出ると林鶯渓の塾に学んだ。安井息軒、山田方谷らと交わりが深く、安政三年箱館奉行堀織部正に招かれて蝦夷《えぞ》地を視察すると、蝦夷地開発意見書を提出するなど、国事にも深い関心を持つ人物だった。

水野はのち文久二年には目付役沢左近将監の家臣となるが、その後閣老の板倉勝《かつ》静《きよ》、小笠原長行に攘夷と大政奉還を説いたことから、幕府ににらまれ、元治元年七月に捕えられる。そして翌年荘内藩に引き渡され、国元の獄につながれたのち、八郎とのつながりを憎まれて、毒殺される人間である。

沈着な性格と広い見識を持つ水野を、八郎は畏敬していた。八郎は江戸を発つとき、安積を上総から呼び出して、時どき塾を見回ってくれるように頼んだが、安積は適切に火災の後始末をしたようだった。

——あそこに頼めば、お蓮のことは心配ない。

と八郎は思った。

「どうされますか。すぐお戻りになりますか」

と小栗が言った。

「いや、このまま国へ行く」

八郎はそう言ったが、手紙を読んだときの衝撃が、まだ心の中に残っているのを感じていた。

お蓮や熊三郎の安否もさることながら、塾焼失の文字を見て、とっさに胸を衝いてきたのは、またかという驚きだった。

八郎は迷信などは信じなかったが、一度ならず二度までも塾が火事で焼け、また一度は開塾するために買ってあった家が、大地震で壊れたことを考えると、いい気持はしなかった。塾を開いて文武を指南することは、八郎の悲願だったが、何者かがしきりにそののぞみをさまたげているという気もしてくるのである。

だが間もなく、八郎はその不吉な考えを振りはらった。江戸はひんぱんに火事がある町だし、そこに家を構える以上、一、二度火事に見舞われたからといって、ひるんではいられないと思い返したのであった。

「今夜は飲むぞ」

と八郎は小栗に言った。

「火事のことは心配いらん。どうせ建て増しするつもりだったし、建て増しが引っ越しに変るだけのことだ」

「それはそうですが……」

小栗は言ったが、まだ塾が焼け失せたことが信じられないという顔つきだった。

「しかし大変なことになりましたなあ」

「場所を物色しなくちゃならんな。お玉ヶ池のあたりに適当な家がないかな」

八郎は言ったが、さっき心をかすめた不吉な想像はだんだんに消えて、そういうふうに心が動いてきていた。

八郎は清川に帰ると、さっそく父の豪寿に火災のことを話し、次に開く塾のことを相談した。豪寿も度重なる被災に、すぐには返事もしかねるという表情を見せたが、八郎は今度は文武指南の道場です、などと言って父親の気分を煽りたてた。

何事によらず始めたことは徹底して貫くのが、八郎の一面の性癖である。今度の旅は、剣の修行が大きな目的だったので、清川に滞在している間にも、八郎は酒田の旧師伊藤弥藤治や、鶴ヶ岡城下の酒井七五三助の道場をたずねて試合した。旧師の伊藤は、八郎が到達した剣の技倆に、眼をみはって喜んだ。

二

八郎が江戸にもどったのは、六月十一日だった。父から開塾の費用が出たので、五月半ばに故郷を立ち、越後路に回って、村上、新発田《しばた》の城下で試合をつづけた。そのあと新潟で佐渡にわたる小栗と別れたので、江戸に帰ったときは一人だった。八郎はすぐに水野の家に行き、お蓮に会った。お蓮は変りなく、むしろ前よりも血色のよい顔色をしていた。この家で、よほど大事にしてもらったな、と八郎は思った。

「国元はどげだったな？　大山さんサ会ってきたか？」

と水野は言った。水野は四十一で、学究らしい鋭い相貌をしているが、喋ると国なまりが丸出しになる。

「いや、鶴ヶ岡に行きましたとき、近くまで行ってみましたが、お邸には寄りませんでした」

「そうか」

水野は八郎をじっと見たが、すぐにうなずいて言った。

「その方がいい。いまはめったな動きが出来ん世の中ださげな」

荘内藩では、去年の暮に世子酒井忠怨が死んだ。藩内の改革派は、忠怨に藩改革ののぞみを託していたので、失望は大きかった。病気は麻疹だったが、死後その死因について奇怪な噂が飛び、主流派に属する近習の不忠な行動を憤って、近習伊黒定十郎が自刃するという事件が起きていた。

藩内の抗争はなお続いていて、忠恕の継嗣を誰にするかで揉めている、という事情を八郎はさきに水野から聞いている。藩主忠発は三男繁之丞を後嗣にのぞみ、両敬家を筆頭とする改革派は、忠発の弟富之進を推していた。その抗争は時勢の変化を背景に、いよいよ抜きさしならないところまで、対立を深めて行くようだった。

「私などが口をはさめるような状況ではございますまい」

「両派しのぎをけずっておるさげの」

と水野は言ったが、ふと額にしわをきざんで言った。

「願わくば、われわれなどかかわることがなく済ませたいものだ。だが全部つながっておるさげの。荘内の争いも、がっちりと時勢につながっておる」

「……」

「好むと好まざるとにかかわらず、われわれもどこかで、こういう大きな動きに巻きこまれるということは、あるかも知れんの」

「そういえば、その後幕府と京都の動きはいかがですか。また大きな変りがございますか」

「貴公が国へ帰った後で、井伊が公卿衆に大鉈《なた》をふるってな。近衛と右大臣鷹司輔熙は官をやめさせられ、前関白の鷹司、前内大臣の三条と一緒に落飾謹慎だそうだ。

ほかに青蓮院宮以下多数が謹慎を喰ったという噂だ。噂ださげくわしいことはわからんが、大体はそういったものらしいな」

八郎は水野の顔を黙って見まもった。井伊がすすめている大獄ということには、正直言って八郎がまだ理解出来ない部分がひそんでいた。だがそれだけに無気味な感じは、いっそう強まるようだった。

三

その屋敷には土蔵があった。

「これはいいな」

と八郎は言った。そこはお玉ヶ池の表通りに面した二六横町の角屋敷、すなわち八郎がはじめて東条一堂塾に入門したころ、一時書を習いに通った生方鼎斎の屋敷あとだった。

そのころは、土蔵があることなど気にもとめなかったが、二度も火事にあってみると、その土蔵がいやに目についた。土蔵は二間に一間半の建物で、二階がついていた。ちょっと外を塗り直せば、早速にも住めそうなところも気に入った。

土地は借り、土蔵は譲りうけた。三十両だった。塗り直した土蔵に、八郎は七月六日にお蓮と一緒に宿から移った。ほかに四間二尺に一間半のおろしかけの家屋を作り、門、石垣、塀をととのえると、全部で八十両ほどの費用がかかる勘定だった。移ったその日から、八郎はまた残していた論語贅言の著述にかかった。外は暑かったが、土蔵の中は意外に涼しく、大工の物音もさほど気にならなかったので、著述ははかどった。

——井伊大老は、その強気でどこまでやるつもりかな。

八郎は筆をとめてぼんやりそう思った。昨日新しい住居をたずねてきた水野が、長州から吉田寅次郎が、唐丸籠で江戸に送られてきたそうだ、と話したことを思い出していた。

吉田は、先年アメリカ艦隊が来航したとき、米艦に乗りこんで密航しようとした人物で、そのとき重罪犯人として伝馬町の牢に入れられると、牢内で同囚の者に孟子を講義して、同囚七人をことごとく感化したという。

その後郷里で塾を開き、子弟を養ったが、その弟子たちにしきりに過激な考えを吹きこんだので、井伊につかまったらしいと水野は言った。貴公と同年らしいがなかなかの出来物らしいとも言った。

過激なことというのが何かは、水野も知らなかったが、井伊につかまったということで、おおよその察しはつく、と八郎は思った。その男はたぶん、幕府の威厳をそこねるようなことを言ったか、したかしたのだ。

しかしいろいろな人間が、井伊が気にいらない、幕府の威厳をそこねるようなことを言い出していること自体が幕府の衰弱を示すものだし、きびしい大獄の進行も、そうしなければならないほど切端つまった状況にあるという意味で、やはり幕府の衰弱を示すものではないか、と八郎は考えた。

大獄が起きたころ、八郎は国の父あてに次のように書いた。

――さりながら先便申し上げ候儒者二十ばかり召し捕られ、揚《あが》り屋《や》に置かれ候者これ有り、何の仔細は存じ申さず候えども、さてさて気味の悪きことにつき、皆みな慎み相成り、なるたけ大切に心得おり申し候。中なか以て、油断のならぬ世界に相成り候――。

そのときには見えなかったものが、少しずつ見え、いまはぼんやりとだがおおよその輪郭はつかめたという気がする。

井伊は幕府が失ったものを取り返そうとしているようだったが、それは幕府が好んで失ったのではなく、時勢が失わせたのだ、と八郎は思っている。井伊の強気には無理がある、という気がした。

――幕府は内側から崩れつつあるのではないか。

井伊は政事独裁の権力を、幕府にとりもどそうと躍起になっているようだが、アメリカ艦隊がはじめて姿を現わし、国交要求をつきつけてきたとき、幕府は攘夷とも開国とも、自分で決定する力を持たなかったのだ。

これまで発言を封じられていた外様雄藩が物を言いはじめ、京都朝廷や攘夷派の志士たちが物を言いはじめたのも、そこからはじまっている。いわば幕府は、自分が握っていた権力をなし崩しに失ってきたのだ。幕府の前に立ち現われた時勢がそうさせたと言える。

井伊はその崩壊現象に歯どめをかけるつもりで、幕府の威信に抵触する動きをことごとく弾圧するつもりのようだが、その構えには、どこか見果てぬ夢を追っている無理がある。

——井伊の強気は、一歩間違えば大崩壊を招く引き金になりかねない。

走り出した時勢の動きは、容易なことではとまらないだろう。井伊という人物は危い橋を渡っている、と八郎は思った。

お蓮が、物が高いとこぼしたことを八郎は思い出した。八郎がよく使う酒も紙も高くなっていた。土佐の間崎哲馬がいつか言ったように、貿易がはじまって、それが暮らしにひびきはじめたのかも知れなかった。

幕府に政事権力を取り戻すというものの、井伊大老の精力はもっぱら反対勢力の弾圧にそそがれていて、開国にともなう国内の変化に責任ある政策が行きとどいているとは思われなかった。反対派を粛清したあとで、適切な政策をほどこすつもりかも知れなかったが、いまのところ目立つのは、政事権力というものが持つ恐さを、強もてで前面に押し出してきているということだった。

——このやり方ではおさまるまい。

考えに倦《う》んで、八郎はゆっくり後に身体を倒して寝ころんだ。すると柱に打ちつけた棚からどさりと紙包みが落ちてきた。紙が破れて中味がのぞいている。古い手紙だった。

八郎は懶惰《らんだ》に寝ころんだ姿勢のまま、手をのばして中味を確かめたが、その中の一通に眼をとめると中味をひろげて読んだ。

——このたびはありがたきおんふみおつかわしくだされ、みにあまるおんなさけ、おんこころづくし、かえすがえすもうれしくぞんじあげまいらせ候……。

お蓮の手紙だった。八郎に返事を書くために、はじめて筆をとったという、四年前のたどたどしい文字だった。

「………」

入口に人の気配がしたので眼をむけると、お蓮が立っている。青い顔をしている。

八郎は起き直ってきいた。

「どうした？」

「蛇が……」

お蓮は庭を指さした。

「蛇なんぞはうっちゃっておけ。それよりこれをみろ」

八郎は手紙を示した。お蓮は怪訝《けげん》な顔をしたが、不意に気づいた様子で真赤になると、身体をぶつけるように坐り、手紙を奪った。日ごろの慎みを忘れた娘のようにすばやい動作だった。

八郎は笑った。そうしていると、激動する時勢から隠れて、妻と二人で穴にこもって、束の間の安逸をむさぼっている気もした。

四

大工が塀を造作しているのを眺めていた八郎に、後から声をかけた者がいた。

「その塀は、もう少し高くした方がいいのじゃないか」

ふりむくと、樋渡八兵衛が立っていた。

「よう」

八郎は近づいて、樋渡の腕を摑んだ。大獄がはじまったころから、樋渡は急に消息をたち、そのあと八郎が帰郷したりしたので、二人は一年以上も会っていなかった。

八郎が思わず樋渡の腕を摑んだのは、豪放な風貌を持つ樋渡が、一見して憔悴《しょうすい》して見えたからである。

「しばらくだったな。よくきた」

八郎は手まねで、樋渡を門の方に誘いながら、気になっていたことを聞いた。

「伊牟田はどうしている？」

「元気だ」

樋渡はそう言ったが、それだけで口を噤《つぐ》んだ。八郎は、去年の暮にたずねてきた、伊牟田から感じたのと同じ匂いを、樋渡から嗅いだ気がした。彼らは、八郎が知らないところで、ひそかに行動しているように思われた。

「いい塾が出来たな」

樋渡は玄関を入ろうとして、一歩さがると、木目の新しい板壁に眼を走らせたり、振りむいて広い庭を見回したりした。

「ま、いまのところはこんなもので間にあうだろう。剣術の道場までは手が回らん」

「庭でやればいいさ」

「よくここがわかったな」

「山岡に聞いてきた」

そう言ってから樋渡はあたりを見回し、急に顔を近づけて声をひそめた。

「知っとるか。昨日頼三樹が首斬られた。越前の橋本左内、それに飯泉《いいずみ》喜内もだ」

――やったか、またやったか。

と、八郎は思った。井伊大老がまたやったのだ。八郎は無言で、樋渡のやや憔悴してみえる顔を見つめた。

井伊は、八月二十七日に徳川斉昭を国元蟄居、一橋慶喜を致仕謹慎、水戸藩当主の徳川慶篤に差控えを命じ、水戸家老安島《あじま》帯刀に死罪、奥右筆頭取茅根伊予之介、京都留守居鵜飼吉左衛門に死罪、吉左衛門の子鵜飼幸吉に梟首《きょうしゅ》の処分と密勅関係者を一気に断罪していた。ほかに鷹司家の家臣小林民部、水戸家勘定奉行鮎沢伊太夫が流罪、同じく、青蓮院宮家の家臣池内大学は追放、近衛家の老女村岡を押込めという処分だった。

そのころ八郎は、国元の父にあてた手紙に、――まことに息をのんでまかり在るほかはこれなき世界。時もこれあり候わば、変化も相なるべく、さりながらいま五、六年のうちは潜伏するほかこれ無く候。この節うっかり出世する者、まことに気の知れぬ、薄氷を踏むも同然にご座候――と書き送っている。
五、六年も過ぎれば、静謐な世の中にもどるだろうと考えているのではなかった。

幕府の動きに、八郎は内部から崩壊する兆しを予感する。六月末に、父に手紙を書いたときも、――いかが相なるべきや計りがたく、まず以て内潰の風にご座候――と書いた。井伊の苛酷な断罪は、それを早めているように見える。

樋渡を家の中に招き入れると、八郎はお蓮に命じて酒を出させた。

「酒も高直《こうじき》になっての」

樋渡は酒をみると、沈鬱にみえた表情を急にやわらげて、唾をのみこむような顔になった。

「近ごろは三度に一度は我慢しておる」

「情けない言い方だの」

八郎は樋渡に盃を持たせて、酒をついだ。

「お酒ならいつでも用意してございますから、お立ち寄りくださいませ」

とお蓮が言った。樋渡は盃をお蓮の方にかかげるようにすると、一気に飲みほした。

「ありがたい仰せだ。以前伊牟田とさんざん飲んだくれたことをお叱りもなく。いや、出来たご新造だと、日ごろ伊牟田とも噂申しあげておる」

「見えすいたお世辞は、言わんでもよい」

八郎が言うと、樋渡もお蓮も笑った。お蓮が部屋を出て行くと、樋渡は不意に盃をおいて立ち、障子を細めに開けて外をじっと見つめた。真剣な横顔だった。

「誰か、あとからくるのか」

八郎が言うと、樋渡はいや、と首を振って席にもどった。

「日下部伊三次は獄死した。梅田源次郎も死んだと聞いた」

「……」

「水戸に対する密勅降下には、わが藩の西郷、日下部がからんでいる。西郷の方が先に、近衛家から水戸にあてた密書を運んだのだが、幕府の眼がうるさすぎて果たせず、一たん近衛家に返している」

「ほう」

「そのあとで日下部が、働いたわけだ。しかし西郷は、日下部の計画を心配して、いそいで京に行ったのだ。中止させるためだ。だが昨日死んだ鵜飼と途中ですれ違いになったらしい」

「……」

「亡くなられた斉彬公が、兵をひきいて京都にのぼるおつもりがあったのを知っているか」

「いや」

「公は、井伊を恐れてはおられなかった」

樋渡はささやくような小声で言った。

「大兵を率いて京に出、朝廷を戴いて幕政を一新するおつもりだった」

八郎は深くうなずいた。アメリカとの通商条約と貿易章程の調印、徳川慶福の将軍後嗣決定、異を唱えた斉昭以下の謹慎処分と、強権をふるう井伊の前に、政局が暗く閉ざされようとしていたとき、島津斉彬は屈せずに、思い切った局面打開の手を打とうとしたようだった。

——それが政治だ。

眼がさめるようなものを見たという気がした。八郎は呟いた。

「それは、すごいな」

「だが斉彬公は、西郷を使ってその画策をすすめているうちに亡くなられた。西郷や日下部が、水戸に狙いをつけたのは、いわば斉彬公の身代りというわけだった。のぞみを水戸藩につないだのだ」

「そうか」

「密勅降下はうまく行ったが、そこでばれてしまったということだ」

樋渡は投げやりな口調で言うと、手酌でつづけざまに酒をあおった。

「日下部は死んだし、西郷は行方知れずだ。そして水戸は起たん。起つわけはない。西郷も日下部も思い違いをしておった」

「下賜された密勅は、するとどうなったのかな」

「まだ水戸で持っている」

樋渡はそこではじめて、いつもの彼らしい豪快な笑いをひびかせた。酒も回ってきたのかも知れなかった。

「上の方ではむろん返上したい気持だろうが、下の連中はそうすぐには言うことを聞かんだろう。尊皇攘夷のお国柄だから、へたな扱いをすれば藩は大荒れになるだろうしな」

「幕府はまだ何も言っていないのかな」

「まだらしいな。大獄の後始末がまだ終っておらんからな。まだ斬られる者が出るという噂だぞ。うっとうしいことだ」

樋渡はそう言って、急に部屋の中をきょろきょろと見回した。そして部屋の隅の壁に立てかけてある看板に目をつけた。

「経学、文章、書、剣指南か」

樋渡は読みくだし、見事な字だ、と言った。そして不意に、変に光る眼で八郎を見た。

「敬愛する清河にして、この稚気あり、か」

「稚気？」

八郎は樋渡を見返した。

「看板を用意したことか。だがこの看板をかかげるのは、おれの多年ののぞみだった」

「いや、これは失礼。稚気などということを、みだりに言ってはいかんな。君の精進は、誰にでも出来るというものではなかった。立派な看板だ」

「それもいやみかね」

「いやいや。失言だったと詫びている。だが君の頭脳、君の剣を塾屋の中に閉じこめておくのは、少少もったいないという気もしたものでな」

「………」

「しかし人それぞれの道があるからな。君は君の道を歩め。おれはおれの道を行くさ」

酔って、少し足もとがあぶなくなった樋渡を送って門の外まで出ると、八郎はしばらくその後姿を見送った。

月が出ていた。冬近い寒寒とした色をした月だった。樋渡の大きな身体はしばらくよろめいて門を離れたが、一度あたりを見回すと、急にしゃっきりと背をのばして遠ざかって行った。

——八兵衛は、おれを挑発したつもりかも知れんな。

と八郎は思った。樋渡や伊牟田が、尊皇攘夷で何かの動きをしていることはもう明らかだった。樋渡はあるいは自分を、その活動に誘いこみたくて来たのかも知れないという気がした。

――だが、一介の学問の徒だ。

さらにもとをただせば、出羽清川の酒屋の倅だ。島津斉彬の壮大な政治構想に、一瞬胸がときめく気がしたのは事実だが、そうかといって酒屋の倅がはね上がった行動に走れば、あっという間に権力に消されてしまうだろう。分相応ということがあると、八郎は思った。

五

万延元年三月三日の朝。

八郎は少し朝寝した。昨夜書きものをして遅くなったせいである。起き上がってみると、障子の色がいやに白かった。

茶の間に出て障子を開くと、外は雪だった。ぼたん雪が音もなく降りつもっていて、庭は真白になっている。

――そういえば、ゆうべは雨の音がしていたな。

と思った。台所に行くと、お蓮が洗いものをしていた。

「雪だな」

「はい。明け方から雪に変ったようでございますよ」

とお蓮は言った。お蓮はようやく江戸の暮らしになじみ、物言いにも落ちつきが出てきた。

「すぐご飯になさいますか」

お蓮は顔を洗っている八郎に声をかけた。

「熊三郎はどうした？」

「まだ、おやすみのようですよ」

「けしからんやつだ」

八郎は、自分のことは棚にあげて言った。

「起こしてこい。すぐ飯にしよう」

そう言ったが、ふとさっき見た雪が頭の中を横切った。三月には珍しい雪が、詩的な感興をそそっていた。

「いや待て。ちょっと書くものがある。お前たちで先に食べていなさい」

八郎は顔を洗い終ると、いそいで書斎に入った。障子を開くと、雪をかぶった庭の梅の木が、うす紅色の蕾《つぼみ》を点点とつらねているのが見える。雪はさっき見たとき

た。より、幾分小降りになったようだった。障子を開いていても、さほど寒くはなかっ

八郎は墨をすり、紙をのべて、それから障子を閉めると、湧いてくる詩想に心をゆだねた。

都城三月　修禊《しゅうふつ》の時
東台の桜花　すでに眉を揚ぐ
陌上《はくじょう》許さず　醒者の過ぐるを
縷縷として提携し　玉巵《ぎょくし》を連らぬ

今年何ごとぞ　春色に少《か》く
門前なんぞ聞かん　遊人の笑い
庭梅僅かに点じ　未だ全くは開かず
長雨日日　余寒催す
感ず　君が精神俗了せざるを
暁天還《また》これ　雪を帯びて来たる

熊三郎が起きてきたらしく、台所の方で大きな声が聞こえた。
「田舎じゃ、いまごろは雪が消える一方で、雪が降るなどということはないのにな。

江戸というところは妙だな」

それに答えるお蓮の声が聞こえたが、小さくて何を言ったかは聞こえなかった。

「しかしこの雪はすぐ止むよ。雨雪になってきた」

熊三郎の声に、八郎は庭の方に耳を傾けた。そのころ、桜田門外の路上、松平大隅守屋敷の門とご門外辻番所の間で、水戸浪士と井伊掃部頭の家中が死闘を繰りひろげていたのである。

六

その朝、桜田門外にある上杉弾正大弼《だいひつ》屋敷に所属している辻番所では、番士が三宅坂の方から井伊家の行列がくるのを眺めていた。時刻は五ツ（午前八時）ごろだった。

——井伊さまがご登城だな。

と番士は思った。松平大隅守屋敷と、桜田門外の辻番所のちょうど中間あたりに、行列を迎えるように、二、三人ずつかたまって人が立っているのも見えたが、番士はべつに気にしなかった。

江戸見物の者や、江戸詰めになって間もない勤番の武士が、武鑑を手に大名行列を見物するという光景は、このあたりでは珍しくない。濠ばたの道にいる蓑笠をつけた者や、赤い合羽を着た者も、そういう人間だろうと思い、雪が降るのに熱心なことだと、ちらと考えただけである。

異変は眼の前で起きた。といっても、上杉家の番士は、その出来事をはじめからくわしく眼にとめていたわけではなかった。そして上杉家の辻番所から、井伊家の行列はまだ遠い場所にいたのである。

異様な人の声がしたように思って、番士がはっと眼をこらしたとき、登城の行列が大きく乱れて、斬りあいがはじまっていたのであった。乱れた行列の中に、刀をふりかざした黒い人影が、つぎつぎに駆けこんで行くのが見えた。

——喧嘩か。

と番士は思った。そうとしか考えられなかった。雪は雨まじりの小雪に変っていて、視界は、その降るものに幾分さまたげられていたが、おおよその動きは見えた。番士は、大へんなことが起きていると思う一方、喧嘩なら間もなくやむだろうとも思っていた。行列に斬りこんだ人間は、そう多くはなく、十人あまりかと思われた。ばたばたと人が倒れるのが見えた。

番士が、なかば茫然と遠い斬りあいを眺めていると、こちらの方を目がけて、まっしぐらに走ってきた者がいた。近づいたのをみると、黒羽織を着、袴の股だちを高く取った武士で、井伊家の供人らしいと見当がついた。武士の眼はつり上がり、顔を土気色にしている。どこかに手傷を負っているらしく、袴の下から血が垂れていた。

「何ごとですか」

眼の前を走り去ろうとする武士に、上杉家の番士は思わず声をかけた。するとその武士は、はっとしたように立ちどまり、そこで力をこめて黒羅紗の柄袋を抜き捨てると、刀を抜いていま駆けてきた道をまた一散に駆けもどって行った。

走りもどる武士を追った番士の眼に、そのとき地上に置かれた駕籠《かご》わきで、うずまくように人が混み合うのが見えた。そこを目がけてまた人が集まり、斬りあいが続いた。

次に番士が見たのは、白い襷《たすき》をかけた武士が一人、刀の先に貫いた首を高くさしあげ、辻番所の前を日比谷御門の方に走り去る姿だった。そのあとを追って、また一人襷、鉢巻の男が駆けぬけ、さらにだいぶ遅れて、井伊家の供侍とみえる武士が五、六人、眼の前を駆けすぎて行った。

男たちを見送った上杉家辻番所の番士が、もう一度斬りあいの場所に眼をもどしたとき、そのあたりは奇妙なほどひっそりしていた。倒れている人影が雪の中に点点とみえ、さっきの場所にぽつんと駕籠が置かれているだけで、人びとは一斉にどこかに走り去ってしまったようだった。

番士はそのときになって、ようやく雪の中に足を踏み出して、井伊家の供人が捨てて行った羅紗の柄袋を拾い上げた。袋は濡れていた。そしてそこにこぼれている数滴の血の色が、番士の胸に異常なことを目撃した思いを呼び起こした。柄袋を握りしめたまま、番士は小走りに上杉家の藩屋敷の門に走った。

井伊家の登城行列を襲い、井伊を刺殺して首をあげたのは、関鉄之介以下の水戸浪士に薩摩藩士有村治左衛門を加えた十八人の壮士たちだった。

前年の十月二十七日、長州の吉田寅次郎を死罪に、日下部伊三次の子裕之進、日下部と一緒に密勅奏請に働いた勝野豊作の子森之助の二人を遠島に、そのほかの断罪を終って、大獄に一応の決着をつけた井伊は、次に水戸家に勅書返納を迫った。

水戸家では勅書を、水戸から三里の地にある歴代藩主の墓地、瑞龍の廟に納めていたが、十二月十六日に若年寄安藤対馬守が、小石川の水戸邸を訪れて勅書返納を迫ると、藩主慶篤は同意した。斉昭もむろん返納の意見だった。

しかし藩士はおさまらなかった。密勅がくだった当時、斉昭と勅書を守ると称して、水戸藩士、百姓町人は続ぞくと水戸街道を南下し、下総小金宿で説得の藩士に押さえられると、興奮して自殺する者を出したほどである。斉昭、慶篤に従って、勅書返納を認めようとする者もいたが、あくまで返納に反対する者もいた。

水戸藩は、文政の昔に敬三郎と呼ばれた斉昭擁立をめぐって、藩が二つに割れている。斉昭擁立派の正論党と、そのとき清水家から後嗣を迎えようとした重臣層一派である。彼らは奸党と呼ばれた。ところが今度は、勅書返納をめぐって、正論党が鎮撫派と激派に分裂抗争するに至ったのであった。

高橋多一郎、金子孫二郎を指導者にする激派は勅書が水戸を出るのをあくまで阻止するつもりで、水戸から二里の長岡宿に集まっていたが、藩の手がのびるのを察すると姿を消し、一部は江戸に現われて井伊を襲ったのである。彼らは襲撃の前夜、小石川水戸藩邸の目安箱に暇願いを投げこんでいた。

生き残った浪士たちの大半は、細川家と脇坂家に分れて自首したので、水戸家では細川家からの知らせで事情を知った。

水戸家では幸いに藩主慶篤が登城しなかったので、すぐに厳重に門を閉め、井伊家の報復襲撃にそなえて、厳しい警戒態勢をとった。噂はすぐに城中にも伝えられ、すでに登城していた大名たちは恐慌をきたし、帰りには藩邸から供の人数を呼び寄せて、警固を厚くして下城する者もいた。

七

水戸浪士による井伊襲殺を、八郎はちょうど昼ごろ笠井伊蔵から聞いた。伊蔵は前夜家に帰っていて、塾にくる途中で今朝の騒動を聞いたのである。

「井伊が殺されたと？」

「はい。襲ったのは水戸浪士だと、もっぱらの噂でした」

日ごろは沈着な笠井も、さすがに興奮しているらしく、声が上ずっていた。

「伊蔵、一緒に来い」

八郎は言うと、刀をつかみあげて腰に帯びた。笠井の言うことが本当なら、天下がひっくり返ったのだ、という思いに胸を摑まれていた。

雪はやんで、空から薄日が洩れていた。結局積もるほどの雪ではなくて、道はわずかに雪を残してぬかるんでいた。八郎は足駄を履いた足が、たちまち濡れるのを感じたが、笠井をともなって大急ぎで桜田門の方にいそいだ。

井伊は政策で行きづまって、やがて幕政から身をひくことになるだろうと思っていたが、こういう終り方は予想しなかった、と八郎は思った。まだしばらくは井伊の天下で、高い声で物を言うのもはばかるような世の中が続くだろうと思っていたのだ。朝廷を中心にする、尊皇の勢力とでも言うべき政治力が擡頭《たいとう》してきていることは見えたが、尊皇も攘夷も当分は日の目を見ることにはなるまいという気がしていたのだが、文字どおり一朝にしてくつがえったことになる。

――大乱のはじまりか。

それにしても、水戸浪士とは何者だ、と八郎は思った。有力な諸侯――樋渡の話を信じれば、薩摩の島津斉彬をのぞいて――誰ひとりとして、一指も染め得なかった井伊という独裁の権力を倒した水戸浪士とは誰なのか。登城の行列を襲って、首をうばったというからには、一人や二人の仕事ではないだろうが、彼らは何人ほどの徒党だったのか。

桜田門に近くなると、多勢の人間が群れているのが見えてきた。町人もおり、武士もいた。年寄りも子供もいて、赤ん坊を背負った女までいた。

彼らはぬかるみの道を、とびはねるようにあちこちと移動し、しさいらしくあたりを見回したり、隣の人間と立ち話をしたりしていた。「あ、ここに血がある」と、けたたましく親を呼びたてる子供もいた。道を埋めているのは、陽気で残酷な群集だった。

「ご見物ですか」

八郎が近づくと、早速声をかけてきた者がいた。でっぷり肥って色白な、商人ふうの中年男だった。

「しかし驚きましたな」

男は八郎がうなずくのを見ると、微笑して言った。

「昨日まで泣く子も黙る勢いだったご大老が、今朝はこのありさまですからな。いや、こわい世の中になりました」

「水戸浪人の仕わざだと聞いたが、ほんとうかの」

と八郎は聞いた。

「そのようにうかがいました。辰ノ口の遠藤さまとおっしゃいましてな、若年寄をお勤めなさるお屋敷から、さきほどこのあたりを検分にきておられましたが、その方におうかがいしたところでは、水戸さまのご浪人に、薩摩のお侍が加わっている、というお話でございましたな」

「薩摩人？」

八郎は鋭い眼で、背後の笠井を振りむいた。笠井も無言で八郎を見つめた。薩摩の人間と聞いて、八郎はとっさに伊牟田と樋渡を思い出し、二人がこの事件に加わったのではないかと思ったのだが、笠井の胸にも、その懸念が湧いたようだった。

——そうか、やはり密勅の筋だ。

と八郎は思った。笠井伊蔵から、水戸浪人の井伊襲殺という知らせを聞いたとき、八郎の脳裏にひらめいた第一感は、勅諚返納を強要する井伊に対する、水戸の反発に違いないという考えだった。

大獄の始末が一段落すると、幕府は、ほとんど幕府の言いなりになっている九条関白を通じて、朝廷から勅諚返納の言葉をとりつけた。そうして形式をととのえると、水戸藩に対して厳しく返納を迫ったのである。

水戸藩主徳川慶篤は、返納を承諾したが、返納は直接京都朝廷に対して行ないたいと筋を通そうとした。慶篤としては、藩にとってむしろ荷厄介な勅諚を返納するのに異存はなかったが、京都から頂いたものを京都に還すという筋を通すことは、勅諚をめぐって紛糾をつづけている藩内の議論を鎮めるために、最低必要な措置でもあったのである。

だが幕府は水戸の要請を無視し、勅諚を一たん幕府に返納せよと迫っていた。朝廷と諸侯の直接の接触はあるべきでないというのは、幕権回復を目的に登場した井伊の立場である。その立場を、井伊は斉昭以下の処分、日下部、鵜飼らから橋本左内にいたる、密勅、徳川継嗣問題の関係者の断罪で明らかにしたばかりである。水戸もまた幕府の統率下にある一諸侯にすぎない。勅諚を一たん幕府におさめ、返納は幕府の手で行なうべきだというのは、井伊の筋論だった。

井伊はこの筋論に立って、水戸藩に対しはげしく勅書返納を迫っていたのである。

だが水戸藩にしてみれば、勅諚の取り扱いは一藩の面目にかかわるばかりでなく、へたな扱いをすれば藩内の収拾がつかなくなる大問題だった。少なくともその始末は、連綿と伝えられてきた尊皇の伝統という立場から言って、藩内外の納得を得られるような形をとらなければならないのだ。

井伊の命令は、そういう水戸藩の立場を無視し、一方的な弾圧の形で、水戸藩にむけられてきていた。そのために藩内は動揺し、過激派の憤激は高まるばかりだったのである。八郎は、おおよそのそういう情勢を、断片的にではあるが山岡の口から耳にしている。

水戸藩に対する密勅降下は、薩摩の西郷、日下部らが斡旋したことである。勅書返納に反発したこの事件に薩摩藩士が加わっていても、不思議はない、と八郎は思った。

――それにしても、水戸浪士とは何者だ。

八郎は、さっき家を出てからこちら、ずっと心につきまとっている疑問を、また反芻《はんすう》した。

詔勅返納に強く反発している水戸藩内の、一部過激な人間が、憤激にうながされるままに、ついに井伊を襲ったということなのか。それとも背後に水戸藩首脳の意志が動いていて、その使嗾《しそう》があってやったことなのか。あるいは水戸藩ではなく、べつに反井伊の政治勢力がどこかに存在していて、彼らを使って井伊を政権の座から除いたということなのか。

考えにふけっている八郎に、さっきの商人ふうの男がまた声をかけた。

「ご大老の首が、どこにあるかご存じですか？」

「首？」

八郎は夢からさめたように、男を見た。

「大老の首なら、井伊家にあるだろう」

「ところが、そうではございませんので……」

男は一歩八郎に近よると、ささやき声になった。男の顔には奇妙な薄笑いがうかんでいる。

「ご大老の首を持ったご浪人さんが、さきほどの遠藤さまのお屋敷に駆けこみましたそうで。浪人さんは大変な怪我をしていて、そこで亡くなられたそうですが、そういうわけで、ご大老の首は、まだ遠藤さまがお預りしているそうです」

「井伊家では、引き取りに参らんのか」

「むろん行かれたらしゅうございますが、遠藤さまでお渡しにならないのだそうで……。遠藤さまは彦根の隣、近江野州の三上藩のお殿さまですが、井伊さまとは仲悪《あし》うございますそうですな」

そこまで言うと、男の薄笑いははっきりした嘲笑になった。

「天下のご大老も、首だけになりましてはなんとも哀れでございますな」

男の顔には、いまは一個の首になってしまった、昨日までの権力者に対するはっきりした嘲りが現われている。なかなか事情に通じた男だった。男はとって置きのその話を八郎に聞かせたかったらしく、笑いを顔に貼りつけたまま、ではごめんこうむります、と言った。

「お。さっき申した薩摩の侍という話だが……」

八郎は男を呼びとめた。

「名前はわからんかの」

「さぁて、そこまでは存じません」

男はその話には興味がないらしく、あっさり答えて離れて行った。しかしそれで帰るつもりはないらしく、少し行くとやはり商家の人間らしい老人の袖をひいて、立ち話をはじめた。また井伊の首の話を持ち出しているのかも知れなかった。

あたりには一そう人がふえて、桜田門そとの空気は一種の喧騒に包まれていた。このぶんだと、また落首やチョボクレがはやるだろうな、と八郎は思った。人びとは、大老が白昼の路上で首を奪われるという事件に驚いていた。だが同時に、昨日まで仰ぎみることもはばかられた強大な権力者が、一個の首になって眼の前にころげ落ちてきたことに、手妻のタネを見たあっけなさを感じたに違いなかった。彼らは、世の中が大きく変る予感におびえながら、一方でどう変るかに強い好奇心をいだいているようにも見えた。

「伊蔵、帰るぞ」

八郎は笠井を促して歩き出した。途中で、いまから襲撃あとを見に行くらしい、武士や町人とすれ違った。

彼らはあらぬ方に眼を据え、声高に連れと話しながら、雪どけの道をいそがしくすれ違って行った。彼らを走らせているのは、やはり好奇心に違いなかった。そしてその場所に立って、お祭りのようにざわめいている群集をみれば、そこから多かれ少なかれ、一個の強大な権力が地に堕ちたあとの、しらじらしい空気を嗅ぐにちがいなかった。

――井伊は自分の死で、幕府の威信を著しく傷つけてしまったようだ。

幕権主義者井伊にとって、それは恐ろしく不本意な結果と言わなければなるまいが、事実はそういうことになる。そう思ったとき、八郎は幕府という大きな機構が、ずしりと音をたてて滑落したのを感じた。

「伊蔵、いまに大へんなことになるぞ」

「は」

「世の中が変る。間違いない」

と八郎は言った。心の中に、ひどく落ちつかないものがあった。

――間違いない。幕府は自壊の道を歩んでいる。

それは堀田老中が、条約の勅許をもとめて、朝廷に拒まれたころからはじまったのだ。いやもっと先だ、と八郎は思った。

八郎の脳裏に、神奈川宿から見おろしたアメリカ艦隊の船列が、あざやかに浮かんできた。八郎がみたそれは、二度目に来航したアメリカ艦隊だったが、最初の黒船来航のとき、幕府はこの国の政治の当事者として、適切な対策を打ち出すことが出来ずに、みずからの無能を暴露してしまったのだ。

幕府の自壊はそのあたりからはじまっている。井伊の登場はその崩壊の作用に歯止めをかけるようなものではなかった。井伊は回りすぎた捩子をわずかに巻きもどそうと試みたにすぎない。針はその間にも進んでいたのだ。井伊の死は、そのことを証明している。

――このままでは、この国が保つまい。

すでに海外に対する門戸は開かれて、横浜、長崎、箱館では、異国人が商売をはじめ、その影響は、物の値上がりとなって暮らしの上にはね返っていた。新しい時代がきていた。だが幕府はその新しい時代に対処するどころか、国内の世論を統一する力もないのだ。世の乱れは必至だ。大老の死で、それは幕を上げたのか。

「伊蔵、頼みがある」

お玉ヶ池の塾の近くまで帰ってきたとき、八郎は立ちどまって言った。笠井は黙って八郎を注視している。

「今日の出来事の委細を、出来るだけくわしく調べてくれ」

「………」

「出来れば大老を襲撃した連中が何者か。その名簿も欲しいな」

「かしこまりました」

「さきに帰っていろ。おれは道場でひと汗流して行く」

八

八郎は三日間、書斎を出なかった。飯もお蓮に言いつけて書斎に運ばせた。

机の上には、美濃紙二十枚をとじ、表に霞ヶ関一条と記した書類が乗っている。郷里の祖父に水戸浪士による井伊襲殺のあらましを知らせるためにつづった書類だった。

八郎は、事件のあとを見に行った翌日から、精力的に知人をたずねまわって、事件の風聞を聞きあつめた。そして、そのあと書斎にこもると、門人の笠井が調べてきたこととあわせて、祖父に事件を告げ知らせる文章をつづったのである。

だが、八郎がいま眺めているのは、一枚の紙に記された名簿だった。笠井がどこからか聞き出し、自分で書きつけた水戸浪士たちの氏名だった。水戸浪士とならんで有村治左衛門とあり、笠井はそこに松平修理大夫家来ナリと註記していた。事件あとの場所で聞いた薩摩藩士というのは、八郎が心配したように、伊牟田でも樋渡でもなく、有村という男だったのである。

八郎は、腕を組んで坐ったまま、じっと名簿を見つめていた。すでに何回か見た名簿だったが、そこに八郎を摑まえて離さないものがあった。

笠井は、水戸浪士十七名の氏名の下に、几帳面な文字で禄高と身分を記していた。それによれば小姓組佐野竹之介の二百石が最高の禄高で、大関和七郎の百五十石、黒沢忠三郎、広岡子之次郎の百石がこれについでいるが、身分的にはこのほか元与力、郡方勤メと註記されている関鉄之介がまともな士分に加わるかと思われるだけで、ほかはほとんど軽輩もしくは部屋住み、士分外の者だった。

岡部三十郎という氏名の下に記された、百石小普請組藤助ノ厄介叔父ナリという笠井の註記に、八郎の眼はまた惹きつけられている。厄介叔父というからには、士分の家に生まれたものの、次、三男であるために仕官の望みもなく、一生生家に寄食して、日陰の暮らしを余儀なくされている人間であろう。ほかにもそういう者がいた。そして鯉淵要人は古内村の祠官であり、森山繁之介と蓮田市五郎は矢倉方手代、杉山弥十郎は鉄砲師だった。

——大老井伊直弼を斃《たお》したのは、こういう連中なのだ。

その感慨は、胸の奥深いところで八郎をゆさぶってやまないようだった。幕府の最高権力を握り、大獄を断行して天下をふるえ上がらせた男を、その座から引きずりおろしたのは、有力な諸侯でもなく、歴歴の士分の者ですらない、厄介叔父や鉄砲師たちだったのである。

自首した者を調べた評定所では、むろん彼らの背後関係、とくに水戸の隠居斉昭の使嗾がないかを調べたが、その事実はうかび上がって来ないらしかった。彼らは井伊を天下の大罪人と呼び、その罪を数えあげて、天誅《てんちゅう》を加えたのだと申し立てていた。

——名もない者が、天下を動かしつつある。

名も身分もない者が、国を憂えて命を捨てつつある。八郎は顎にのびた髭をさぐりながらそう思った。そういう時代がきていることが明らかだった。八郎は決断を迫られている気がしていた。

金があり、また父の豪寿が、いまは藩から十一人扶持を給され、一代お流れ頂戴格の身分を許されていると言っても、所詮家は酒屋が家業で、おれは酒屋の伜だと八郎は思っている。

その酒屋の伜が江戸で学問し、剣術に励み、文武を教授する塾を開くことが出来れば、いわゆる身分相応というものだろうと、八郎は考え、かたくななまでにその考えを固執してきたのである。攘夷だ、尊皇だと、世の中が騒がしくなればなるほど、その動きに流されることを警戒した。

攘夷も流行、尊皇も近ごろははやりだった。猫も杓子も尊皇攘夷を言う風潮に、八郎は派手を嫌う雪国の人間らしく、時には反発さえ感じながら、つとめてその流れの外に立ってこれまで来ている。攘夷の旗が振られればそちらに走り、尊皇が叫ばれると、たちまち声高に尊皇を言うことは軽薄だろうと思っていた。

去年の暮の大晦日に、八郎は次のような文章を書いている。

顧るに余、何をかなせる。文武の道に従事すること、今にほとんど十有三年、足一たびも公卿の閾《しきい》を踏まず、手ひとたびも当世の書画文士の流を挽かず。つねに白屋の中に兀兀《こつこつ》たり。倦み来たればすなわち園に灌《そそ》ぎ、鋤を弄するのみ。時流に流されず、白屋の中で書を読み、著述につとめることは、八郎の孤独な誇りでもあった。

だが時勢の動きに無関心だったわけではない。見るべきほどのことは、あまさず見てきたという自信があった。その時勢が、いま胸に匕首《あいくち》をつきつけてきているのを八郎は感じる。ことに井伊を襲った十八人の壮士の名簿は、八郎の胸に鋭く突きささったままだった。

――もはや塾で人を教える時代ではないかもしれない。

看板を掲げても、思うように人が集まらないのが、その証拠だった。穏やかに書を読んでいればいい時代はもう終り、動乱の世に入ったことを認めないわけにいかなかった。

幕府という古い政治の仕組みは、次第に自壊の道をたどり、新しい仕組みが生まれる時期にさしかかっているようだった。模糊としたその新しい政治の仕組みが見えてくる気がした。

――それは、天皇親政か。

幕府という武家がひらいた機構はいくつか変ったが、連綿変らずにつづいて来たものがある。往古はこの国を統べた王家の家系がそれだ。武家の世になってから衰微したとは言いながら、なお四民の上に超越して、たえずひそかな尊崇をささげられて来たその不思議な家系が、甦ってふたたび政治を統べる世になるのか。その徴候は、すでにあちこちにみえている。

もしそうだとすれば、それを実現する者は、名もない草莽《そうもう》の者なのか、と八郎は思った。それはたぶん、既成の身分の仕組みに飼い馴らされた人間に出来る仕事ではない。だが、それまでに沢山の人間が死ぬだろう。

——すでに死んでいる。

八郎は机の上の名簿を、はっしと平手で打った。そして立ちあがると障子を開いた。外は静かな雨だった。ひややかな雨気が、ほてった頬をなでるのを感じながら、八郎は微かに身顫いした。自分が、これまで越えることをためらっていた線を越え、新しい世界に踏み出そうとしているのを感じたのである。

「入ってもよろしゅうございますか」

襖の外で、お蓮の声がした。

「よろしい」

と八郎は言った。お蓮は襖を開けたが、中に入ろうとはしないで、そこに坐ったまま言った。

「伊牟田さま、樋渡さまがお見えになりました。ほかにもうお一方《ひと》がご一緒です」

「土蔵の部屋が使えるかの」

「はい。掃除してございます」

「よし、そこに案内してくれ。それから酒の支度をたのむ」

お蓮が去って行くと、八郎は霞ヶ関一条と記した風聞書を、油紙に包み、厳重に密封した。それから立ち上がって土蔵に行った。

「やあ、ご無沙汰した」

八郎が入って行くと、伊牟田が坐り直して頭を下げた。樋渡は黙って眼で挨拶した。

「これは……」

伊牟田は、眼つきが鋭くがっしりした身体つきの新顔の武士を指した。

「神田橋直助。同藩の人間で、かつ志を同じくする者だ」

「おはじめてお目にかかり申す。神田橋でござる」

神田橋は精悍な眼をぴたりと八郎に据えて、そう名乗った。

「清河です」

八郎も丁寧に会釈した。会釈を返しながら八郎はじっと神田橋を見つめた。剣に対する没頭が深まってから、八郎の眼はときに人を圧倒する光を帯びることがあったが、神田橋はおくせず八郎を見かえしている。

「肝の太そうな人ですな」

八郎が言うと、樋渡と伊牟田が低い声で笑った。伊牟田が言った。

「そのうち益満《ますみつ》という男を連れて来よう。益満休之助というのだが、これがまた肝が太い」

「ご藩は多士済済だな。この間は有村というひとが、いい働きをしたし」

八郎が言ったとき、お蓮が酒を運んできた。酒を見ると、それまで黙っていた樋渡が、「ご新造、毎度恐れいる」と言った。その声が婦女子のようにやさしかったので、みなは微笑した。

「有村さんは、いい死に場所を得た」

お蓮が部屋を出て行くと、伊牟田が言った。有村治左衛門は、井伊の首を挙げると、重傷を負いながら辰ノ口まで走って、遠藤但馬守の屋敷に駆けこみ、そこで絶命していた。

「しかし井伊という奸物がいなくなったので、攘夷がやりやすくなったかな。幕政一新も夢ではなくなった」

「伊牟田の考えは甘いな」

八郎は神田橋に盃をさしながら、伊牟田を振りむいた。

「幕府は変りはせんよ。攘夷を言う者はやはり狙われるぞ。軽率には動かん方がいいな」

「井伊が倒れても、幕府は変らんというのか」

「変らん。ただ少しずつ自滅の道をたどっていることは確かだがな」

「わからんぞ。清河の言うことは」

「諸君には見えんのか」

八郎は少し傲然とした口調で言った。行動に踏みきるからには、誰にも遠慮した口はきかないぞと少し昂った気分になっていた。

「おれには新しい仕組みが見えてきた。われわれは、幕府にかわる政治の仕組みを考えるときがきているのだ。それでないと、本当の攘夷は出来ん」

土蔵の中

一

万延元年の暮近い寒い夜。一人の武士が、ゆっくりした足どりで、神田村松町の路上を歩いていた。

少し酒が入っているらしく、武士は時どき路にたちどまって、身体をふらつかせたりしてはまた歩き出した。低い声で詩を吟じていた。

だが、ある路地まで来たとき、武士は急にすばやい身ごなしで店の角を曲り、店の横に積んである俵の陰に身をかくした。すると、しばらくして月に照らされた路上に、職人風の男が姿を現わした。男は武士が隠れている路地をのぞきこむようにじっと立っていたが、やがて軽く舌打ちして引き返して行った。

俵の陰から、隠れていた武士が出てきたのは、それから四半刻（三十分）も経ったころだった。月明りにうかんだ顔は、伊牟田尚平だった。伊牟田は、さっき職人風の男が現われた路地の入口までもどると、しばらくあたりを見回したが、今度は早い足どりで、男が立ち去ったのとは逆の方向に歩き出した。

伊牟田が、お玉ヶ池の八郎の屋敷の土蔵に現われたのは、それから間もなくだった。伊牟田がほとほとと戸を叩くと、中から笠井伊蔵が戸を開け、すばやく伊牟田を土蔵にひき入れた。

「首尾は？」

伊牟田を迎えて立ち上がった八郎が、低い声でたずねた。燭台のそばから、美玉三平、村上俊五郎、池田徳太郎が伊牟田をじっと見つめた。

「やったぞ」

伊牟田が、ぐいと八郎の手をつかんで言った。それを見て、村上が美玉と池田の肩を叩いた。

「そうか、よくやった」

八郎が伊牟田の背を軽く叩くと、伊牟田は刀を腰からはずし、不意に疲れきったように畳に横になった。胸がはげしく波打ち、伊牟田の黒い、あばたが浮いている顔は、疲労のためか、寒さのためか、ひどく青ざめて見えた。

「斬ったのは確かにヒュースケンか？」

と八郎が言った。

「間違いない。赤羽根のプロシヤの使節の宿から、おれと樋渡が後をつけ、連中が神田橋らが待っている中ノ橋にさしかかったとき、一斉に斬ってかかった」

「ヒュースケンを斬ったのは貴公か？」

「神田橋が初太刀をつけたが、おれがやった腹の傷がきいたようだな。やつは腹わたをぶらさげたまま馬を走らせたが、いくらも行かんうちに馬から落ちるのが見えた」

「こちらの怪我人は？」

「益満が指を痛めたようだったが、大したことはあるまい」

「よくやったな」

八郎はもう一度言い、こっちへきて一杯やれと言った。

「まず祝杯と行くか」

村上が、起き上がってきた伊牟田に盃を持たせ、酒を注いだ。伊牟田は顔を仰むけて、ひと息に盃をあけた。

「途中から変な奴につけられてな」

伊牟田は盃をおいて言った。

「まくのに苦労した」

「顔を見られたか」

「どうも見られたらしい。出会い頭だったので避けようがなかった」

「当分外を出歩かんほうがいいな。明日からは相当にきびしい探索が行なわれるはずだ。ま、十日ほどはここに籠っているといい」

と八郎が言った。

「飯は喰わしてくれるだろうな」

不意に伊牟田が心細そうな声を出したので、ほかの者は薄笑いをうかべて伊牟田を見た。伊牟田は痩せぎすの身体をしているくせに、大食漢だった。

「喰わせるさ。たまには酒も差し入れしてやろう」

「それなら、おれも一緒に籠ろうか」

と村上が言った。すかさず伊牟田が応酬した。

「それはいかんよ。おれの喰い分がなくなる」

みんながどっと笑った。謹直な池田まで手を拍《う》って笑った。村上は二十貫を超える巨軀《きよく》の持主である。しかし村上の肥満した身体は、竹刀を握ると不思議なほど軽捷な動きを示すのだ。

この春、神田橋直助がはじめて塾を訪れてきたそのあとで、八郎は郷里に帰った。祖父の昌義が病死したので、葬儀のために帰郷したのである。

ひと月ほど故郷に滞在している間に、八郎は鶴ヶ岡城下に出て、ひそかに荘内藩のもと江戸留守居大山庄太夫に会った。そこで知り得たことは、藩改革派の衰退ぶりだった。前年の九月、藩の継嗣問題は改革派が推していた藩主忠発の弟富之進（酒井忠寛）に幕府の許可がおり、忠発がもっとも望んだ三男の繁之丞は、幼年のために不適当とされた。改革派が忠発からおさめたささやかな勝利だった。

しかしそのあと藩政を批判した諫言書《かんげん》を提出した酒井奥之助は、今年の一月になって忠発から隠居逼塞《ひっそく》を命ぜられ、また改革派首脳の一人、松平舎人は八郎が郷里にいるその時期に、遠く蝦夷地警備総奉行に任命され、出発して行ったのである。

荘内藩の情勢は、井伊在世のころの幕府の仕置きにぴったり同調していた。時代の動きが見えていない、と八郎は思った。以前と違って、国元のその情勢が適確に把握出来た。そして時勢が見えている大山は、長い籠居の間に老い、生彩を失っているように思われた。

江戸に帰ったとき、国事に奔走しようという八郎の決意はゆるぎないものになっていた。八郎は、伊牟田、山岡らに決心を打ち明け、同志をあつめた。村上、池田、美玉、益満らが新たに同志として加わった。武蔵入間郡の奥富村に住む西川練造、北有馬太郎も同志だった。

土蔵の中で行なわれる同志の密会は、虎尾の会と名づけられたが、すでに伊牟田、神田橋らの薩摩人が、アメリカ公使ハリスの通辞ヒュースケンを襲う計画を練っていたので、その決行を見守っていたのである。

異人斬りということが、その前から起きていた。

前年の安政六年の七月、横浜に上陸したロシア艦隊の見習士官と水夫が、数名の武士に襲われ、二人が死亡、一人は負傷した。つづいて今年の正月に、イギリス公使館に雇われている伝吉という通辞が刺し殺され、翌月二月にも横浜にきたオランダ商館長デ・ボスら二名が斬殺されていた。

異人斬りは、尊皇攘夷を志す志士による、異国人と幕府双方に対する示威行動だった。京都朝廷の攘夷の意志は、水戸藩に下された密勅でも明らかであり、前年に行なわれた通商条約の調印は、朝廷の意志を無視した違勅調印だと彼らは思っていた。無断調印を知った孝明天皇が、憤りのあまり再三にわたって譲位の意向を明らかにしたことも、いまでは彼らの間に知れわたっていた。

ところが、現実には横浜は貿易港として繁昌し、集まった外国商人たちは大手を振って商売し、国内の物価を攪乱《かくらん》していた。江戸には各国の公使館が出来て、そこに勤める人間が、江戸の町を往来していた。

違勅調印が違勅のままに、開国が既成事実となろうとしていることに志士たちは憤激していた。その憤激が異人斬りとなって現われたのである。

異人斬りは、各国の厳しい抗議を惹きおこして幕府を困惑させたが、暗殺者は容易につかまらなかった。一般市民の間にも、横行する異人に対する根強い反感があって、たとえ暗殺の現場を目撃しても、役人の調べには口をつぐんだからである。

イギリス公使館の通辞伝吉は、イギリスに帰化して、名前もボーイ・ディアスと名乗っていた。彼は自分が日本人と呼ばれることをいやがり、日本人を野蛮な人種だと見くだすような、西洋かぶれした人間だった。伝吉は漂流してアメリカに拾われ、二十年近くもアメリカにいたので、英語を話せたが、イギリス公使館ではむしろ別のことで役に立っていた。江戸の娘たちを物色して、公使館員のラシャメン(洋妾)に世話する仕事である。彼は娘の伝公とあだ名され、本職の女衒《ぜげん》からも忌み嫌われる女衒だったのだ。

伝吉は白昼、イギリス公使館近くの路上で刺殺された。そのときあたりには多勢の通行人がいて、子供たちが遊んでいたが、奉行所の役人に対して、暗殺者を見たと話したのはその中のたった一人の女だけだった。

異人斬りが起きるたびに、幕府はその後始末に頭を痛めた。攘夷の志士たちにとっては、そこが狙いどころでもあったのである。

――ヒュースケン斬殺で、幕府はこれまでにない非難と抗議を浴びることになろう。

今夜は泊るという村上たちを、伊牟田と一緒に土蔵に残して、八郎は土蔵を出ながらそう思った。ヒュースケンはアメリカ公使ハリスが来日して以来の通辞で、幕府にも顔が通り、今度のプロシヤ使節オルレンブルグの対幕交渉にも通辞として活躍していたのである。各国公使の抗議が集まることは明らかだった。

土蔵から母屋に回った八郎は、戸を開けようとして、ふとうしろを振りむいた。門のあたりに、何かが動いた気配を感じたのである。

八郎は、足音をしのばせて庭を横切ると、門扉を押して道に出た。扉はあまり高くなく、背のびすれば中がのぞけるぐらいである。そのあたりに物の気配が動いたように思ったのだが、見渡した路上に人の姿はなかった。時刻は八ツ（午前二時）近いと思われ、深夜の月の光が、猛だけしいほど明るく路上を照らしているだけだった。

――気のせいか。

だが事件があった麻布一帯には、いまごろ奉行所の手の者が散らばって、下手人の手がかりを摑もうと必死の探索をつづけているに違いなかった。それぞれ別の場所に散ったという、神田橋や樋渡、益満のことが案じられた。八郎は門を閉じ、固く戸じまりすると、母屋に帰った。

茶の間に入ると、行燈《あんどん》の灯の下で縫物をしていたお蓮が、顔をあげてお帰りなさいましと言った。

「やすんでおれと申したのに」

八郎は、火桶のそばにどっかりと腰をおろしながら言った。お蓮は病気で寝こむようなことはなかったが、丈夫なたちとは言えなかった。虎尾の会の同志が出入りするようになってから、お蓮は雑用がふえ、時どき疲れが見えるのを八郎は気にしていた。

八郎がそう言うと、お蓮は八郎を見て微笑したが、顔色は青白かった。

「茶をもらおうか。一服したらやすもう」

と八郎は言った。伊牟田らと飲んだ酒が、血をざわめかせていた。そして伊牟田に聞いたヒュースケン襲撃の生なましい話が、まだ心の中に昂りを残していた。

お蓮は手早く茶の支度をし、八郎にすすめると自分もつつましく茶を啜《すす》った。

「みなさまは？」

「今夜は泊ると申している」

伊牟田はやはり疲労しているらしく、早く酔いつぶれてしまった。そして村上、池田らはごろ寝して朝を待つと言ったのである。

「あら、それでしたら夜具を……」

「なに、心配いらん。勝手にあのへんのものを引っぱり出して寝ると申した」

「伊牟田さまは……」

お蓮は茶碗を膝の上で回しながら、ちらと八郎を見た。

「お怪我をなさいましたのですか？」

「いや。なぜだ？」

「血の匂いがいたしました」

お蓮は静かに茶碗を畳におろすと、今度は真直ぐ八郎の顔を見つめた。

「怪我はしておらん」

八郎はそっけなく言った。八郎は、同志をつのって、ひそかに国事にかかわりあおうとしていることを、まだお蓮には打ち明けていなかった。

だがお蓮の眼をみると、これ以上隠しておくことは無理だなと思った。お蓮は怜《れい》悧《り》な女だった。また秘事を打ち明けたからといって、外に洩らすような女ではなかった。

「伊牟田は今夜、異人を斬って来たのだ」

と八郎は言った。お蓮の身体が急に石のようにこわばったのが見えたが、表情は変らなかった。お蓮は八郎が次に言うことを、静かに待ちうけていた。

八郎は、いまの国内の模様を、嚙みくだいてじゅんじゅんと話した。

「わが国はいま、これまでになかったような、大きな変り目にきている。どう変るか、わしにも全部は見透せんが、幕府の政治では、この国がもたないという気がして来た。ともかくこの変り目に、心ある者は身分を問わずひと働きしなければならんようだ」

「……」

「わしも、学者だからといって、黙って坐って書物を読んでいるわけにはいかん。学問というものは、元来天下を経理することを教えるものだからな。まして伊牟田、樋渡といった連中が、自分の血を流しても思うことを貫こうとしているのだ。わしは知らん、勝手にやれというのでは友達でもない。学者でもない。腐儒というものだ。口舌の徒だ」

「おっしゃることはわかります」

「そうよ。そなたはわかるはずだ。だからこうして話している。わしは国のために働く」

「そのようになるのではないかと、以前から思っていました」

お蓮はうつむいて言ったが、すぐに顔をあげた。

「それで、わたくしはどうすればいいのですか」

「そなたは、これまでと同じにしておればよい。ただ覚悟を決めておけ」

八郎は声を落として言った。

「幕府に隠れてやることだ。いつ、どのようなことがあるかわからん」

「はい」

「あとは、伊牟田らをいたわってやれ。連中は同志だ。兄弟にひとしい」

同志をもっと集めなきゃならんな、と八郎は床についてからも考え続けた。そして、ここを尊皇攘夷の一巣窟にする。

――門人も減らさねばなるまい。

今年の八月に、八郎は千葉道場で北辰一刀流の免許を受けていた。それで門人がふえたということはなく、古くからの通いの門人がいるだけだったが、用心のためには少しずつ門人を減らした方がいいのだ。学問も剣も、一流の域にさしかかったかと思う時期に、皮肉にも塾を捨てることになったようだった。

「どうした？　眠れんのか」

八郎は隣の床に声をかけた。

「抱いてやろう。こちらにこい」

八郎が夜具をあげると、その隙間にお蓮の身体がすべりこんできた。八郎の懐に入ると、悪寒がするように、お蓮の身体は急にはげしく顫えはじめた。

「寒いのか」

「いえ、こわいのです」

歯を嚙み鳴らしながら、お蓮は言った。八郎は黙ってお蓮を抱き、背をさすった。

「でも……」

やがて顫えがとまり、あたたまった身体を八郎に開かれながら、お蓮はうわ言のように言った。

「あなたさまについて行きます、どこまでも」

二

伊牟田は十日ほど、土蔵の二階に潜伏していたが、何ごとも起こらなかった。そして、ある夜、樋渡と益満が訪ねてきた。八郎はすぐに二人を土蔵に案内した。

「この家は喰い物がいいらしくて、肥ったじゃないか」

益満は顔をあわせると、伊牟田をからかった。益満は着ている物から髪の結いようまで、どことなく粋で、歯切れのいい江戸弁を使っていた。のっそりしている樋渡とは、いい対照だった。

「心配したが、大丈夫だったらしいな」

と八郎は言った。

「巷のうわさでは、あれは水戸浪人の仕業ということになっているらしいぜ」

益満はけろりとした顔で答えた。

「大老の首を取ってからこちら、水戸っぽの株が上がっているからな。連中には悪いが、いい隠れ蓑さ」

「山岡に聞いた話だが……」

と八郎は言った。

「今度の一件では、アメリカよりもエゲレスとフランスの公使がいきり立って、宿を横浜に移すと幕府を脅しているらしいな」

「横浜までは行っても、それではこの国から退去するとは、連中言わんからな。異人斬りのきき目はせいぜいその程度かね」

「横浜を焼きはらえばいい」

と樋渡が言った。樋渡は、大方は人が言うことをじっと聞いているだけで、あまり口を出さないが、何か言うと唐突に凶暴なことを言い出す癖があった。

「樋渡はこれだからな」

益満は面白そうな口調で言った。

「この男の腹の中には、つねに満腔の不満がある。そいつの正体が何かは、おれにもよくわからんがな。毛唐の一人や二人斬ったぐらいではおさまらんらしい。な、八兵衛」

「腹の中?」

樋渡がうなるように言った。

「おれの腹の中は、尊皇攘夷でいっぱいよ」

「それで腹がそんなに前にせり出しているというわけだ」

益満がからかったが、樋渡はべつに怒った様子もなく、また呟くように言った。

「横浜を灰にしたら、こらぁきき目があると思うがの」

「それで思い出したが、水戸の天狗党というのを知っているか」

と八郎が言った。益満がうなずいた。

「話には聞いている。例の勅諚せき止めの激派の流れらしいじゃないか」

「連中が、樋渡の言い分ではないが、横浜を襲撃するつもりで軍資金を集めているといううわさがある」

「ほほう。それは聞いていないな」

「うわさだから、真偽はわからん。だが本当なら、一度連絡をつけてみたいという気がしてな。近いうち一度水戸へ行こうかと思っている」

「それはいい。おれも行こう」

と伊牟田が言った。

「いや、おれ一人でよい。なるべく目立たないようにして行くつもりだ。それに……」

八郎は用心深く言った。

「伊牟田はあの夜、奉行所筋の者に顔を見られた形跡がある。当分はおとなしくしている方がいい」

「よし、その件は清河にまかせよう」

と益満が言った。そして、ところで京の帝《みかど》の妹姫が、将軍家の嫁になるらしいな、と言った。

「ほう、それは初耳だぞ」

と八郎は言った。八郎の眼は鋭く光って、益満を注視した。京都朝廷は攘夷一本やりだ。そして、その京都の意向に仮借ない弾圧を加えたのが井伊大老だった。井伊はやりすぎて殺されたが、それだからといって、幕府が方針を一変して攘夷に転換したということはあり得ない。その婚儀で、京都朝廷の攘夷はどうなるのか。

「それはどういうからくりかな」

「いま幕閣を動かしているのは、安藤と久世だ」

と益満は言った。

井伊大老が斃れたあと、幕閣の実権は磐城平藩主安藤信正の手に移った。しかし安藤は、井伊の考えをもっともよく理解していたものの、井伊のような強もての幕権主義はもう通用しないことを承知していた。そこで、先に井伊にしりぞけられていた関宿藩主久世広周を老中に迎えて、久世と組んだのである。

久世を登用して、井伊色を幕閣から消す姿勢を示し、その形をととのえたところで、徳川慶勝、一橋慶喜らの謹慎を解いた。そして一方で、攘夷派をおさえながら幕権強化にも役立つ一石二鳥の案として、皇妹和宮の関東降嫁という手を打ったのである。この案は井伊大老の時にもあったのを、政権をひきついだ幕閣が蒸し返した形だった。

「表面は公武一体というわけだ。だが中味は、和宮を人質にとる恰好だな」

「そんなことは許せんぞ」

伊牟田が叫んだので、みんながしっと言った。待てよ、伊牟田と、八郎は手まねで伊牟田をおさえた。

「それで、京都の攘夷はどうなったのだ？　まさか関東の言いなりというわけじゃあるまいな」

「それがさ」

益満は不意にあいまいな顔になった。

「和宮を嫁にくれるかわりに、帝は幕府から攘夷をやるという一札をとったというわさがある」

「幕府のぺてんに決まっておる」

樋渡がうなるように言った。

「うわさが事実なら、樋渡が言うとおりかも知れん」

と益満は言った。

「しかしぺてんだとすれば、こりゃただごとでは済むまいよ。天皇の妹御を騙《かた》りとるわけだからな。伊牟田のように血の気が多い連中が黙っているはずがないぜ。幕府もいよいよ深みにはまったか」

三

八郎が益満たちに話した水戸行きを決行したのは、翌文久元年の一月末だった。従僕を一人連れただけだったが、下総の佐原まで行けば、同志の村上俊五郎がそこで剣術道場を開いている。村上に事情を話し、同行してもらおうと八郎は思っていた。

ところが、その村上に、八郎は佐原のはるか手前にある神崎という村で出会ったのである。神崎には、村上が懇意にしてつき合っている、石坂宗順という医者がいて、村上は折よくそこを訪れていたのであった。

八郎は、真壁屋という村の宿屋に、村上と石坂の二人を呼び、酒を飲んだ。二人が懇意にしているというのは、酒のためかと疑うほど、村上と石坂はぐいぐいと盃をあけた。石坂は背が高く、色白の壮漢だった。

「天狗ですか。ああ、あれはごろつきの集まりですよ」

酒の途中で、八郎が旅の目的を話すと、石坂が即座にそう言った。

「攘夷のために金を集めるなどと言っていますがな。つまりは攘夷を名義にして、あちこちと金を強奪しているのですよ」

「ほほう」

八郎は啞然として石坂の顔を見た。石坂はそれほど酔っているようにも見えなかった。村上を見ると、村上も石坂の言葉を裏づけるようにうなずいた。

「それも天狗でなければ人でないといった調子で、いばりくさっておるのです。往来ですれ違った百姓が、かぶりものをとらなかったと言って、立ち上がれないほど殴りつけたり、どっかでは、茶店に休んでいた侍に言いがかりをつけて、いきなり斬り殺して首を川に投げて行ったそうですよ」

八郎は、妙なことになったと思った。天狗党という集団が、そういう無法を働いている連中だとすると、むろん一緒に組んで行動する相手ではない。意気ごんで江戸からはるばるやってきたのだが、無駄になったわけだった。滑稽でもある。

「江戸で聞いていた話とは、だいぶ違っているようですな」

「そうですか。なにしろお話にならん連中ですよ。このあたりでは、天狗というのは蛇蝎《だかつ》のように嫌われています。ここまでくる間に、なにか感じませんでしたか」

「……」

そう言えば往来で行きあう村人が、妙におどおどして、逃げるようにすれ違ったりしたな、と八郎は思い返していた。

「や、無駄骨だったか」

八郎は盃をあけると、大きな声で言った。

「そんなふうだとは知らず、頼りになりそうな連中に思えたから会ってみるつもりだったが、少少見込み違いをしたようだ。止むを得ん。ここから戻ろう」

「まあ、そう言わずに、おれの道場で少し遊んで行けばよい」

と、村上が言った。村上は苦笑していた。

「天狗党などということを、一体誰に聞いたのだ？」

「いや、笠井がそう言っていたし、山岡からも聞いた話だ」

「虚名が伝わるのは早いな。いや、もっとも実情はわからんのだよ」

と村上は言った。

「このへんで見聞きするところは、いま石坂が言ったとおりだが連中はあるいは偽物かも知れんのだ」

「偽物？」

「つまりだ。天狗党というちゃんとした集まりはべつにあって、このあたりまで荒らしにくるのは、天狗の名を騙る無頼の徒かも知れんということも考えられる」

「………」

「しかし、まんざらそうとも思えんふしもあってな。連中も本物で、つまりは上の命令が行きとどかないために、勝手にあばれ回っているのかも知れん。そのへんのところが、すこぶるあいまいでな」

「はっきりせんわけだな」

「そうだ。ただわかっていることは、このへんを徘徊している天狗と称する連中が、ごく危険な連中だということだ。うかつには近づかん方がいい。連中は理由もなしに人を殺すぞ」

竹刀を持って撃ちあうと、五分の立ちあいをする村上の言葉だけに、八郎はその言葉から無気味な感じをうけた。

「わかった。どうもとんだ見込み違いをしたようだ」

「しかし、せっかく来たんですから、一度会ってみてはいかがですか」

不意に石坂が言った。石坂の顔は酔いで赤くそまっていたが、酔ってそう言っているのではなく、本気のようだった。

八郎は首を振った。天狗党というものが、そういうあいまいで凶暴な集団だとすれば、深入りしても益はない。それに危険でもある。

「いや、やめよう」

「潮来《いたこ》まで行けば、多分会えますよ。連中に」

「ほう」

「行かれるんでしたら、私もご一緒しますよ。むろん村上も行くでしょうし」

八郎は、石坂をじっと見た。改めて見なおすと、石坂はただの医者とは思えない不敵な顔つきをしている。

八郎は村上を見た。すると村上は八郎の気持を見ぬいたように言った。

「石坂は大胆不敵というか、バカというか、とにかく胆の太い男でね。このへんで天狗をこわがっていないのは、この男ぐらいかも知れんな。もっとも、その話には乗らん方がいいな」

「どうですか。連中の巣まで行ってみませんか」

石坂は村上の言葉を無視して言った。石坂は八郎に盃を献じた。

「連中が、攘夷などと立派なことを言いながら、なんでかかわりもない百姓町人に乱暴するのか。あたしはおりがあったら、そのへんのわけを一度連中に問いただしてみたいと思っていたんです。清河さんが連中に会うのは、理由もあることだし、いい機会だと思いますがね」

「ま、一杯いこう」

八郎は少しもてあまし気味に、石坂に盃を返した。

「しかしさっきからの話によると、先方は無頼の集まりとしか考えられんしな。そういう場所に三人で出かけたりすれば、面倒が起きたら助からんだろう」

「こわいですか？」

八郎は、石坂をじっと見つめた。八郎の険しい眼を、石坂は揶揄《やゆ》するような微笑で迎えて言った。

「なに、いざとなれば潮来見物にきたとごまかせばいいのですよ」

石坂の言い方に、不意に世をなめたふてぶてしい感じが現われたようだった。

――この男、前身は何者だ？

八郎は興味をそそられてそう思った。そして、いつの間にか、石坂の口調に乗せられたように、天狗に会ってみるのも悪くないと考えはじめていた。多少酔いが回ったせいもあるようだった。村上が言ったように、彼らの正体は不明なのだ。手のつけられない無頼の連中かも知れないが、きちんとした考えを持っている連中に行きあたる可能性も、まったく失われたわけではない。

――ここまで来たのだから、正体を確かめるのも悪くないな。

と八郎は思った。八郎は言った。

「行ってみますか」

「行って、連中を論破してやりましょう、清河先生」

と石坂が煽るように言った。村上はあまり気がすすまない様子をみせたが、しいて反対もしなかった。

翌朝、八郎の従僕を加えた四人は真壁屋を発って佐原にむかった。佐原から潮来まで舟で五里である。一たん佐原に行って村上の道場に寄り、それから舟を使うことにした。

「これは、おかしい」

佐原の町に入って、しばらく歩くと村上が呟いた。二月の日射しが、白っぽく乾いた町を照らしているばかりで、町は無人のように静まりかえっていた。ひっそりした町並みがつづき、道には人っ子一人見えなかった。

四人は無言で、左右の家を眺めながら、町の中をすすんだ。どの家にも人の気配はせず、異様な静けさが町を支配していた。

「おい」

八郎が声を出して、小走りに走った。家のかげに、ちらりと黒いものが動いたのを見かけたのである。走り寄ると、四つぐらいの女の子だった。

女の子は両手を垂れ、眼をみはって近づく八郎を見つめたが、何を思ったのか、不意に道に坐り込んで、地面に額をこすりつけた。

「何をしてるんだね」

八郎は、後から追いついた村上に、苦い表情で聞いた。子供の様子が腑に落ちなかった。

「土下座している」

村上もにがにがしそうに言った。

「親に教えられているのだろう。われわれを天狗だと間違えている」

八郎は、まだ地面に這いつくばっている子供を、腕をつかんで立たせると、尻を叩いて家の方に追いやった。そのとき、うしろで石坂の大きな声がした。

「ちょっと。待った、待った」

と、石坂は大声で八郎と村上を呼びとめた。袴をひるがえして走ってくる。石坂は五尺六寸はある。刀を差しているが、それがよく似合い、医者には見えなかった。石坂の後から、八郎の従僕も走ってきた。

「二、三日前、天狗党の者がきて、町を荒らして行ったらしいぞ」

追いつくと、石坂は細い眼を光らせてそう言った。

「いま、そこの家で確かめてきた。ひどくおびえていたな。手あたり次第に、金と喰い物をさらって行ったそうだ。娘が二、三人さらわれて、親たちが半狂乱になったらしいが、幸いに宿まで連れて行っただけで、そこで酒の酌をさせて帰したということだ」

八郎と村上は顔を見合わせた。八郎は、不意に身近かに狂暴な者の匂いを嗅ぎつけた気がしたのだが、村上もそう思ったらしかった。茫洋とした表情が、竹刀を握って八郎とむき合ったときのように、険しい色に変っている。

「まだこのあたりにいる様子か」

と村上が聞いた。

「いや、引き揚げたらしい。だが、またくると言い残したそうで、町の連中はわれわれをどうやら天狗の一味と間違えているのだ」

「道理で気配が妙だと思った」

八郎はあらためて静まりかえっている町を眺めた。ひっそりした家家のたたずまいの陰から、内にひそんでいる人びとのおびえが伝わってくるようだった。

「江戸屋に行ってみませんか」

と石坂が八郎に言った。

「連中が泊ったという宿です。そこへ行ったらくわしい様子が知れるかも知れませんな」

「それはいい考えだな」

そこで連中の様子がわかり、天狗党と称している連中が無頼の集まりにすぎないことがはっきりすれば、ここから引き揚げてもいいと八郎は思っていた。

天狗党と連絡して、攘夷の勢力をまとめたいという望みは、昨夜の石坂の話で、八分どおり見込み薄になったと思っていた。だが、石坂にそのかされた形で佐原までやってきたのは、八郎にまだその未練が残っていたからである。

攘夷を口で言うだけでは駄目だと思っていた。行動も、異人斬りの程度では姑息なのだ。幕府は、結局のところ傷口をふさぐように、そうした小口の事件を揉み消してしまうだろう。

同志にもまだ言っていないが、八郎は虎尾の会が攘夷行動に踏みきるときは、幕府の屋台骨をゆさぶるような大きな仕事をしなければ、と思っていた。そうやって彼らの手に負えない国の実情を幕府に思い知らせるべきだった。そうしないと新しい情勢はひらけて来ない。

横浜襲撃をくわだてているという水戸天狗党の噂は、八郎にとっては耳よりな情報だったのだ。虎尾の会は、意気ごみはすこぶる盛んだが、徒党としての勢力はまだ微弱だった。

　だが、その望みも佐原の町まできて、ほとんど消えたようだった。おぞましい劫《ごう》奪《だつ》のあとが残されているだけで、尊皇攘夷の徒党の感じは、匂いもしなかった。

「ここでひと休みして行きましょう」

　石坂は、江戸屋の二階に上がると、八郎に言った。

「村上の家に行っても、酒はありませんからな」

　あきらかに酒の催促だった。村上は苦笑したまま黙っていた。村上はここで剣術を教えているが、さほどはやっているわけではないようだった。それで石坂の家に遊びに行ったりしていたのだろう、と八郎は思いあたった。

　八郎は手を叩いて、宿の者を呼んだ。番頭と思われる五十前後の年輩の男が上がってきたので、八郎は酒を頼んでから聞いた。

「ここに天狗連中が泊ったそうだな」

「はい」

　男は膝をそろえてかしこまっていたが、八郎にそう言われると、ぴくりと肩をふるわせた。顔は伏せたままだった。

「どんな連中だったか、聞かせてくれんか」

「はい」

　と言ったが、男は顔をあげなかった。かえってだんだんに頭を垂れて、低い声で言った。

「ごかんべんを……」

「なに？」

「そのお話なら、どうぞごかんべん願います」

「おかしいな。そんなにこわいのか」

と村上が言った。

「ここで聞いたなどと、誰にも喋《しゃべ》りはせんぞ」

番頭はようやく顔をあげた。が、その顔はあわれなほど血の色を失っていた。番頭は哀願するような眼で、三人を見つめた。

「わかった。その話はよい。酒を運んでくれ」

八郎がそう言うと、番頭は救われたように立ちあがって階下に降りて行った。

女たちは姿を見せず、酒も番頭が運んできた。それで飲みはじめたが、ほかに客もいない様子で、階下もひっそりしているので、異様な雰囲気だった。

「おおよそ連中の正体は読めたな」

ひととおり酒がまわったころ、八郎は言った。

「野放図もなく荒らしまわっている様子だ。かかわりもないただの者たちを、こうまでおびえさせているようじゃ、とても尊皇攘夷の徒党とは思えん。世直しを志すなら、まずおのれの姿勢を正すべきだが、そういう連中じゃないらしい。よほど立派なことを考えているつもりで、庶民を侮りひとりよがりに傲《おご》っているやつらだろう。虫ずがはしる。会っても益ないと思うから、やはりおれはここから戻るぞ」

「ここまで来てですか」

と石坂が言った。石坂はぐびぐびと茶碗酒を飲み干しながら、眼は八郎に据えている。

「すぐそこにいますよ、連中は」

「しかし会ったところで仕方あるまい」

「論破してやるんです。そも、貴公らは何者かと。それでも尊皇攘夷の士かと」

「そういう論議を受けつけるような殊勝な連中なら、こういう無茶なことはやらんよ」

「いや、そうとも言えないぞ」

と村上が口をはさんだ。

「咎める者もなく野放しにしておるから、連中がつけ上がっているとも言えるのでな。近ごろは宿場役人などは、かえって連中の機嫌をとっている始末だ。いい機会だから、本拠に乗りこんでみないかね。おれもここの様子を見て、少少しゃくにさわってきた。一度ド胆を抜いてやらんか」

「大江山の鬼退治というふうになってきたな」

と八郎は言って苦笑した。

四

神崎村を出てくるときは、あまり気乗りしない様子だった村上がそう言うのを、八郎はからかったが、村上の気持はよくわかった。傍若無人に村や宿場町を荒らし回っている連中が、泥棒、盗賊の看板をあげているなら話はそれなりにわかる。それが尊皇だ、攘夷だとえらそうなことを口にしているのは許せない、という気分は八郎にもあった。

「しかし三人で大丈夫かな」

八郎は、部屋の隅でつつましくあたえられた酒を飲んでいる従僕を指さした。

「あれは役に立たんぞ」

「大丈夫だろう。石坂は妙な男でな」

村上は、石坂に自分の茶碗を持たせ、酒をつぎながら言った。

「ヤブ医者のくせに、滅法剣が強い」

「ヤブ医者はなかろう」

石坂はにやにや笑いながら言った。

村上に言われるまでもなく、八郎は石坂を妙な男だと思っていた。昨夜、酔って話している間に、この男の学問の素養がかなりなものだということもわかって、八郎は改めて石坂の前身に興味を持った。

八郎がさぐりを入れると、石坂は案外すらすらと、もと彦根藩士だったが、十五のとき同僚を斬って追放されたという自分の経歴を語った。そしてそのとき自分も腹を切ったが、死に切れずに助かったなどと言い、着物の前をくつろげて腹を出し、そこにある傷を見せたりした。

「そうかね。おれは貴様は信州の百姓の出だと聞いていたがな」

なにか事情を知っているらしい村上がそう言ったが、石坂はその話はいいからいいから、とひどく曖昧《あいまい》なことをいった。そして急に、幕府お抱えの鍼医《しんい》だった、法眼石坂宗哲がおれの養父だと言い出した。だが、その宗哲の養子である自分が、神崎のような辺鄙《へんぴ》な場所で医者をしているわけになると、言を左右にする感じで話そうとしなかったのである。

その話から八郎は、むかし塾にするつもりで買い、大地震で手放した薬研堀の家の持主が、石坂宗桂といい、宗哲の伜だったことを思い出し、眼の前の男にいっそううさんくさい気持をそそられるのを感じたが、そのことは口に出さなかった。

妙な男だが、こういう男が乱世の役に立つのかも知れんな、といまも八郎はそう思っていた。

「では、出かけるか」

ひとしきり飲んだ後で、八郎はそう言って立ち上がった。階下に降りると、さっきの番頭ふうの男が、心もとないような足どりで奥から出てきた。そしてその後から、主人夫婦、女中などが五、六人、ぞろぞろと現われて、四人を見送った。酒代はおそろしく安かった。

「やはり天狗と間違えられておる」

しばらく行って八郎がそう言うと、村上が、そのようだ、あれを見ろと言った。八郎は振りかえった。宿の入口に、見送りの男女がかたまって、じっとこちらを見ていたが、八郎が振りむくと、あわてて家の中に姿をかくすところだった。

「潮来にあたしが知っている茶屋があります。暗くならんうちに、そこまで参りましょう」

と石坂が言った。

「暗くなるとやばいですからな」

石坂は酒が入り、また八郎ともなじんでだんだん地金が出たのか、江戸の無頼のような言葉を使った。

三人が佐原から舟を出し、利根川をくだって津ノ宮の手前から左に掘割を入り潮来に着いたとき、まだ外は明るかった。

「まあ、せんせい。どうなさいました、いまごろ？」

石坂が馴染《なじ》みだという料理茶屋に行くと、おかみが驚いた顔で迎えた。浅黒い勝気な顔をした五十過ぎの女だった。まるっきり武家の身なりになっている石坂を訝《いぶか》しんでいる様子が見えた。

「天狗退治にきたぞ、おかみ」

「めっそうもないことを」

おかみはあわてて石坂の袖をひいて、上に上がらせた。八郎たちもその後から上がった。

「そんな冗談をおっしゃって、あのひとたちの耳に入ったらただじゃすみませんよ、せんせい」

廊下を奥の座敷に案内しながら、おかみは声をひそめて説教した。

「連中は、このあたりにいるんだな」

「いますとも。どうしてまた、こんな目立つ恰好をなさって……」

おかみはそう言い、八郎と村上にも眼を走らせた。

「皆さん、どっちから来なすったんです？」

「津ノ宮のところから掘割に入って、ずっと舟できた」

「それじゃもう、とっくにあのひとたちに知れていますよ。いまにおただしがありますよ。よそから来たひとは見のがしませんからね」

「それは都合がいい。われわれは待っておればいいわけだ」

石坂は八郎に眼くばせして言った。二月のはじめというのに、座敷は障子を開いたままで、火桶もいらないあたたかさだった。枯れいろの庭に、池の水がかすかな音を立てている。

「これは静かでいい」

八郎は一たん坐った座敷から、立って行って縁側に出た。軒から空をのぞくと、網目のように入り組んだ欅の枝先に、早春の澄んだ青空がひろがっていた。枝頭はかすかに赤らんで、春が近いことを感じさせた。うしろで石坂の声がした。

「おかみ。酒と女を頼む」

「酒はお持ちしますけど、女子衆はだめですよ、せんせい」

とおかみが言っている。

「どうしてだ?」

「みんなあちらに呼ばれているんです」

「へえ？　それじゃ商売にならんじゃないか」

「仕方ありませんよ、ご時世ですから」

「ひどいことになってるな」

「ではお酒をお持ちしますけど、あまりお騒ぎにならないように願いますよ。せんせいは酔うと声が大きいですから」

座敷を出て行くおかみに、八郎はうしろから声をかけた。

「連中は何人ぐらいおるのかの？」

しっと口に手をあてて、おかみが戻ってきた。その顔にあきらかなおびえが出ている。

「大きな声をなさらないで。もう、誰が聞いているか知れませんから」

「わかった」

八郎も声をひそめた。

「で、何人ぐらいいる？」

「七十人ぐらいだという話ですよ。いえ、あたしは見たわけじゃありませんが、うちから行っている子がそう言ってました」

七十人か、と八郎は思った。一瞬感じたのは羨望の思いだった。七十人もの人数がいれば、かなりのことが出来るはずだった。

連中は七十人も集まって、このあたりの土地の者が顫《ふる》えあがるほど金品をかすめとって、何をやるつもりだろう、と八郎は思った。だが攘夷のためにそうしているとは、もう思えなかった。

——世の乱れを映している。

世の中が乱れるときは、その落とし子ともいえる異形の者が横行したりするのだ。彼らは、平時には現われない、その異様な行動でやはり時代につながっている。ここまで来てそういう集団が実在することを確かめたことは、必ずしも無駄とは言えない、と八郎は思った。

天狗が接触してきたのは、日が暮れ、三人ともかなり酔いが回ったころだった。従僕はさきに別部屋に引きとらせていた。

「どこからきて、どこへ行くか、それにお三方の名前をたずねておられます」

取りついだ番頭だという男が、緊張に顔をこわばらせてそう言った。

「そいつを、ここに呼んで来い」

酔いの回った石坂が大きな声でどなった。四十恰好の番頭は、飛びあがるように膝を浮かせ、石坂にすり寄った。

「お静かに願います。そんな大声を出さずに」

「聞きたいことがあるなら、ここへきたらいいのだ。顔も見せずに無礼だと言え」

「まあ、待て」

八郎が、困惑している番頭に助け舟を出した。

「われわれ二人は、江戸から来た者だ。石坂のことは近在の医者だと言っておけ。話があるなら面会の上で話す。名前もそのとき名乗ると伝えればよい」

番頭はひき下がって行った。しばらくして今度はおかみがやってきた。

「松本屋で会うから、あとで迎えをよこすと言っていますよ」

おかみは、いまはおびえを露わに顔に出していた。

「こんなことになるのでないかと、心配していました。どうなさるんです、せんせい」

「お招きをうけたら、行かんわけに行くまいよ、おかみ」

石坂は陽気に言った。

「さてと、それではふんどしを締めなおして出かけるか」

天狗の迎えというのを、三人は心待ちにしたが、それきりその夜の連絡は絶えた。どうやら、連中は臆したらしいぞ。どうせその程度の奴らさ、と石坂はおだをあげ、村上も調子をあわせて、不意にどら声を張りあげて詩を吟じたりした。

八郎も飲み、鄙《ひな》びた国の唄を披露した。だがその間に八郎は、漆黒の闇の中からこちらの乱痴気さわぎを、じっと窺っている者の気配を感じていたのだった。

五

「ひと騒動あるに違いないと思って、こちらも油断しなかったが、案外に何事もなく夜があけた。そして朝になって天狗党の者から連絡があったが、鹿島参りの人びとと見うける、邪魔はせぬゆえ、お通りあれという口上だった」

江戸に帰って、虎尾の会の集まりがあった席上で、八郎は水戸行きの結果を報告した。

「先方が接触を避けた意図はわからん。結局正体は知れずじまいだったわけで、それがしの計画は不首尾に終ったというしかない。しかし前後の事情から考えて、彼らが組むべき相手でないことは明らかなようだ。名分がどのようであれ、手向うすべを持たぬ町人百姓を脅して、物をかすめ盗っている連中と組むことは出来ん」

八郎は、うつむいて黙黙と聞いている同志を見回しながら言葉を強めた。

「やはりわれわれは、われわれ同志の力をたくわえて、自身の手で攘夷の旗揚げをやらねばならんということだろうな。変な連中と組んだりするのは考えものだ」

「賛成だ」

と、伊牟田が言った。

「その意味では、水戸行きも無駄骨というわけではなかった。石坂という屈強の男を同志にも出来たしな。彼は来月には出府してくる。また、かねて話しておいた川越の西川、北有馬の両君を、正式に同志に迎えたいと思うので、月半ばごろ、改めて川越へ行ってくるつもりだ」

八郎は話が一段落すると、笠井伊蔵に命じて土蔵に酒を運ばせた。お蓮も手伝って、肴《さかな》を運んだので、土蔵の中の部屋は、急に打ち解けた空気に変った。

「盟約書を作らにゃいけませんな、清河さん」

と山岡が言った。

「われわれが拠って立つ大義名分を明らかにして、その旗印のもとに、血よりも濃い盟約を結ぶべきです」

「それなら清河にまかせたらいい。彼は学儒としても一流だ」

と益満が言った。すると伊牟田がぐいと盃を飲み干して、鎌首をもたげるような恰好で言った。

「盟約書もいいが、攘夷実行はどうなる。そちらの方も相談しようじゃないか」

「伊牟田は例の異人を斬ってから血に餓えたようなところがあってな」

益満がからかった。みんながくすくす笑うと、益満は調子に乗って言った。

「そばへ寄ると、血なまぐさくてかなわん」

「それがしの考えを言おう」

と八郎が言った。

「井伊を斬っても幕閣が倒れたわけではない。ただいささか方針が変ったかと思うほどのもので、井伊の代りはいくらも出てくる。異人斬りもしかりだ。幕府が謝り、先方にあまりに事を荒立てて、せっかく開いた国交を切ってはまずいという欲がある限り、つまるところはなあなあで事がおさまる」

「……………」

「ここはなあなあでは済まされない一大打撃を、幕府、異人双方に与える策が必要だ。それがわれわれ虎尾の会の攘夷でなければならんと思う。すなわち横浜の焼き打ちこそ上策だ」

「……………」

「これは以前に樋渡も言ったし、また水戸天狗党が考えているとも聞いたことだ。誰もが考えることかも知れんが、実行となると至難だ。それがしは、われわれ虎尾の会の手でそれをやるべきだと考える」

「ちぇすと！」

と伊牟田が叫んだ。

「横浜を焼くのは、幕府にごまかしのきかぬ傷手をあたえるのが目的だ。その上で天下の尊攘の諸君に檄《げき》をとばし、一大勢力をまとめて天子にその旨を奏上するなら、いささか天下にゆさぶりをかけることになるかも知れぬ」

八郎の口調はしだいに演説ふうになり、八郎自身自分の弁舌に少し酔っていた。以前から頭の中にあったその構想が、いまは光を帯びて前途に輝いているのを見た気がした。新しい時代は、ひょっとしたらこの蔵の中の集まりから始まるかも知れないではないか。

「聖上の攘夷の御志は固い。おそらくわれわれがしたことを嘉《よみ》し給い、お言葉を賜わり、旗をさずけられるだろう。そうなれば、われわれは天下に号令する立場になる。時代はわれわれによって、新しい夜明けを迎えようとしておるのかも知れぬ。そうは思わんか、諸君」

そのとおりだ。いいぞ、という声が起こった。八郎の声は太く明晰で、聞く者の腹にひびく。ほかにはそんなふうに話せる者はいなかった。八郎の演説は、それまであいまいだった虎尾の会の盟主の座に、八郎が坐ったことを示したようだった。みんながそう感じ、八郎自身もそのことを感じていた。

「それで、焼き打ちはいつ決行する？」

性急に伊牟田が言った。樋渡も神田橋も、眼を光らせて八郎を見つめている。

「来月になると、さっき申した石坂がくる。また安積も下総から引きあげてくるし、西川、北有馬の両君も諸君に紹介できよう。顔がそろったところで決行の時期をじっくりと相談しようじゃないか」

八郎はそう言い、暫時失礼すると言って部屋を出た。

八郎が、母屋の書斎に入ると、同時に部屋の外に足音がして、山岡が顔をのぞかせた。

「ちょっと、邪魔していいですか」

「いいよ」

「友人に松岡という者がおります。松岡万《よろず》」

山岡はきちんと坐って、八郎の眼を真直ぐみるとそう言った。

「それがしと同じく幕臣ですが、近ごろの幕府のやり方には大いに不満を持っていて、尊皇攘夷の志厚い人間です。剣をよく遣う。いつも白柄朱鞘の刀を帯びています」

「白柄朱鞘か」

八郎は眼に笑いを含ませて山岡を見た。

「そういう人は、内心に鬱屈を抱えているものです。面白そうな人だ」

「同志に誘ってもよろしいですか」

「そうしてください。一度会ってみましょう」

山岡は一礼したが、不意に改まった口調で言った。

「さっきのお話には、気持が奮い立ちました。しかし本当に焼き打ちをやる気ですか」

「やるよ」

と八郎は言った。だが微笑していた。土蔵から母屋にもどる間に、八郎の心は平静さをとりもどしていた。

「もっともそれは先のこと。石坂らを加えても、まだまだ、旗揚げ出来る人数じゃありませんよ」

（下巻に続く）

単行本　一九七九年　文藝春秋刊

この本は一九八六年に小社より刊行された文庫の新装版です。
新装版を刊行するにあたり、上下巻としました。
内容は「藤沢周平全集」第七巻を底本としています。

DTP制作・ジェイ エスキューブ

文春文庫

回《かい》天《てん》の門《もん》 上

定価はカバーに
表示してあります

2016年3月10日　新装版第1刷
2022年7月5日　第2刷

著　者　藤《ふじ》沢《さわ》周《しゅう》平《へい》
発行者　花田朋子
発行所　株式会社　文藝春秋

東京都千代田区紀尾井町3-23　〒102-8008
TEL　03・3265・1211㈹
文藝春秋ホームページ　http://www.bunshun.co.jp

落丁、乱丁本は、お手数ですが小社製作部宛お送り下さい。送料小社負担でお取替致します。

印刷製本・凸版印刷
Printed in Japan
ISBN978-4-16-790575-0

鶴岡市立 藤沢周平記念館のご案内

藤沢周平のふるさと、鶴岡・庄内。
その豊かな自然と歴史ある文化にふれ、作品を深く味わう拠点です。
数多くの作品を執筆した自宅書斎の再現、愛用品や肉筆原稿、
創作資料を展示し、藤沢周平の作品世界と生涯を紹介します。

交通案内

・庄内空港から車で約25分
・JR 鶴岡駅からバスで約10分、
「市役所前」下車、徒歩3分
・山形自動車道鶴岡 I.C. から車で
約10分

車でお越しの方は鶴岡公園周辺の公設駐車場をご利用ください。（右図「P」無料）

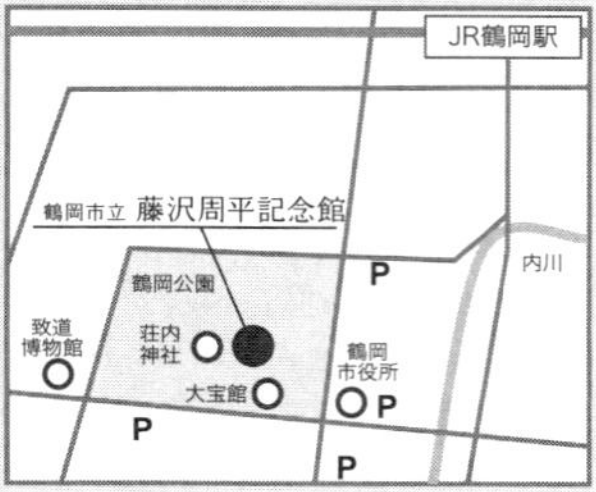

利用案内

所　在　地　〒997-0035　山形県鶴岡市馬場町4番6号（鶴岡公園内）

TEL/FAX　0235-29-1880 / 0235-29-2997

入館時間　午前9時～午後4時30分（受付終了時間）

休　館　日　毎週水曜日（水曜日が休日の場合は翌日以降の平日）
年末年始（12月29日から翌年の1月3日）
※臨時に休館する場合もあります。

入　館　料　大人320円［250円］　高校生・大学生200円［160円］
※中学生以下無料　［　］内は20名以上の団体料金。
年間入館券1,000円（1年間有効、本人及び同伴者1名まで）

―― 皆様のご来館を心よりお待ちしております。――

鶴岡市立 藤沢周平記念館

http://www.city.tsuruoka.yamagata.jp/fujisawa_shuhei_memorial_museum/